最好18岁前就做过这些事

俞敏洪 张洪伟 周容◎编著

18岁，人生分水岭。
有些事18岁前不做，一辈子就来不及了；
有些事18岁前做了，人生就会不一样。

湖南文艺出版社
HUNAN LITERATURE AND ART PUBLISHING HOUSE

俞敏洪

  新东方创始人、著名英语教学与管理专家、新东方教育科技集团董事长、第十一届全国政协委员、民盟中央常务委员、中华全国青年联合会常务委员、中国青年企业家协会副会长。

张洪伟

  新东方教育科技集团北美项目主任、北大国际 MBA、北师大英语语言文学博士、北航副教授。新东方留学直通车、名校申请 WORKSHOP、名校精英计划等项目创始人。作为新东方优秀教师及美国留学专家，张洪伟老师曾教授过十余万学生，帮助他们实现他们的留学梦想。

周容

  北京新东方学校资深留学咨询专家、优秀教师，新东方美国名校 Workshop 项目创始人。帮助过数以千计的孩子走向自己心目中的理想学校，其中不乏哈佛、耶鲁、斯坦福、MIT 等世界顶尖名校。

  作为孩子们的留学探路人，周容老师总是不厌其烦地陪伴着那些在出国留学路上倍感迷茫的人，帮助他们渐渐找到自己的方向，走上人生高速路，被誉为"哈佛妈妈"。

○ 李开复：这本书里的孩子们所表现出的自信、自知、自强，让人欣慰，他们用自己的故事完美诠释了什么是"做最好的自己"。

○ 马云：以前，我们总说孩子不听话，请问我们听了孩子的话没有？这本书里有孩子们最真实的心声。我儿子今年18岁，我要回家和他一起看这书。

○ 李彦宏：我是从北大毕业后才去美国的，这些学生要比我厉害得多，直接到美国读大学，而且都是名校。

姓名：刘奕辰

生日：1992 年 1 月 20 日

星座：水瓶座

座右铭：WHERE THERE'S A WILL, THERE'S A WAY.

最喜欢的一首歌（歌手）：NUMB(LINKIN PARK)

最喜欢的一本书：FAHRENHEIT 451

最喜欢的一部电影：THE SHAWSHANK REDEMPTION

最拿手的特长：游泳

即将去的学校和专业：STANFORD UNIVERSITY, 斯坦福大学 PREMED

姓名：吴轶凡

生日：1992 年 10 月 30 日

星座：天蝎座

最喜欢的歌手：MATTAFIX

最喜欢的一本书：THE CATCHER IN THE RYE

最喜欢的一部电影：FIGHT CLUB/THE HOURS

最喜欢去的地方：电脑前面

对你影响最大的人：除了父母外——NIAMH，一个英国朋友

即将去的学校和专业：HARVARD UNIVERSITY，哈佛大学

最想对过去的自己说的一句话：KNOW YOURSELF.

最想对未来的自己说的一句话：CARPE DIEM.

最想对看这本书的读者说的一句话：敢想敢做。

姓名：刘漪浓

生日：1992 年 6 月 28 日

星座：巨蟹座

座右铭：心之所愿，无所不成。

最喜欢的歌手：JASON MRAZ

最喜欢的一本书：THE KITE RUNNER

最喜欢的一部电影：JUNO

最喜欢去的地方：学校高中楼八层窗前（俯瞰整个操场）

最喜欢吃的食物：各类海鲜

最拿手的特长：点菜

对你影响最大的人：妈妈

即将去的学校和专业：（MIT MASSACHUSETTS INSTITUTE OF TECHNOLOGY）麻省埋工，ENGINGERING

最想对过去的自己说的一句话：昨日的辉煌永远是过去时，在你脚下的永远是起点。

最想对未来的自己说的一句话：DON'T GROW OLD, GROW UP.

最想对看这本书的读者说的一句话：敢想敢做，机会只留给有准备的人。

姓名：庞笑然

生日：1992 年 7 月 31 日

星座：狮子座

座右铭："在我年轻心性未定之时，父亲曾给我一些忠告，它们后来一直在我心里翻腾着。当你评论他人的时候，要记住，并非所有人都像你这么幸运呢！"

最喜欢的一首歌（歌手）：DON'T LOOK BACK IN ANGER (OASIS)

最喜欢的一本书：ONE HUNDRED YEARS OF SOLITUDE

最喜欢的一部电影：《无间道》

最喜欢吃的食物：味付章鱼

最拿手的特长：实况足球

即将去的学校和专业：UNIVERSITY OF VIRGINIA，弗吉尼亚大学

最想对过去的自己说的一句话：再见！

最想对未来的自己说的一句话：你好！

最想对看这本书的读者说的一句话：谢谢大家支持，希望能有一些帮助。

姓名：贺梦石

生日：1991年9月5日

星座：处女座

座右铭：机会只给准备好的人。

最喜欢的一首歌（歌手）：《安静》（周杰伦）

最喜欢的一本书：《悲伤逆流成河》

最喜欢的一部电影：《美丽人生》

最喜欢去的地方：同学聚会

最喜欢吃的食物：烤肉

最拿手的特长：什么都不擅长，又什么都会一点儿

对你影响最大的人：自己

即将去的学校和专业：UCLA，加州大学洛杉矶分校

最想对过去的自己说的一句话：你真浪费了好多！

最想对未来的自己说的一句话：别再浪费那么多了！

最想对看这本书的读者说的一句话：从别人那吸取经验，从我这吸取教训！

姓名：宋思嘉

生日：1991 年 07 月 21 日

星座：巨蟹座

座右铭：燕雀安知鸿鹄之志哉？

最喜欢的歌手：ENYA

最喜欢的一本书：THE LORD OF THE RINGS

最喜欢的一部电影：LES CHORISTES（放牛班的春天）

最喜欢去的地方：小树林和图书馆

最喜欢吃的食物：巧克力

最拿手的特长：写故事

对你影响最大的人：启蒙老师

即将去的学校和专业：YALE，耶鲁大学英美文学专业

最想对过去的自己说的一句话：坚持你的理想，以后总会有人理解它的。

最想对未来的自己说的一句话：记住当时最美好的时光。

最想对看这本书的读者说的一句话：与众不同是一种精彩。

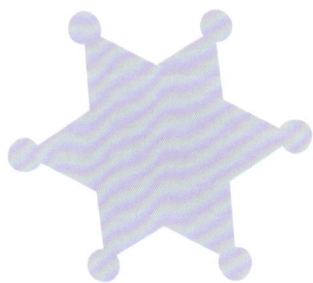

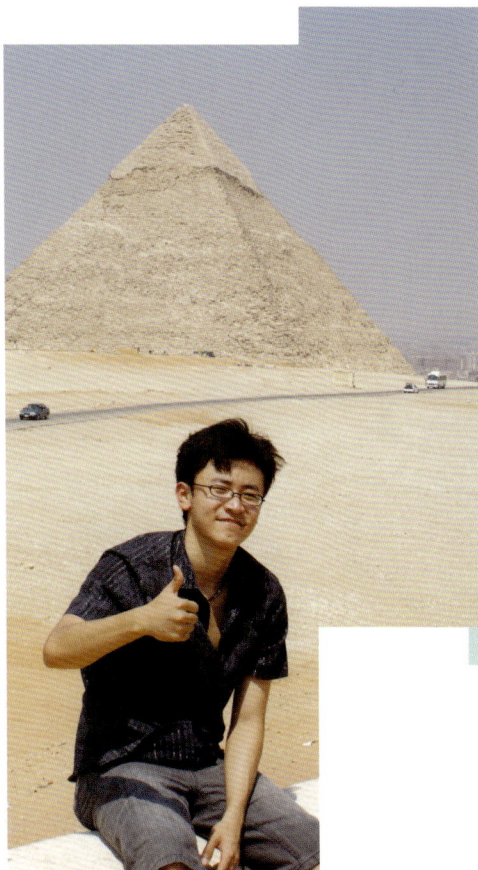

姓名：公泽
生日：1992 年 6 月 2 日
最拿手的特长：篮球
即将去的学校和专业：WASHINGTON UNIVERSITY IN ST.LOUIS
华盛顿圣路易斯大学

姓名：耿然

生日：1992 年 11 月 4 日

星座：天蝎座

座右铭：STORMS MAKE TREES TAKE DEEPER ROOTS.

最喜欢的歌手：仓木麻衣

最喜欢的一本书：《海底两万里》

最喜欢的一部电影：《后天》

最喜欢去的地方：海边

对你影响最大的人：小鲁

即将去的学校和专业：UNIVERSITY OF PENNSYLVANIA, 宾夕法尼亚大学 BIOLOGY

最想对过去的自己说的一句话：まだまだだね。(你还太嫩了。)

最想对未来的自己说的一句话：不论多辛苦，都要对自己足够好。

最想对看这本书的读者说的一句话：对未来负责，一切决定于自己。

姓名：郭雨桥

生日：1992年8月26日

星座：处女座

座右铭：岂能尽如人意，但求无愧我心。

最喜欢的一部电影：《魂断蓝桥》

最喜欢去的地方：学校

最喜欢吃的食物：COLD STONE 冰激凌

最拿手的特长：掏耳朵

对你影响最大的人：爸爸妈妈

即将去的学校和专业：POMONA COLLEGE, 波莫纳学院 PHILOSOPHY, POLITICS AND ECONOMICS (PPE)

最想对过去的自己说的一句话：少睡懒觉，多看书。

最想对未来的自己说的一句话：脚踏实地——别忘了时不时仰望一下星空。

最想对看这本书的读者说的一句话：永远不要看轻自己的独一无二！

姓名：韩希泽文

生日：1992 年 3 月 30 日

星座：白羊座

座右铭：顺其自然，为所当为。

最喜欢的歌手：方大同

最喜欢的一本书：《海鸥乔纳森》

最喜欢的一部电影：GOOD WILL HUNTING

最喜欢去的地方：实验中学

最喜欢吃的食物：海苔

即将去的学校和专业：NEW YORK UNIVERSITY，纽约大学双学位

最想对过去的自己说的一句话：沿途风景不错。

最想对未来的自己说的一句话：做自己想做的。

最想对看这本书的读者说的一句话：把握当下。

姓名：柴婉盈（AKA 柴娃）

生日：1991 年 8 月 10 日

星座：狮子座

最喜欢的一首歌：D 大调卡农（帕切贝尔）

最喜欢的一本书：GONE WITH THE WIND

最喜欢的一部电影：ELIZABETH TOWN

最喜欢吃的食物：COLD STONE 冰激凌

对你影响最大的人：妈妈

即将去的学校和专业：NORTHWESTERN UNIVERSITY，西北大学 MMSS (MATHEMATICAL METHODS IN SOCIAL SCIENCES) 数学 & 社会学

最想对过去的自己说的一句话：SO FAR SO GOOD.

最想对未来的自己说的一句话：GOTTA BE BETTER.

姓名：周静雨

生日：1991 年 9 月 12 日

星座：处女座

座右铭：谋事在人，成事在天

最喜欢的一首歌：L' ALIZÉ（ALIZÉE）

最喜欢的一本书：《你今天心情不好吗》

最喜欢的一部电影：《侏罗纪公园》

最喜欢去的地方：贴近自然的地方

对你影响最大的人：父母

即将去的学校和专业：UNIVERSITY OF MICHIGAN，密歇根大学 环境科学

最想对过去的自己说的一句话：拜拜了您哪！

最想对未来的自己说的一句话：YOU' RE YOUR OWN WORST ENEMY.
KEEP CHALLENGING YOURSELF!

最想对看这本书的读者说的一句话：当你有了梦想，就用心去做吧。即
使最后没能成功，你也收获了充满意义的过程！

目录
CONTENTS

生活是枯燥还是有趣，完全取决于自己。

她在亚马逊丛林看海龟，她在奇幻世界里肆意游荡，她在院子里养兔子和花草……

最细微处，有大美。18岁前，一定要发现生活之美，你会发现更大的世界和更多的有趣。

有一技傍身，则天下足。

他在实验室研究基因，她12岁英语已经和美国人一样好，她对颜色有设计师一样的敏锐度……

三百六十行，都能创造新世界。18岁前，一定要发现自己最擅长的事，你进入更深邃的一条路，发现更美的风景。

第三篇

机会有选择：机会常有，发现了、抓住了才能站上舞台/141

机会只给有准备的人，你要准备什么呢？

她认为只要能想到就一定能做到，他在一次竞选中彻底释放了自己，她能让身边所有事物给自己带来快乐……

每一刻都有新机会，未知的世界正打开大门。18岁前，一定要知道怎么发现"这是个好机会，我可以试试"。

第四篇

自然有神奇：顺其自然，听从内心，成为最好的自己/207

顺其自然，为所当为。

他想寻找未知的自己，一直努力知行合一，她对动漫有无限热爱，是位手办达人，他觉得自己至为平常，只是在做自己……

你自己就是一个完整的宝藏。18岁前，要知道挖掘最真实最原始的自己，发觉内心的力量，成为那个你想成为的人。

18岁，展翅飞翔

一年前，新东方出版了《立志要趁早》，让10个孩子讲述自己成长的故事，没有想到这本书销量突破了10万册，成为2009—2010年最畅销的青少年读物之一。这本书的读者有家长和孩子：家长希望通过读这些孩子们的故事，来整理出自己培养孩子的思路；孩子希望通过读这本书，能够对自己的成长和未来有更清晰的想法，也能找到榜样的力量。

有家长和我说，读了那本书，终于知道了培养孩子的重点应该放在什么地方，知道了如果让孩子死读书，而不给孩子独立思考的能力和宽松的环境，最后孩子即使成绩优秀也不一定会有可持续发展的能力。更多的孩子读完了这本书，明确了自己的发展方向，在中国人山人海、苦苦挣扎的高考之外，也找到了另外一条可行之道。也许这些故事并不适合每一个家庭，因为毕竟书中的孩子们家境都比较不错。但我深信任何教育，最重要的是教育背后的理念。不管在什么环境下，只要理念是正确的，那最后的果实就是好的。基于这一理解，我们决定今年再让12个孩子来讲述自己的故事，从更加生动和真实的角度，来听听孩子们在成长过程中的声音，这就是现在在大家手头的《最好18岁前就做过这些事》。

在这些孩子的文章中，他们生动地讲述了自己的成长故事，以及自己对成长的总结。令人高兴的是，孩子们并没有被应试作文讲大道理的风气所影响，用非常生动的语言和非常真实的情感，来描述了自己的童年和少年、自己的挫折和成功、自己的亲情和友情，有些孩子还非常坦诚地描述了自己的初恋感情。中国的成年人，对于上世纪90年代出生的孩子，都会有一种偏见，觉得他们自我和自私、不懂得责任和努力。我们讲到90后，很有点九斤老太的味道，觉得似乎一代不如一代了。读完这些故事，也许我们可以改变一下自己的态度。从这12个孩子身上，我们看到了这一代人的努力、责任、眼光和成长，他们身上也体现了很多我们作为父辈没法拥有的优势和环境。我想说的是：让孩子们自由飞翔吧，他们能够飞多远就让他们飞多远吧，他们不仅仅拥有隐形的翅膀，更加知道风的方向。

虽然这12个孩子性格迥异，各自人生经历也千差万别，但回归到本质问题上，我们发现这些孩子的成长是有共通点的，他们的童年成长环境大体都很宽松，父母对他们的培养教育是放养型的，所以很小的时候，他们就养成了独立的好习惯；在初中阶段，他们大多有过丰富的旅游经历，无论是国内，还是国外，旅游大大充实了他们的眼界，更树立了他们渴望成功、渴望与众不同的信心。在学校里，他们参加了很多的团体活动，从学生会到模联，他们积累了很丰富的组织管理经验，他们还热衷于社会活动，几乎都参加过各种形式的志愿者工作……当然了，他们还集体做了同一件事：通过新东方的培训，成功考取了世界名校，今年夏秋，他们将离开祖国，奔赴北美进一步深造。

当然，并不是每一个孩子都像他们这么幸运，都有这么好的条件能实现自己的理想。还有很多孩子和他们一样聪慧，一样对未来充满了向往，但是因客观条件的限制，他们只能在狭小的空间里继续奋斗，但是不管你现在处在什么状态下，不管实现你的理想有多困难，都不要放弃。蜗牛只要能够爬到山顶，和雄鹰所看到的景色就是一样的。我们需要一辈子的时间，才能够知道自己走到了什么地方；我们需要每一天的努力，才能够知道自己这辈子能走多远。18岁的时候，我还是一个没见过世面的农村孩子，现在我已经走遍了世界。

真的，人生在每一阶段都会有惊喜，对这12个孩子是这样，对其他所有的孩子都是这样。希望所有新一代的孩子，都能比我们过得更加精彩，也希望本书中的12个孩子，在未来的路上，走出更加精彩的人生。

第一篇

Chapter 1 　生活有大爱

发现生活的无限乐趣，做一个有爱的人

生活是枯燥还是有趣，完全取决于自己。

她在亚马逊丛林看海龟，她在奇幻世界里肆意游荡，她在院子里养兔子和花草……

最细微处，有大美。18岁前，一定要发现生活之美，你会发现更大的世界和更多的有趣。

宋思嘉
我的城堡

她太厉害了

校模联主席，北京市模联大赛最佳代表

还是校音乐剧社成员，参加多部音乐剧演出

她思维敏捷，口才上佳，辩论赛上她是最佳辩手

她才华横溢，自编自导多部英语短剧，会写英文古体诗

她兴趣广泛，阅读、写作、设计、制作、唱歌、表演、辩论

她无限热爱生活，自己做肥皂，做织布机，做网页

她关注公益，热衷慈善，参与各项人文关怀活动

她崇尚真实，讨厌做作

她即将前往耶鲁大学

在那里，她的优秀和精彩将会继续！

如果让我说出自己的优缺点，我认为我最大的优点是非常能想，什么样特别诡异的事情都能想出来，并且试图去做。它的好处在于，你最后能做出很多别人没做过的事。

回顾自己的成长，我所能记得的都是一些零零碎碎的片段。这些片段像一块块砖头，按照时光的新旧顺序层层堆砌，最终在我的面前呈现出一座恢弘的城堡。下面我想完整地描述一下这座城堡，以此纪念自己19年的成长岁月。

要塞——小学时光

成长是一扇树叶的门，童年有一群亲爱的人。

——《心愿》

很多人在回顾自己的成长经历时都会首先提到父母，我也不例外。我妈妈一直在对外经济技术交流中心工作，爸爸之前是在中石油做对外经贸方面的工作，后来成为自由职业者。爸爸是一个性格很独立的人，有时候性格也比较急，妈妈则比较平稳、稳重，她特别会办事，基本上什么事交给她她都能完美完成。她属于"有话好商量，慢工出细活"的那类人。我很崇拜我妈妈，尽管我的急性子很像爸爸。有时我想，我对妈妈的崇拜，是不是源于对她那种与生俱来、我无论如何也培养不出的性格的向往？

由于父亲的工作关系，我小学有一段时间是在新加坡度过的。新加坡的教育制度与中国有许多相似之处，例如对学生的严格要求；但是在某些方面，新加坡的教育比中国更加残酷，例如新加坡的小学会从四年级开始划分重点校与非重点校，他们将之称为"小四分流"，而这些则是不被中国的教育制度所允许的——在学校里我时常和同学讨论这些，尽管我们对这些的了解也是懵懵懂懂。

那时我读的是一所教会学校，班里的很多同学父母都是虔诚的教徒。一个人的宗教信仰往往受家庭的影响很大，尤其是在幼年时代。我的父母不信教，所以我自然也不信。由于对宗教的理解并不深入，我们这群刚进校不久的小孩子争论的话题时常停留在"你为什么不信教"这个层面。而对于他们

的此类疑问，我往往会以"为什么信上帝？你看得见吗？你摸得着吗？你看不见、摸不着，凭什么跟我说他存在"来反驳他们——或许就是从那时起，我开始渐渐明白原来人的想法这么稀奇古怪。在这个世界上，其实很多事情没有对错，有的只是一个争论过程，以及过程之后不同人所得出的结论与思考。

很多读过《简·爱》的人都会对女主人公童年在教会女校的生活印象深刻——每天凌晨起床，借着昏暗的光线洗脸，祷告，吃饭，阅读。没有人敢交头接耳，否则就会像海伦一样被勒令站在凳子上，接受所有人的嘲笑与鄙夷，还有那种来自环境的压抑对人心理的摧残——我所就读的虽然也是一所女校，但生活却大相径庭——记忆中学校会三天两头放假，因为我们班同学的背景比较多元，所以动不动就是各个民族的节日，比如印度教的节日，还有伊斯兰教的开斋。而7月21日——也就是我生日，是新加坡的种族和谐日。出于对这个节日的重视，我们学校每年都有大型活动，还可以穿旗袍。于是我就很开心，好像整个学校都在给我过生日一样。

新加坡的教育，在严格的同时，也非常注重学生的综合素质。老师经常鼓励我们看书，写论文。小学生所谓的"论文"，也不是特别高难度的东西。老师的目的主要是鼓励你将自己想到的东西尽量表达出来，而不要依附于来自老师或者学校的填鸭式教育。小学二年级那年我做了一个关于蝙蝠的调查。为了做这个调查，我天天在图书馆里翻阅大量关于蝙蝠的书，最后弄出来一个板报似的东西。现在看来一个小学二年级的孩子所做出的东西自然与"高深"不搭边，并且随着时间的流逝我也早已淡忘了制作过程中的诸多细节，但那次经历却在我的脑海中形成了这样一个观念：钻研过后的成就感往往会将钻研过程中因困难而遇到的挫败感抵消，可是钻研过程中遇到的困难往往比最后的结果更令你回味。并且，钻研的成果要展示给别人看，并且要有理有据。这种严谨的态度很重要，无论是对科学还是文学来说。

那里的生活带给我一种很真切的快乐，对我往后的生活也有深远的潜移默化的影响——这些都是我在成长的道路上慢慢感受到的。四年级那年我随父母一同回国，就读于史家胡同小学，本以为回国后的生活还会像在新加坡一样快乐，但我错了。

现在都说出国要过"语言关"，而我回国以后同样也面临着"语言关"——我虽然会说汉语，却不会写汉字。而汉字的书写是学习语文的基础，期中期末考试的重点也是汉字书写。而我那时根本不认识汉字，语文成绩自然很差，百分制的试卷我最低考过28分；而我原本非常不错的数学，也因为我看不懂应用题而屡次不及格。小孩子的内心往往比较脆弱，心理承受能力自然也差，更何况我在新加坡的时候一直属于模范生。

那段时间，除了糟糕的成绩以外，我的压力还来自于同学们的眼光。每次他们看我的时候眼光都非常异样，我的朋友自然也不多。独处的时候我常常揣摩他们，我觉得他们肯定在想"这人怎么这么奇怪，不会写字也不会算数，她到底干吗来的"，这种念头让我觉得特别委屈，平时在家里不太敢跟父母说，于是周末的时候总回家抱着姥姥哭——我姥姥是个特别慈祥也特别可爱的老太太，我很喜欢她。家里谁有什么不开心的，她都会特别用心地安慰。她安慰人也从来没有什么长篇大论，更加不会讲什么大道理，但就是让人心里特别舒服。

其实那段时间父母也挺担心我的，他们主要是怕这样会让我的性格越来越自卑。而解决现状的最好办法就是让我补课，从根本上解决问题。四年级的寒假和暑假，我把小学一到三年级课本全部补了一遍，虽然不是很扎实，但至少考试的时候不会再不及格。到五年级中间的时候，多多少少能跟上了，到六年级基本没事了。到现在想到那个时候的我，我还是觉得挺自豪的，那会儿那么个小不点，克服的这个困难，也挺大的。但是无知者无畏，所以有时候我想，人有时候觉得自己有什么坎实在过不去了，其实是因为随着年龄的成长而杂念太多，太瞻前顾后，仅此而已。

在国外度过童年的同学，回国以后很难找到归属感。这不仅仅是因为刚回国时语言被同学们嘲笑，更重要的是，我看待事物的视角已经多多少少改变了，我很难像一直生活在国内的人一样看问题。每当我把自己的想法与他

们分享的时候，他们就会反问"你怎么这样想呢，我们都不这样想"，于是我就更觉得没有归属感了。

我喜欢阅读，这是我在国外养成的习惯。那时候，包括现在大部分时间，看的都是故事书、小说之类。当时，老师给我们灌输了这样一种思想：只要是书，都是有价值的，哪怕是所谓的"闲书"或者是课本之外的书，甚至一些比较杂的东西。因为它就算没有深刻的"意义"，依然会给你带来快乐，给你带来丰富的想象。

书看多了，我也经常试着动手去写——六七岁时写神话故事，假如我是神，我会在云彩里建一座城市，把人全拎上去住。再长大一点，喜欢看别人的书，续写那里的人物之后干了什么，一直断断续续地写下来。进了初中，我就很少写童话了，而是开始写类似杂文的东西——我特别想记录初中、高中的时候校园里大家在一起那种感觉，不一定是发生了什么事，仅仅只是一种属于校园的感觉，或者说是氛围。比如秋高气爽的时候，大家全都回校园了，那种特别高兴，同时又有点忧伤的感觉，因为暑假过去了。写这些文章的时候，我非常注重自己的感受，而这些感受又会让我收获新的发现。例如人的感觉有时是特别微妙的，不能用"开心"或者"生气"来简单地下定义，正如这个世界对人的分类不仅仅是"好人""坏人"那么简单。

记得小时候，我特别爱看《孤岛生存》那类书，包括《草原小屋》。我特别感兴趣当人们完全靠自己的时候是怎么生活的。记忆犹新的是《草原小屋》中有一段在描述如何织布，而小孩子的好奇心往往会让他们对陌生事物充满兴趣。于是那天回家以后我跟我妈宣布，我要天天吃冰棍。她很惊讶，问我原因。我说我要拿冰棍棍儿做织布机。当时是夏天，天气特别热，我隔三岔五地吃冰棍，吃了大概一个月，攒了不少冰棍棍儿，做了一个小织布机。因为是织毛线用，所以特别粗。但是当真的织成一小块布之后，特别有成就感。

还有一段时间我对染料特别感兴趣，有时候我妈带我出去逛街，我就会盯着那些布料发呆，心想这是怎么染出来的，难道不会掉色吗？有时候我会跑到公园里摘花，回来捣碎，弄到水里想染东西。后来发现我摘的那些花儿不管怎么弄，都不能把水染色，于是我就觉得特别郁闷。而后来上中学才发现，其实是我选错了溶剂，应该选有机物。

还有一次，我姥爷家空调坏了，排水管往阳台上滴水。我姥爷弄了个桶在底下接着，他就去睡觉了。水把桶盛满以后，就流到了地上。我当时兴致勃勃地弄一个小塑料球杠杆，妄图弄一个系统，装个铃铛，如果水满了就响，但是怎么设计都没成功，于是我又特别沮丧。最后是我爸爸过来帮我解决了这个大难题——他到外面买了个门铃，把底下的线拆开，然后把线的两头探进水里——因为水是导电的，所以水面一上去电路一通它就响。当时特别崇拜我爸，觉得他是个彻彻底底的大天才。

我对技术方面的东西也很感兴趣，其中，一个娱乐活动是做网页。从小不点的时候，我姥姥家买了台新电脑，那个新电脑带微软的Frontpage，我在那玩儿，我说假设这个网页是一个王国，这一篇是城堡，那一篇是树林，这几篇用链接串起来，又是网页，又是故事，当时自己玩儿得特别高兴。大一点开始真的做网页，在网上弄了个服务器。外国网页有免费的服务器，中国的域名也很便宜，所以两边都占着。我现在自己有一个主页，写的东西会接到网上去，像blog之类的。后来我改用Dreamweaver，因为Frontpage貌似已经没有了，Dreamweaver比较专业。有一阵比较疯狂的时候，我们家电脑两个软件都没有，我就拿记事本写代码，就是最基础的代码，断行、滚条，还有表格。但是写代码特别烦人，因为你看不见效果，等你把代码写完了，打开网页一看全是错的，还要重写。我其实没学过网页制作，但是我会去网上找一个有各种各样花样的网页，把原代码打开，然后把它一点一点拷贝粘贴。

稍大些之后，我开始喜欢玩网上的文字游戏，80年代那种特别古老的游戏。有点像网游，只不过全都是文字的。假设你是个人物，你在一个虚拟世界里干很多很多事，但是你干所有事情都没有画面，只是用文字呈现，比如你往里面打一个sit表示坐下。其实听起来很无聊，这个主要好处是有很多人一起玩，特别有主动性。如果你的文字思维能力强的话，你会觉得这个会比

图画还好玩。

后来我把这些事当玩笑讲给别人听时，尤其是一些大人，他们都会问我："你到底喜欢科学还是文学？"在我看来，这种想法其实是在把一件特别简单的事情复杂化——我感兴趣的是人怎么过日子，包括染料、织布都是这种方面的东西。因为小时候如果没有人给你刻意分这是科学、这是文学，那么小孩子是不会对这些在意的，他们只知道这是好玩的东西。

城墙——我的课外生活

在川流不息的时光中，神采飞扬。

——《时光》

我曾经庆幸自己回国之后的适应期很短。这句话既可以说我的适应能力强，又可以说我的初中生活到来得很快。是谁说过，每个人的成长都是件冗长的事儿。可在我看来，成长并不冗长，相反非常迅速，只是弹指一挥间，犹如白驹过隙。

或许因为我天生就属于很会玩的人，所以虽然初中的功课比起小学会比较紧张，但我还是能轻而易举地找寻到小快乐——初中的时候欢乐的事情一般都是跟同学在一起做的。初中的时候我们班出了名的能闹，有一回参加了一个年级的辩论赛，我们说一定要争口气，不能让别人觉得咱们班就会闹、不好好学习。

当时我是其中一个辩手，那回辩论赛真是全班出力，我们晚上开会，他们给我们从食堂带吃的，包括老师给我们找个地儿练去，然后看录像，投入了不少精力。我们班真有几个辩论特别有才的人，后来我们就真的拿了年级第一。

当时我们PK年级公认最强的那个班。论题是"先天条件是否重于后天培养"。我们是站在先天条件比较重要这一方的，其实这个对我们挺不利的。

现在想起来，当时说话也真够逗。当时我说后天培养固然重要，但那也是在先天条件的基础之上，比如你是一个人，那么你完全有资格高高兴兴来上学，来接受教育——这是后天培养的重要性；但假如你出生的时候不是一个人，而是一只蜗牛，那么你的后天条件再好也没有用——在我说完这句话之后，全场爆笑。

还有一段时间，我的主要活动是带领我们班的人"使坏"——我记得有一次是我们班自习课，我和我最好的朋友一起闹，当时我是班长，她是团支书，结果自习课把作业写完了，我在那趴着，突然想叠纸飞机，不知道怎么大家全都跟着我开始叠。这时候班主任进来了，纸飞机满天飞，就像是《放牛班的春天》里面那些孩子在送别老师的时候从窗户中扔下来的白色飞机一样。我们老师一生气一拍桌子，喊了一声"谁带的头给我站出来"，结果站起来的都是班干部，把老师气得够呛。

还有一次好像是因为我快过生日了——我生日是在暑假，每次都是在放假之前庆祝。我妈把我几个比较好的朋友接出去，晚上吃比萨。结果晚自习迟到了，管晚自习的老师叉着腰在门口等着，说你们够嚣张的，光明正大地迟到。因为我们确实是光明正大地迟到，我们毕竟是跟家长在一起。其中一个同学愤愤不平的态度惹火了老师，导致我们所有人都要写检查。后来回去我就把这件事跟我妈说了。我妈说没事，她帮我写。然后我妈就真的写了份检查，第二天拿去给老师。老师当时很尴尬——现在想来，我妈妈当年肯定也是不遵守纪律的，否则她怎么会这么理解我们这些爱玩儿的小孩的心思呢？

在我眼里，妈妈和姥姥都属于"神人"——姥姥特别会安慰人，而妈妈则是既做事稳妥又有像孩子一样年轻的心。她会对一件小事特别好奇，也会跟我一起对同一件事满怀期待。并且从某种角度上来说，她"放任"我的成长——让我的心灵在最大程度上获得自由。只要是我喜欢做的事，她几乎都非常支持。

我初中和高中都是在清华附中上的。初中时我喜欢唱歌，于是去找了音乐老师，说想加入合唱队，结果被老师拒绝了，她告诉我合唱队只收高中生，初中生不能加入。我当时特别郁闷。后来我跟老师说3年以后再找他。3年之后我考上了清华附中的高中部，就真的去合唱队了。有时想想，我之所以对合唱充满兴趣，很大程度上说是因为我觉得很多人在一起唱的感觉非常美好，包括发出的声音，都是独唱无法比的。所以每次合唱队排练的时候我都会早早的去，那让我觉得很快乐。

当时身边听流行乐的同学很多，但其实我不是特别喜欢流行歌曲，因为总觉得很多流行歌曲没有调，听上去像在念经。我比较喜欢稍微老一点的歌，偏古典的那种，让人觉得特别平静而且唯美。比如有段时间我很迷《歌剧魅影》，甚至在楼道里都会不由自主地唱。

初中的娱乐活动基本属于"自娱自乐"的程度，而高中生活则与外界联系颇多，很是丰富。朱自清曾在《荷塘月色》中写道"热闹是他们的，我什么也没有"。这句话放在我的高中生活中并不合适——升入高中之后发现可干的事情比初中更多，而且这些事情往往都不会是我一个人在战斗，例如社团活动和初中相比丰富了许多。清华附中高中部的活动特别多，这让刚刚入校读高一的我一下挑花了眼。我记得有一阵，从周一到周五中午我基本没去食堂吃过饭。因为周一要去红十字会，周二合唱团，周三音乐剧社，周四是模联，周五是天文社。我忙得连轴转。

对于红十字会的热爱是从我初三那年开始的，那时红十字会基本没有人理会，可我却不知道为什么从心里喜欢这个组织。进了高中之后，社团活动可以让我离红十字会更近，于是我鼓动我们班一帮同学加入红十字会。红十字会给我们每人发一个小会徽，别在胸前特别自豪。有一天有人查团徽，说，你们怎么都没戴团徽，一看我戴的是红十字会会徽，他们想了想没说什么就走了。

加入红十字会之后，我的主要任务就是宣传各种各样的健康知识，有一次我印象比较深刻的，是红十字会要做一个无烟日的活动，让所有同学回去告诉自己家长别抽烟了。所有成员为了这件事开始聚在一起头脑风暴。后来有人提议贴海报，但如果把海报贴在学校的宣传栏里，可能没人看，也就起不到宣传的效果。后来我就想出一个主意，把海报贴在身上去各个年级巡礼。我还拉着我们班另一个同学陪我一块去，给我壮胆，可是她觉得特别丢人。那天中午转累了回宿舍，在宿舍签到的时候，我后背上还是海报呢，老师一把给揪下来，说谁往你背后贴的条啊，你怎么一直都没发现……

再说到音乐剧，我们当时排的是《巴黎圣母院》，全是法语的歌，用法语唱，我们一个人都不会法语，现听原版学的。音乐剧社十分庞大，有演唱的、跳舞的、做道具的……记得当时我经常逃晚自习帮他们糊纸道具、画幕、刷木头箱子之类的，当时觉得特别好玩。我不仅是对音乐剧感兴趣，对于一般的舞台剧也很喜欢。我曾经排过两个英语短句短剧，一个是《神秘花园》，另一个是《摆渡》。《神秘花园》是我们为年级的一个短剧比赛写的。《摆渡》是区里的一个比赛，故事是同学编的，剧本是我和另外一个同学一起写的，讲了两个人，一个是很朴素的摆渡者，他平常是摇船的，一个是国王，他们俩死后，国王上天堂了，这个摆渡的人下地狱了。但通过种种情况反映出，其实这个摆渡者才是真正的心灵善良的、高尚的那个人，这引发了一系列的故事。

周四的时候我会参加模拟联合国。我突然发现里面有好多workshop的同学，要出国的很多人都在模联里很活跃，我觉得这是一个大的氛围，稍微有点这种打算的人都会去模联凑热闹。模联很好玩，大家可以扮演各国的代表去参加大会，自由度和发挥的空间都很大。但其实模联很累，而且也很考验和人打交道的能力。我本身性格是偏内向的，所以模联对我来讲可以算是一个很大的挑战——毕竟在一般情况下，我比较喜欢和一个人或者几个人聊天；如果50个人一拥而上，我的脑袋一下就炸了。但是正因为我不是一个天生很外向的人，所以模联对我的影响最深，不仅因为它锻炼了我在公共场合讲话、和一群人打交道的能力，更重要的是它带给我一种成就感——毕竟某种角度而言，模联让我不得不逆着自己的性格做很多事情，而这些事情无疑都对我以后的成长有莫大的帮助。

我在高一那年加入模联，参加的第一个会议是我们学校自己办的模拟会议。当时的主题是全球变暖，我扮演加拿大代表。按理说，加拿大是个没有什么问题的国家。但当时我的一个朋友演美国，最后他快被口水淹了，他说你赶紧帮忙吧，我就帮他，替他说话。最后我被主席骂了一顿，她说你忘了加拿大的立场是什么了；因为我当时说美国减排可以，但是美国要减排的话，中国、印度等国家必须一起减排，要不然你们人这么多，大家都排，照样糟糕。最后我也跟着被口水淹了。

模联的会议很多，我印象最深的是高二那年，我带着一个高一的同学去扮演朝核问题的北朝鲜，情况艰难。当时我们俩是采取比较缓和的状态，态度是，你们给我们援助，我们会跟你们一起协商。我们合同都快签好了，主席团看着不爽，说你怎么能这么了呢，应该争吵。于是他们突然制造了一个危机，说金正日主席病了，新上台一个某某将军，他说朝鲜要继续发展核武器。于是我们赶紧改口，改变态度再次协商。第二次签约又快签好了，主席团又换了个危机，说金正日主席康复。当时我们拿着假新闻，上台说我们的伟大领袖金正日主席如何如何。当然本身这条新闻是没有的，但是我一边上台一边编我们伟大的领袖金正日的指示，然后底下的人就开始笑。最后主席团觉得很好，说我们真不容易。

还有一次我们代表中国，那是2008年11月，那个形势比较特殊，不是每个国家一个人，而是你代表中国内阁的一部分，总共就四大国，中国、印度、俄罗斯和美国。那一次真是"危机"频繁，头一天晚上欢迎大家来，我们明天开始会议，大家先去睡一个好觉。半夜3点钟，一个电话来了：快来吧，危机了。我穿着睡衣，记得当时"记者"告诉我，美国总统在北京上空坠机，飞机上所有人遇难，现在美国说是你把他们炸下来的，你们要负责。当时是3点，我们就开始行动。我们的决定是美国可以派人来检查飞机的黑匣子，检查事故原因，明确责任。他们说可以，但是不能有你们的人在场。我们说不行，检查时必须有我们的人在场，要不然谁知道你拿走了什么，或者你往里面搁点什么诬陷是我们干的。这事协商到早上6点，好不容易完了，我睡眼惺忪的，他们说来开会吧。

我现在都忘了会议的主题是什么，反正一个危机接一个危机，到最后有一个全球人民解放军，是一个中东恐怖组织，他们说要求美军撤出伊拉克，要不然就放生化武器把你们全都灭了。后来半天大家全都在想怎么解决这个生化武器问题，结果发明了一个疫苗就把问题解决了，然后用武力手段把全球人民解放军处理掉了。这次模联被同学形容成"Fantasy"——异想天开。

北大模联的世界文化遗产保护委员会会议是比较正统的。当时我们代表挪威要申报挪威的木头城作为文化遗产。他们城里所有屋子都是木头做的，除了一个教堂。其实那个主要是规模比较大，包括有从台湾赶过来的代表。我们组有北京的，有一个南方的，会议还有两个台湾人。台湾同学以前没有参加过模联，可以算是新手，沟通起来也比较困难。但是他们还是很能干的，主要是我们要跟他解释这个怎么回事、需要些什么。

世界文化遗产保护委员会会议和别的不太一样，别的模联最困难的地方是在开会，然后协商。文化遗产保护委员会则是要求在开会前写文件。因为一般申报材料都会有一两百页。我们最后没有写出那么多，有30多页，但是全是英文的。

周五中午的活动是天文社观星。因为我们学校在郊区，所以看星星能看挺清楚的，我们就找个天文望远镜去观测。天文社是我们这届的同学办的。

除了这些，还有一些突发性的活动。有一段时间我们为灾区义卖，去金五星批发了一些电动扇子到学校兜售。那是2008年5月底6月初的样子，天气很热，我们几个人扛着盒子，上面贴着"爱心捐助"的字样，就在清华大学里面搞义卖。刚开始清华大学里面有很多老教授过来会跟我们砍价，说我们卖得太贵。这让我们觉得很崩溃，但是又必须跟他们耐心地解释。后来我们只要有利可赚就卖，反正有一点是一点。到最后我们学会看准人了，看着家长带着孩子的，赶紧上去推销，你跟他说爱心捐助，哪怕是为了教孩子一些慈善观念，他们也会买的。

还有外来女工服务中心的活动——那是暑假的时候我参加的实习。我当

时管的是一个教室，因为女工经常会带自己的孩子来，她在北京找工作的时候孩子没有人看，经常自己往外跑，怕出危险。我们会给他们上英语课。我挺感慨的，因为教室在来广营，民工区，那里的环境很差，我没去那之前，你跟我说北京还会有这种地方，我都不知道。所以去那儿相当开眼界，和中关村的发达形成鲜明对比，而且这些人就生活在你身边。

女工的小孩英文课不是特别好上，而且各个年龄的人都有，最小的差不多4岁，最大的比我大。我就给他们看最基础的动画片，比如这是苹果、这是橘子那种简单的片子，因为小孩看动画片学习的能力还是挺强的。当时我的感慨就是，你如果看这些人的父母，可能会看出来他们条件不是很好或者他们没有受过教育，但是你看孩子看不出来，所有的孩子看起来都是一样的，眼睛都是明亮聪明的，如果他们有比较好的条件，或者有更多的机会，如果有人教他们，他们长大了都是可以成为社会栋梁之才的。这就是我的切身体会，我觉得一定要有人给他们机会，否则就太可惜了。

箭塔——我的目标

我知道我的未来不是梦，我认真地过每一分钟。

——《我的未来不是梦》

如果让我说出自己的优缺点，我认为我最大的优点是非常能想，什么样特别诡异的事情都能想出来，并且试图去做。它的好处在于，你最后能做出很多别人没做过的事。

比如初一那年暑假，我独自一人坐飞机跑到悉尼我小姨家，和她过了一个暑假。小姨夫白天上班，我跟我小姨在家里泡着，做拼图，就是那种立体拼图。我当时买的是一个小城堡，拼累了，我小姨就弄点巧克力吃。白天我有时也去书店里逛，基本上可以泡一天。在那待了3周，爸爸、妈妈这边着急了，打电话问我什么时候回来。我说我能再待几天吗，我妈说，好家伙，你乐不思蜀。然后又待了一周。其实悉尼于我而言只是一座普普通通的城市，没有特别独特的地方，独特的是我在这座城市做的事、这件事是和谁在一起做的。

初三那年，我把能找到的关于耶鲁的资料全都看完了，越看越喜欢，觉得这个地方太漂亮了，太棒了，后来我跟我妈说我要去这儿。那会儿我也就是十四五岁的样子。

当我把要去耶鲁读文学的事情告诉我妈妈的时候，她说这是件大事儿，她自己一个人决定不了，所以得开个家庭会。开会的时候我特别认真地对家人说，读文学专业我会很快乐——我想就是这句话把我父母说服了。其实对于"将兴趣当做自己的职业是最快乐的"这件事，很多人都有切身体会。例如我妈妈当年想当老师，但是因为那会儿工科待遇好，也缺工科的人才，所以她就被老师和家长劝报工科了。我妈妈曾经告诉我，她这辈子的理想就是当老师教孩子，由于种种原因没有实现。而我爸爸也特别希望我能做自己喜欢的事情，高高兴兴的。所以到最后他们俩都说你去读文学吧，但是最好再读一个别的。

对于父母说的"再读一个别的专业"这件事，我觉得还是很可以接受的。而我很庆幸他们允许我选择自己喜欢的专业——既然无论如何都会过完一生，那么与其偷懒、随波逐流，还不如多做点自己喜欢的有趣的事情，何必要那么循规蹈矩，干一些别人认为你该做的事情——这让我忽然想起最近我们同学在填报志愿，我们班主任快疯了，因为所有人报的都是经管系或金融系。于是我就劝我的朋友："你看，咱们全年级的人都报经管系，以后出来得有多少经管系的人，你抢得过这个饭碗吗？"我觉得别人说什么好你就干什么，这种挺没劲的，还不如自己多想一想，自己多做一做，哪怕最后并没成功，起码是尝试过了，做了自己喜欢做的事了。

我觉得现在很多人都存在一个共同的问题，就是对自己的要求太低——我不是说传统意义上的要求："我要考上一个好大学，我要找到一份好工作。"这是很多学生家长每天都在考虑的。但是你找到一份好工作之后要干吗，难道这就是你人生的最终目的了？可能是由于制度导致，很多高中生被现行教育制度或者教育现状所困，他们只能看到离他们最近的一个关卡，也就是高考，有的学生或许还能看到就业。但是高考以后怎么办？就业以后怎么办？难道读一个自己不喜欢的专业找一份自己不喜欢的工作就是成功吗？这些问题他们可能从来都没想过。

我认为自己这一辈子要做喜欢的事。现在很多企业培训的时候，都在向员工强调，你要把自己目前所做的事当成事业，而不是职业。但是"事业"与"职业"到底有什么不同？在我看来，"事业"是你喜欢做的事情，无论它能不能给你带来名利，至少你投入了情感，收获了快乐，你在意你能在这个行业里面成就什么、为后人留下什么。而"职业"，只是一个单纯的谋生手段，仅此而已。当然"职业"也会变成"事业"——你从事这个东西，你以它为业，最佳境界就是你喜欢它。既然人这一生必须要面对工作，既然无论怎样你都会把人生几十年的时光投入一项工作中，那为什么要投入不喜欢的事情里？很多人并没有想明白这一点，所以才会有那么多我的同龄人对自己的要求偏低——他们要求的，是读一个热门专业，毕业以后寻到一份薪水不错的、待遇不错的工作，出来就这么平平静静地过，或者能生活下去。

给耶鲁的申请文书中我写了两篇，一篇是写住宿生活的——因为我个人非常喜欢这样的生活——所以我就写自己如何和同学们一起闹。另一篇是就"翻译"写了一篇文章——相比现代文章，我更偏好古文。一是因为古文比较美，二是表达比较精简。我有一阵特别喜欢把我们学的古文翻译成英文，比如《岳阳楼记》之类的。在那篇文章中，我通过把文章从中文翻译到英文，和从英文翻译到中文，比较两个不同文化国度里面的诗、文学作品，来表达自己对这种"差异"的感受。而且我发现，在评价另外一个民族文化的时候，不能以我自己的标准来衡量，因为那样是衡量不出东西的。

说起文学作品，我特别喜欢Tolkien。最开始看他的书的时候我还是个小孩，但是我那时就能特别强烈地感觉到自己不仅是在看一个故事，而是在看一段历史。他用一种最最基本的视角来写故事，而且有特别宏大的感觉，他的语言很古朴，有点像史诗。他给他的故事设计了整个的历史，还有这个世界各个文化的背景，他这项工作做得很细致——他最早是从语言开始的，因为他是发明了两门语言的语言学家。为了这两门语言，他就造了一个世界给它们一个"生活"的地方。所以说他的世界都有血有肉的。后面有很多人都试图模仿他，但是他们都只是模仿到表面的东西，没有像他那样能够深挖掘的。

我还特别喜欢一个写奇幻的作者，名叫Le Guin。但是我喜欢她跟喜欢Tolkien的原因不太一样。她是一个很有自知之明的人——她知道模仿很难成功，于是她不去试图模仿，而是打造完全属于自己的体系。如果说托尔金是建造了很多奇幻的传统，Le Guin则是打破这些传统的人，我看的她的第一本是*Earthsea*（《地海传奇》），这是她写的第一本书，也比较有名。那本书给我印象最深的是，你感觉是那种很虚无缥缈、那种海阔天空，淡淡的那种感觉。特别平静，但是特别有那种平静而朴实的美感。

我特别喜欢Le Guin写的人物对话，她笔下的人物说的话都特别平常，但是一句话可以让你想半天。这种思考是作者在不知不觉中赋予你的，你愿意跟着她的思路走，而不会感觉到作者很做作。她跟Tolkien是两种风格，但是两种风格都特别让人喜欢。也有一些其他的作家，我也很喜欢，比如写科幻的阿西莫夫。他曾经是名科学家，写的故事既幻想又严谨，可以算是20世纪科幻的鼻祖。他的故事中有个概念叫机器人三定律：机器人必须保护人类生命、在不违反第一条的时候必须遵守人类命令、在不违反前两条的时候必须保护自己。以前写科幻的人都不是这样的，最开始的机器人，造出来都是怪物、魔鬼，没事乱杀人的，自阿西莫夫以后，普遍的机器人形象，有点像电脑形象，对人类没有恶意，只是没有人类的思维方式，你必须得照顾他，告诉他去怎么做，让他为人类服务。其实阿西莫夫是很有远见的——那些在电脑没有普及的年代写出的书，现在看来实质就是在讲人工智能。

非故事性的作家有两位我很喜欢。我开始喜欢Thomas Friedman写的东西，就是因为看了*The World Is Flat*（《世界是平的》），我觉得他说的好多都特别有道理，而且是以前没有注意到的。尤其他对中国发展的评价，比咱

们自己给自己的评价还要高。我不知道是因为他作为美国人，在警示其他的美国人一定要奋发图强、不然不进则退，还是他对这个另有研究。但是我觉得他作为外国人，对中国的观察和分析可能比咱们看得要清楚一些。看他的书有一个特别诡异的地方：他写的是全球化，但是他这本书本身不是很全球化。他几年前就预测印度的IT行业以后会非常非常厉害，后来印度的IT行业确实很发达，所以我觉得这个人还是相当有远见的。

Malcolm Gladwell写过*Blink*，看起来特别有趣，没看之前可能稍微知道你的潜意识有时候会告诉你这个要选那个不要选，看完以后会觉得人的潜意识太厉害了。这本书是讲，通过好多心理学实验分析，有时候人的第一反应或者第一印象往往是特别准确的，因为你还没有用你的意识去进行思考，但是你下意识，直觉已经告诉你正确答案了。我们班同学曾经拿这个解释为什么做选择题改答案往往会改错。还有*The Tipping Point*（《引爆流行》），*What the Dog Saw*（《狗看见了什么》），他写过好多，都是跟这个差不多类型的，都挺值得看的。

说了这么多喜欢的作家，应该说一说我崇拜的人。事实上我不是一个容易陷入偶像崇拜的人，但是我特别佩服希罗多德。希罗多德是公元前5世纪的人。我看过他写的《历史》，他哪都去过，包括埃及、中东。你可以把他和他的徒弟修昔底德写的东西做个对比，后者写的东西都是军事、政治，政客说了什么，王者说了什么，将军说了什么，但是希罗多德写的都是埃及人怎么生活，波斯人怎么过日子，当时打仗的时候波斯王薛西斯是带了多少人过来打我们，这些人都是哪来的，这些人都是什么背景，他们的文化是什么样。希罗多德是心胸特别开阔的人。我想当时希波战争跟咱们的抗战有的一拼吧，但他能把对方文化了解得这么清楚，并且不带贬义，没有偏向，包括他在展现埃及人的宗教、文化的时候，他都绝对客观，不带偏见。尤其在那么早以前，人类文明没有发展到那个地步，能有他这样一个人，他的作品放在两千年以后仍然叫人震惊。所以我很崇拜他，希望自己会像他这样，把东西写得有趣，贴近人们生活，幽默风趣，并且不带有任何的偏见或者仇恨，这也是作为记者或者作家特别需要重视的特质。

结　语

　　小时候总觉得成长很慢。我们像是蜗牛一样慢慢地蠕动，在自己的人生道路上经过一条又一条的线。先是蠕动到了"小学"那条线上，然后到了"初中"那条线上，再然后"高中"那条线也被我越过了。现在，我才终于有时间静下来，回过头张望曾经的时光，却忽然发现，自己在不知不觉中已经走出了那么远的距离。曾经以为遥不可及的大学生活，如今就在眼前。记得以前看过一句歌词："生命有限，时光也会走，如果你不珍惜，机会难留。"每次看到这句话，我都会感慨时光流逝。有时想想，人生再长，也不过只有几十年。如果不好好去做自己喜欢的事，等到年老的时候回首青春岁月，必然追悔莫及。

　　这些回忆都是零零散散的，就像是摆放在地上没有秩序的砖头。我将它们捡起，小心翼翼地堆起来，于是便有了现在这篇文章——我将自己的成长片段，那些曾经或正在触动我、对我有影响、让我印象深刻的细节写下来，呈现在你的面前，并且希望能够触动你，或者在你心中留下一星半点的印记。我知道它们可能很散、很微不足道，或者在你的眼里是那么不值一提，可是我想要告诉你的是，我没有粉饰、没有美化，我的成长就是这样。

　　我不知道自己更加希望当这座城堡的主人，还是这座城堡的守护者——或者说，对于自己的成长，我也不知该以客观还是主观的心情看待。当然，无论如何，这座用文字建造的城堡已经竣工了——我觉得它还算漂亮，还算结实，并且让我神游其中，怡然自乐，已经足够了。

父母问答

Q 请简单概括下您的教育方式?

A 我们采用的方式基本上可概括为"影响式教育"。通过父母的学习生活、思考问题、解决问题的方式、方法来影响孩子世界观的建立以及学习习惯和生活习惯的养成。比如父母在业余时间经常读书看报,对时事作出评论与叙述等,并尽量让孩子也参与其中。例如,我们在旅行途中都会带上书籍阅读,孩子看到父母的这种习惯,也会模仿。

记得思嘉在4岁时,坐飞机就会问邻座的乘客:"你看你的报纸的卡通版吗?我可以看吗?"邻座的叔叔当然不看报纸的卡通版,于是思嘉就和我们一样,也拿着报纸津津有味地读了起来。如此,养成了爱读书的习惯,父母每次出差问她需要什么,答案几乎都是书,所以每次出差的主要购物环节都是去书店按照思嘉的书单买书。思嘉也经常半开玩笑地说:"爸爸总是说给我买书把钱都花光了!"她应该知道,这也可能是父母最愿意为孩子把钱花光的地方了。后来,思嘉几乎过于沉浸于读书了,以至于我们花了很多的时间和口舌来让她避免读书过度,比如,要求她限制每天阅读的时间,读书时要注意休息和放松以免用眼过度,和亲戚朋友聚会时不能带书,等等。良好的阅读习惯和涉猎广泛的阅读,使得思嘉的知识面非常广泛,从古埃及史到荷马史诗,从指环王到莎士比亚她都有了解,她初中便可以大段背诵莎士比亚的剧作,并且在指环王官方网站的古体诗比赛中获得了一等奖。

Q 在孩子成长过程中，您最注重培养的几种品质是什么？

A 诚实、自信、独立、自然、追求真我。

Q 在教育过程中，您觉得您做过的最骄傲的事情是什么？最有风险的事情是什么？

A 一直坚信"行万里路、读万卷书"应该是人生最重要的经历，在思嘉的成长中，最引以为傲的是：为她创造了"行万里路"的条件和机会，培养了她读万卷书的兴趣和能力。14岁前思嘉就游历了10个国家的20几个城市，通过旅行了解不同的人文、历史、文化，也开阔了眼界。她4岁起开始喜爱读书，每周5本，一年下来200多本，10岁时几乎读遍了图书馆儿童部的所有图书，阅读速度已经超过了成年人，厚厚的《指环王》一天就读完了。我们曾经怀疑她是不是真的读懂了，试着在书中随意摘出一段，结果她几乎能够完整地叙述出来。常言说：功夫在诗外。对读书的喜爱和超常的阅读能力，给思嘉带来了无穷的乐趣，也积累了丰富的知识财富。

在思嘉的成长过程中，我们一直注意培养她独立的个性："我的生活我做主"也一直是我们倡导的。当然，作为家长，我们通常会给一些意见和建议，但会尊重孩子的选择。回头想想，这种绝对的尊重在某些事上，还是冒了很大风险的。初一学期结束时，在清华附中普通班就读的思嘉因为成绩优异被调到重点班，这对大多数孩子来说是求之不得的好机会：师资配备好、学生水平相当、学习气氛浓。都说水涨船高，我们有理由相信，思嘉在重点班学习，一定能够在学习上更上一层楼。两个多月后，思嘉期中考试成绩在班里名列前茅，但出乎我们意料的是，她郑重提出要求返回原班级，理由是：在重点班感受到的只有学习、学习、再学习，她不希望将来回忆起初中3年，能够想起的只有学习。经过痛苦的挣扎，我们最终还是同意思嘉返回原班级，也许对于思嘉的课业学习，这并不一定是正确的选择，但值得欣慰的是，思嘉在快乐中度过了初中3年的学习和生活。

Q 您是怎么处理两代人之间的沟通问题的？

A 多倾听，少说教，尽可能平等沟通。

Q 根据您的经验，您对其他家长的意见和建议是？

A 鼓励、信任、放手，可能会有意想不到的收获。

Q 您的孩子马上要离开您，到大洋彼岸，现在您最想对他（她）说的是什么？

A 海阔凭鱼跃，天高任鸟飞。

贺梦石
掌握自己的命运

她性格开朗，不失稳重

她有一个被放养的童年，她是孩子王

她热爱科学，她尊崇学术，曾获得北京市创新大赛二等奖

她担任学生会校刊副主编，与英国日本高中生一起研讨全球变暖

她口才卓越，背后故事耐人寻味

她热爱艺术，硬笔书法全国比赛二等奖

她运动能力超强，取得跆拳道四级

她说"成长了，就是成功了"

贺梦石，即将走向UCLA的女孩，她的人生真实而精彩！

严格管教出来的孩子比较有纪律，有规则意识，但是有时候会比较僵化，没有自己的主见和想象力。放养出来的孩子可能在规范上不如严格管教的孩子好，但是他们拥有自由的心灵和开放的价值观，我认为这两点对一个人是非常重要的。

被放养的童年

"被"是当下的一个热字，我的故事就从这个字开始。

说起我的童年，大部分时候都是"被"放养的。没有太多的外力约束，只有自由本性的成长——这和我的爸爸妈妈的教育理念不无关系：一切以快乐成长为宗旨。

小时候，我们全家都住在军队大院里，我就是大院里最淘气的那个小孩。不管白天黑夜，人多人少，都能看到我在大院里咋咋呼呼地玩闹，带领我们小区孩子们玩得不亦乐乎——我是我们院第一个滑旱冰的小孩，很快全院的小朋友都会跟在我后面滑旱冰；然后我又开始骑车了，飙车的那种，哪儿人多我就往哪儿骑，大人们骂我也不怕，天黑了还不回家，搞得大院里谁都认识我，谁也拿我没办法。

这一切我爸爸妈妈自然都看在眼里，可他们说不管我就不管我，只要我过得健康快乐！

很快，我上学了，我的快乐没有因为上学而减少，反而变得更多。小学6年我都是在欢乐中度过的，根本没有什么繁重的作业要做，没有什么兴趣班特长班要上，没有什么"努力学习、天天向上"的说教，有的只是自由自在的玩乐。

很多朋友看到这里肯定会感慨，你的童年多幸福啊！话虽不错，可我也不得不承认，我爸爸妈妈对我的放养式教育在给我充分的自由的同时也带来了一些麻烦，甚至是阴影——

小学一年级的时候，我就一个人起床，过马路，上学。冬天的时候天还是黑的，好冷，没有人牵我的手给我温暖。

放学后，别的孩子都有爸爸妈妈爷爷奶奶前呼后拥嘘寒问暖，唯独我，一个人过马路，回家。

记忆中，整个小学阶段父母送我上学的次数不会超过10次。

很多时候，看到其他同学有父母的关心呵护，我心中会暗暗地觉得父母对自己不公平。

别人可以无缘无故地对父母撒娇，然后换来无限的爱怜，可是我却不能，因为我撒娇了也不会有安慰。所以说，凡事皆有两面，快乐和痛苦其实是一脉相承的，没有人绝对地幸福，也没有人绝对地痛苦，就看我们如何理解了。这道理并不简单，但很小的时候我就明白。

因此，我的内心其实很释然，我觉得自己是值得的，相比起童年的自由和快乐，那些小委屈实在算不得什么——何况，我知道，我爸爸妈妈并不是真的不管我、不疼我，只是他们的教育方法和其他父母不一样罢了。

或许，每一次我独自过马路时，我受伤哭泣的时候，我的身后都有一双关切的眼睛吧。

并不能说哪种教育方式对，另一种就错。严格管教出来的孩子比较有纪律，有规则意识，但是有时候会比较僵化，没有自己的主见和想象力。放养出来的孩子可能在规范上不如严格管教的孩子好，但是他们拥有自由的心灵和开放的价值观，我认为这两点对一个人是非常重要的。我身边有很多同学，小学时候在父母的逼迫下天天去学奥数和剑桥英语，在班里的成绩也是数一数二的，但是高中后，他们竟然成了给班级成绩拖后腿的学生，原因都是上了初中后，逆反心理突然爆发，再也不听家长的管教了，原来取得的成绩都没有了任何意义，他们能做的，只有在高考前才开始担心自己的前途。

不同的教育方式，各有利弊，各有风险。一种是前期收益高，但是后期要担很大的风险；另一种是收益比较平均，后劲足，而风险小。我父母选择了后者。我想如果是我，也会这么选择。毕竟，孩子不是股票，钱赔了可以再赚；孩子赔了，就是毁了一辈子。

我的爸爸，我们总吵架

不管如何，能够这样对待自己小孩的父母，神经一定很强大。

所以，现在我得好好介绍下我神经强大的父母了。

首先粉墨登场的是我的爸爸。

我曾经问过我爸：我那么小，你们就让我一个人过马路，你不怕我出事啊？！结果我爸淡淡飘来一句：如果你过马路都能被车撞死，那还养你干吗呀！我倒！这实在是我爸的经典句式，可以用于各种情况：如果你上学都能丢了，如果你骑车都能摔了……那还养你干吗呀！

我不甘心，接着问出多年来一直温暖我内心的那个猜测：其实你们一直在我身后暗中保护我来着，对不对？我爸爸听后大笑三声：哈哈哈，你真能想。然后，全然不顾我满脸黑线，得意扬扬地对我说：我给你一个多么自由和快乐的童年！我决定不再沉默，开始反驳：就是因为给了我快乐的童年，所以现在我的青年生活很痛苦。别人小时候，家长都带着学英语去了，然后考个TOEFL110，SAT2200，结果我就这么悲惨地落了个不到2100的分。

于是，我们两个人就开始吵架，吵得不亦乐乎。

我和我爸经常吵架，原因很简单——我实在太像他了，而且我俩都特别极端，两个极端的人碰在一起不吵架才怪。吵了很多次，吵了很多年，吵着吵着，我们早已习惯，甚至享受，觉得吵架其实也是一种不错的沟通方式。

我们吵架的话题很多很多，上到国家大事，下到我们家的小事，都能够成为我们争论的焦点。吵到最后的经典处理方式就是，各自摔门，回去睡一觉，第二天早上没事了。

然后又换一个话题继续吵。

吵着吵着，我就大了；吵着吵着，他就老了。吵着吵着，我突然不言语

了，我爸很不适应，问我怎么了，是不是服输了。我还是不说话，因为我突然需要控制下感情。

爸爸，如果我们可以一直吵下去，而你永远不会变老，那该多好！

我的妈妈是女强人

下面轮到我妈了，很多时候我都感慨：我之所以还比较上进，能有过得去的今天，都是因为我妈对我的影响。

我妈是研究员，她非常非常勤奋，绝对的女强人。女强人除了对别人要求严苛外，对自己更是残忍，我妈曾经因为工作太辛劳把自己给累病过，在医院躺了3天没起床，一醒就晕，然后开始吐。然后又像教科书上说的那样，在身体尚未恢复的时候，不顾医生和家人劝阻，又出现在工作岗位上。

有很长一段时间，我都不是很理解妈妈为什么要这么辛劳工作，到底是为了什么，直到我大了一点，跟着我妈到外地开会，参加学术论坛，然后看到别人对她无比尊敬的样子，看到我妈在讲台上风采无限的样子，我突然感到很自豪。

在学术圈，要想得到别人的尊敬，只能靠学术来说话，别无其他花样。

妈，你知道吗？当你在台上充满自信，非常流利地发表你的学术演讲时，别提多帅了，那一刻，身为你的女儿，我真的感到很光荣，我突然好想好好学习、奋斗，和你一样，通过自己的实力，去赢得他人的尊重。

OK，还是回到女强人这个话题，我说那么多，其实是想表明：这样的妈妈对自己女儿的要求绝对是低不了的。

所以，童年的我虽然自由，但不是没标准，而且标准并不低。不过，值得庆幸的是，因为以放养为前提，所以我妈只有少数时候会同我理性分析事件，从来不会说你必须要怎么怎么样，她永远是给我分析这件事情的利弊，然后扔下一句：你自己看着办。

就这样，从小到大，几乎我遇到的所有事情最后都是我"自己看着办"，很多事情其实是父母可以帮我做的，而且对他们来说也只是"举手之劳"，但他们一定会"袖手旁观"，看着我自己解决问题。远的不说，就拿出国留学来说，申请学校需要存款证明，我一没存款，二没证明，怎么办？只能向爹娘求助，爹娘一如既往地在一大堆让我头晕目眩的分析后抛下那句话：你自己看着办。

于是我只能看着办了，拿着我爸爸的卡，骑个车，在不同的银行之间奔跑。手续特别多，每个银行的流程还不一样，绕弯路是必不可免的了，最痛苦是折腾了半天，还没把事办好。于是，最悲惨的一幕出现了——大冬天，北风那个凄厉地刮着，瘦弱的我骑个小破车在巨大的城市里不停穿梭，最后一事无成地从银行里出来，饥寒交迫，委屈更大，只能哭泣，哭了半天，擦干眼泪，继续骑车跑银行。那天回家后，天色已晚，我也累到了极点，不过我什么都没有和他们讲，因为我知道讲也没有用，他们也没多问我，因为他们知道既然决定了这么做问了也没用。

所谓长大和成熟，或许就是在这种不管不问中慢慢孕育的，现在很多人都在感慨"你的独立能力好强，你的动手能力更强"的时候，谁知道我冬天骑着自行车奔波是多么辛苦？

小时候，当我一个人收拾东西、买东西、给自己做饭、处理事务的时候，我可能觉得委屈，可能埋怨父母对我的关心太少。但是现在，我即将出国了，就要一个人面对一片陌生的土地，开拓出自己的天地了，现在我相信，由于父母已经给了我18年锻炼的机会，所以难题在我面前都可以被轻易解决。

亲爱的爸爸妈妈：

虽然你们没有像别的父母那样对孩子无微不至地关心，但是，我理解你们都是为我好，为让我以后能更快地适应生活，更好地照顾自己。我希望你们也能在我出国后照顾好自己，我知道我走了，在国外上4年学，你们一定特孤独、特寂寞。爸爸妈妈，请你们放心，希望你们相信我的能力，相信我自

己会照顾好自己，会努力学习。我更希望你们不要为了我把自己弄得太累，我知道这4年的学费会对你们的生活质量影响很大，你们已经很不容易了，千万不能再为了我委屈自己，你们幸福是我最大的安慰，这也是女儿对你们最大的请求，答应我，好吗？

永远爱你们的女儿

煽情完毕。下面该开始我的初中生涯了。

写到这里，一阵悲凉之意首先涌上心头，为啥？因为我小学光顾贪玩了，竟然没有学过英语。不要惊讶，请冷静，你真的没听错，这个前无古人后无来者的事就是我做的，这还不算狠，狠的是我不但没学过英语，我连奥数的边都没有碰过，是不是很没人性？

哈哈，有人要说了，连英语和奥数都没学的人怎么可能考上好的中学呢？好吧，我没有让你们失望，我的初中确实很一般，就是那种最普通的中学。普通人上普通中学没什么不好的，我每天按时上课，准点回家。上课认真听讲，回家认真写作业，成绩一直还不错，我挺满足的了。如果让我在那些天才云集的重点中学，那还不得排倒数啊，那我得多么不开心啊！

算了，不解释了，解释等于掩饰，我承认，没考上好的中学对我打击其实挺大的，看着小学同学们一个个去了人大附中、北大附中等牛校，我还是很失落的。第一次，我觉得荒度光阴是多么无聊的一件事情，第一次，我觉得好好学习是多么重要。

我不想再后悔，所以，初中3年，我学习一直挺用功的。而且初中生活其实对我帮助很大，我胆小自卑的性格就是在初中时得以彻底扭转——什么！你不相信？我为什么不能胆小？我为什么不能自卑？胆小自卑又不是什么光荣的事，我非要往身上贴——小时候我虽然很淘气，我爸爸妈妈虽然不管我，但还有我的奶奶管我。如果我爸爸妈妈对我的教育是快乐为本，放任自流，那我奶奶对我的教育就是挫折教育。不管我做什么，她都认为不好，学习不好，穿衣服不好，连吃饭的姿态都不好，久而久之，我就真的认为我什么都做不好了，自卑犹如魔鬼，在我本来单纯的心中落地生根，一直到了小升初，我的成绩那么糟糕，和小伙伴们相比，天上人间，于是越发胆小自卑，算是定了型。

初中时，我一直过得谨小慎微，反正好事也轮不到我，我也没什么大的抱负，直到有一天，学校举行歌唱比赛，我的一个好朋友鼓动我和她一起上台演唱，我想也没想就拒绝了，结果她还挺执拗，非要我上台不可，我什么都不在乎，唯独在乎友情，最后只得硬着头皮上去了，闭着眼睛瞎唱，结果最后拿了全校第三名。

我突然意识到，原来我也可以在那么多人面前展示自己，原来我不是什么都做不好，原来我也可以拥有掌声，原来我并不是自己一直以为的那个胆小无助的女孩。

是的，我需要更多的尝试，通过这些尝试，来真正了解自己。

那天以后，朋友眼中的我仿佛变了一个人，从原来只顾自己玩乐、对外界活动退避三舍的那个人变成了热衷于集体活动的一个人，我很快参加了很多学校的社团，作演讲，搞竞选，开大会……我的生活逐渐丰富起来。

通过这些活动，我慢慢发现了一个不一样的自己，意识到自己身上其实蕴藏着挺大的能量。直到现在，我都不认为我已经完全认清楚了自己，我还想进行更多的尝试，包括现在出国读书。因为只有在不断的尝试中才能发现自己的优劣势，知道自己到底适合干什么。

再说下我初中时的一些学习方面的故事。

初中时对我影响最深的是我的英语老师。前面我坦白了，上初中之前，我几乎没有学过英语，所以相比我的同学，我的英语基本功差得不是一天两天。想到上英语课我就头痛，是我的英语老师改变了这一切，因为他很少教课文上的内容，每次简单讲好语法后，他总是让我们自己用英文写一些剧本，拍一些短片，甚至表演一些情景剧之类的。这些方式，让我很快对英语产生了浓厚兴趣，有了兴趣自然有了动力，每次，我都精心完成他布置的作业，于是英语水平提高特别快。我想，如果我初中的时候没有刻苦地把英语

补上来，现在我SAT能考1800分就不错了。

总之，我初中3年过得还算丰富且有意义。3年不算短，我完成了性格上的蜕变，3年不算长，中考转眼呼啸而至。中考波澜不惊，我算是取得了正常水平发挥中的最烂分数，考了522分。考试一结束，我爸就带我去俄罗斯旅游了。我妈对我和爸爸抱怨说你们也真淡定，让我一个人承受等待的痛苦。因为我报考的高中是首师大附中，大家估首师大附中的分数线是523左右，我的分数特别悬，所以我妈特紧张，整日都是和同单位的妈妈们猜测孩子的录取情况。而我和爸爸却一点儿都不急，手机都没带就走了，偶尔拿别人的电话打一个电话回家问下情况，安慰我妈两句，然后继续玩儿。

说不紧张其实不客观，问题是，都过去了，分数也下来了，紧张也没辙，还不如好好休息休息呢。

事实也证明我是对的，因为最后我真的如愿以偿进入了首师大附中。

热爱生活的我

进入首师大附中之后，虽然学习压力更大了，但是我还像原来一样，保持着自己的爱好。

我的爱好特别广泛：看电影和各种球赛、动手织毛衣、做甜品、练习跆拳道（我已经是跆拳道六级选手了）、绘画、摄影、骑马、唱歌、表演、书法以及养花养草养小强。所有的爱好里面，我最想说的就是练习书法和养动植物的故事。

毫不夸张地说，书法改变了我的性格。因为我自制力很差，好动，总坐不住，小时候爱开小差，一堂课45分钟，我能开46分钟的差。我唯一安静的时候就是练书法的时候。

我学的是硬笔书法，也没多认真学，主要是受家人的影响。我爷爷书法很厉害，爸爸的字也很漂亮，小时候，我爸总打击我，说我的字是世界第二丑——第一丑是我妈的字。我不服气，于是就开始练书法，一直练到全国二等奖，虽然我爸嘴上还是继续打击我的字，但我知道他其实挺欣慰的。

学习书法并不只是为了和爸爸斗气，更多的是热爱书法本身。因为中国的字确实特别美，流畅，柔中带刚，而且写字的时候心很静，觉得很快乐。不过，我这样说也挺不容易理解，就像奥数狂人同学跟我讲数学的美我也真无法理解。记得我和人大附中一个男生第一次见面，当时我们坐地铁，从海淀黄庄一直坐到国贸去，40多分钟他一直跟我讲数学怎么美，让我惊为天人。

下面，再说说我养动植物的故事，这些故事特别有意思。

我从小就特别喜欢动物，不管别人觉得多可怕的动物，我都不觉得可怕，因为最可怕的是人，人会互相猜忌、欺骗和陷害。但是动物不会，蟒蛇也好，狮子、老虎也好，你不威胁它，它也不威胁你。我出去玩的时候，特别喜欢动物园，抱动物照相，像是大蟒蛇，我一把就抱起来了，然后蟒蛇就缠在我身上。后来我把照片发在校内网上，作为大头像，有一个女生说见着我的照片，先是尖叫一声，然后直接就把电脑给盖上了。总之，我跟动物在一起特别开心，总是无忧无虑的。

我还非常喜欢养动植物。很小的时候，我就开始养小鸡、小鸭，结果每次鸡鸭都和我抵触，基本上养一两天就死了。我很伤心，觉得动物生命力太弱，于是决定养植物，我的决策还是很英明的，因为在养植物方面我显然是无师自通，最自豪的战绩是小学低年级时我攒了很久攒了两块钱，买了一盆很小的文竹，到初三时已经养到可以爬墙了。这些年来，我养过各种各样的花和树，基本上都养得很茂盛。

说起养植物的经验，我最大的感悟就是，如果想把它们养好，最重要的是得用心去爱它，就跟照顾孩子了一样。一点儿都不玄乎，比如每天和植物说说话，给它浇水的时候想的不是应付事，而是真的希望它长得更快更好，每天帮它擦擦尘土什么的，只要你真心去爱了，一定有好的结果。其实凡事都是这样，用心和不用心，结果差得好大。可能你觉得做事方式没什么差别，但是就是那份心，让量变产生了质变。

我还特别爱看电影。什么类型都爱看。每次别人问我最喜欢看什么电影时我就特别惆怅，因为好电影太多了。最近我开始重温经典，先温习了一遍《剪刀手爱德华》。这部片是很小时候看的，那时候就觉得挺有趣，人的手怎么能长成剪刀呢？现在重新看，觉得特别感人，又觉得凄凉，心中没着没落的，约翰尼·德普演的爱德华太有感觉了。

高中，我办校刊

高中生活比初中时丰富太多了。高一刚开学没多久，一位同学就很激动地对我说，学生会要换届了，我们可以参加竞选。我心想，学生会，那得多大的组织啊！我们才高一，肯定只能先做个小干事之类的，很适合我嘛，于是就屁颠屁颠地去报名了，结果到了之后才发现学生会不招干事，而是招部长，开弓没有回头箭，我虽然严重信心不足，但还是报了名，只是报名的时候又犯了愁，那么多部门，我报哪个好呢？想来想去，觉得体育部或许竞争不会那么残酷，于是就报了体育部，然后还特认真地准备竞选演讲。当时我想得挺认真也挺天真，打算等我入主体育部后要进行N项大改，N+2项小改，最后我在讲台上特别自信地把我的改革方案说了出来，觉得挺靠谱，结果和我竞争的都是些个五大三粗的男生，听了后一个个直乐，心想这傻丫头还当真了，也不打听清楚体育部到底是干吗的。结果毫无悬念，我杯具了，很多天以后我才明白，说是竞选，其实还是得凭关系，所有人都知道，就我还傻呵呵地特当真，我真是太善良了。

受打击了，我决定远离学生会。

正所谓，山穷水复疑无路，柳暗花明又一村，就在我灰心丧气之际，我竟然被校刊部录取了——当时我一个特别好的朋友成功入主校刊部，成为主编，于是她拉上我做组长。我还没弄明白过来，就已经到学生会了，还是一组长，我终于相信朋友好办事了，不过也顾不上那么多，既然有了职务，那就好好干活吧。

在校刊部，我负责的是一件很"无耻"的工作，那就是催稿。因为写稿、找稿都挺需要时间的，一般人都敬而远之，因此催稿的人绝对需要厚脸皮，朋友说这很适合我，我心想这不是骂我吗。后来我才意识到，人能当主编还真不是闹着玩的，观察力确实没得说，因为在随后的工作中，我的确将这项"无耻"的工作做得特别好，而且还建立了一套无耻的催稿机制，在每个班安排了两个撰稿人，然后每天催他们的稿子，不厌其烦，乐在其中。

如果说催稿需要厚脸皮，那么销售刊物时绝对就不要脸了。我们的刊物是自主盈亏，每次卖杂志的时候，我们都将刊物平铺在楼下，然后风一刮，我们就大喊"焰火啦焰火"——我们杂志名叫《焰火》，很酷吧——然后肯定有一些浪漫的女孩子跑出来尖叫：啊，哪里有烟火，大白天的，在哪里呀？

虽然在校刊部的工作挺累的并且有失"尊严"，但结果总是让人欣慰，最好的时候我们每期能销售到一千册，非常有成就感。更重要的是，通过编杂志，我竟然爱上了文字，也知道了文字工作的不容易。原来觉得杂志上密密麻麻的字感觉很枯燥，甚至瞎反感，然后随手几页翻一翻就过去了，现在想到的则是它背后浓缩了多少人的心血，看的时候也会认真很多。

做实验获得了二等奖

或许是因为太喜欢动植物了，上学后，我一直对生物课最感兴趣，虽然初中只学了两年，也不是主课，但每次上生物课我都特别兴奋。可惜的是高一正好赶上课改，生物课给改没了，为此我还着实难受了一阵子。好在我在生物学上的探索并没有中断，高一期末时，学校科技处突然公布，学校可以派3名同学去北京市农林科学院，参加他们的微生物方面的实验，我知道后很兴奋，觉得天赐良机，所以立即打电话报了名。虽然很激动，但其实我也没有报太大的希望，报名后我就和同学们出去玩了，结果刚准备爬山，突然有一个电话说你能来面试吗，我说好，就回去了，什么都没有准备。面试老师

问了很多关于微生物方面的知识，好在这方面我一直有一些积累，平时会注意观察和收集资料，就坦然地和老师聊了起来。不管老师问我什么问题，我都大谈特谈，其实我根本不知道那么多，反正说得挺利索，现在想起来，我的回答肯定特别可笑，但当时完全不觉得，自我感觉特好。

最后老师心满意足地看着我说：就是你了。

我顿时有点儿梦幻的感觉，然后自信满满地准备做微生物实验，结果到了实验室，老师说不是做微生物实验，而是做生物防治。我说什么叫生物防治，老师说就是培养一种昆虫来对付其他害虫。比如说我们现在喷农药，但效果特别不好，对人体也有一定的伤害，所以最好的方式是利用害虫的天敌消灭它，比如说培养瓢虫，因为瓢虫是很多虫子的天敌，这样效果会很好，而且环保。

我一听养瓢虫，又兴奋起来，我从小就养动植物，这个我在行。虽说养鸡鸭我不厉害，但养个虫子总没问题了吧。没想到，这瓢虫也特别不好养，而且整个过程很复杂，是个特别庞大的系统工程。我要和另外两名同学负责这个大实验的其中一个小分支：研究温度和湿度对瓢虫自残的影响。虫子可没什么道德观，冷了热了饿了不高兴了，也没什么其他表达方式，就互相吃，所以我们得研究它们在怎样的环境下最容易发生自残，然后做出相应防范，确保成活率。

这道理说起来简单，做起来却极度复杂，方法还挺原始，就是肉眼观察。真的，那次实验对我打击其实挺大，一度让我发誓再也不做科学研究了。因为实验太苦太累了，12小时一直盯着两只虫子，看它们啥时候互相吃，结果两只虫子挺友好，动也不动，就互相看着，好像和我们比耐力；然后我们就改变温度和湿度，它们继续互相看，还是特友好；于是再换个温度湿度，最后我们终于败下阵来。刚开会儿小差，或者上趟厕所啥的，回来再一看，我的妈呀，啥时候吃上的啊，那家伙吃的，津津有味，半拉身子都没了。整个实验过程，我们就干这一件技术含量并不高却极耗体力和精力的事，我终于明白，原来诺贝尔奖不是什么人都可以获的，不但需要技术，还需要耐心。

在实验室里，除了养虫子，我也做了一些其他的小实验，见到了一些特别昂贵高级的设备，算是开了眼界，对生物的兴趣更加浓厚了。

付出总是有回报的，在进行了长达近一年的实验后，我和同学的二人研究项目"不同环境温度条件下异色瓢虫四龄幼虫自残行为研究"荣获第二十九届北京青少年科技创新大赛二等奖。后来我又完成了"异色瓢虫不同交配选择水平内交配行为效率及繁殖能力的比较"的独立论文，参加了"明天小小科学家"的活动。

在那一年半的时间里，我学到了许多科学研究技术和深刻的道理。一开始，只是出于对生物学科的兴趣，希望了解更多大自然的奥秘，但真正投入实验中，才明白科学研究是一项艰苦而枯燥的活动，获得诺贝尔奖并不是偶然的发现，而是从无数失败中汲取经验，不断努力改进得到的结果。也是从那开始，我决定了将自己大学的专业初步定在生物工程上面。

我眼中的日本

高二时，我选修了学校的天文课，当时我们学校和日本长野一所高中、英国一所学校，还有美国芝加哥一所学校是友好学校，高二时4所学校组织了一个论坛，让每所学校都派一些学生去讨论一下如何应对全球变暖，看我们有什么想法。我妈觉得这件事情挺好的，可以让我开阔眼界，就支持我去了。

到了长野，我印象最深的倒不是讨论的过程，反而是日本的社会面貌。日本民族有太多值得我们学习的地方。如果我不走出国门，根本不会亲身感受到，也不会有自己的思考。在国内的时候，我就听说日本人素质特别高。那次算是亲眼所见了。长野有好多小路，一条一条的小岔路，恨不得十米一个红绿灯，就这样也没有一个人闯红灯，哪怕没有车也没有人闯红灯。长野的车开得极其疯狂，一到红灯变绿灯，嗖地就出去了，我当时就想，他们也

不怕前面突然蹿出人给撞上？后来我发现根本不用担心，因为那里的人根本不可能闯红灯，车可以肆无忌惮地开，虽然人家的车也不少，但是堵车跟我们比差远了，整体环境要好很多。

还有垃圾分类给我的印象也特深，他们那边垃圾分类非常严格，每个人都非常遵守规则。还有他们对传统文化的重视让我记忆犹新。当时我们去参观他们上课，有一节课所有人都穿着和服，那是讲日本传统服饰的课。我们只有数理化，人家还有茶道课和剑道课，意在保护传统文化，让学生去体会和继承自己民族的悠久传统。

这次出国之行让我明白，我应该走得更多、看得更多，这样我才能对生活有更深的体会。我出国读书的念头真正形成也是始于那次日本之行。我通过身边的学长学姐了解到，中国的大学教育比较注重应试，比如高中毕业成绩还是以考试成绩为主，而美国的大学却注重科研、探索、创新能力的培养。

况且，我是个很爱交流的人。不论是走出国门和世界友人打交道，还是在自家楼下和老奶奶聊天；不管是模拟联合国中正式的圆桌会议，还是QQ、MSN、校内的网聊；无论用什么语言、方式，无论对话是什么内容，我都很享受与人沟通的过程。在我看来，只有沟通，才能交换思想，才能进步。而去美国上学，给我提供了更好的交流平台。我可以和来自世界各地的优秀学生一起学习，向各个民族的教授请教，与不同身份的人打交道。对此，我怎能不兴奋，不期待呢？于是，我开始想，自己是否有机会到大洋彼岸的那片土地开拓自己的一片天地。

我和父母谈了自己的想法。从小到大，父母对我的教育方式和大部分父母不同，我一直处在比较自由宽松的环境中成长学习。几乎全部的决定，都是我自己来作的。任何事情，只要不触犯传统道德观，父母都会给予我支持。所以，当我提出想去美国上学时，他们也大力支持。有人可能会觉得，我父母这样给我自由的风险太大了，但是我很理解他们的做法。毕竟，以后所有的决定都要自己作，而父母不可能一直给你指点。所以，趁他们可以随时纠正我的做法，我应该多自己作决定，尽早成熟。

　　他们虽然支持，但也并不是没有担心。毕竟，出国上学会面临很多困难。从小到大我都很独立，生活自理能力很强，所以过日子并不是很大的问题。但是，我的自制力并不是很好，偏偏美国充满了很多诱惑。这好比在一个要减肥的女孩面前放上一盒诱人的比利时松露巧克力，虽然女孩知道吃了会长胖，但是既然美味都送到了你口边，为何不尝一口呢？在美国生活也一样，新鲜的事物总会令青春期叛逆的我好奇，如果把持不住自己，很可能后果惨痛。但是我想，如果不给我一个面对诱惑的机会，我永远也改不掉自己面对诱惑就会失控的习惯。我想，父母这份信任，会成为帮助我经受住考验的良药。于是，我决定要为去美国努力。

　　我想，许多申请者都经历了和我一样的心理斗争阶段。是一心一意奋斗出国，还是出国高考两边都不耽误？很多人都会担心一个问题，如果全心投入出国考试而来年没有拿到满意的录取通知，又失去了参加高考的机会，那么一年的努力不就白白浪费了吗？不仅耽误时间，也很打击自己的信心。就这个问题，我纠结了很久，近半年的时间，都在想，是专心准备标准化考试，还是每天也要像往常一样上学听课写作业考试。终于有一天，我权衡好了两种选择的利弊关系。如果两边都不放弃，那固然风险会小很多，申请、高考同时失利的可能性微乎其微。但是这样做也有很大的弊端。首先，会很辛苦。要知道，两件事想做好任何一件都不容易，如果两边同时做，又要做到最好，我相信必须要有非人的智商和毅力。盲目高估自己会让自己更痛苦，因为免不了在受折磨的时候还要否定自己。其次，同时进行会影响同学们的心情。当别人在班里苦读文言文的时候你掏出一本Princeton Review开始做critical reading，令准备高考的同学作何感想。申请是自己的事情，我认为不应该影响到其他人。最后，如果你的梦想就是出国上学，没有全力以赴为自己的梦想付出，你会甘心吗？不论结果如何，重要的是，让自己在结束申请的时候，能够大声对自己说："我努力了。"如果都没有为自己的目标竭尽全力，怎能不遗憾呢？只可惜，我下决心的时候已经耽误了

半年的时间。回想这半年，我说是两边都在努力，可看结果，其实是两边都耽误了。

到了第一次SAT考试，我才下定决心，所谓舍得舍得，有舍才有得。

永 不 放 弃

出国申请说简单不复杂，说复杂绝对不简单，首先得有足够优秀的成绩，说到这里，我顿时无尽悔恨，因为这些年来，我在标准化考试上付出的太少了，成绩不够突出成为了我的硬伤。不过相比起成绩而言，申请文书显得更为重要，我身边不少人选择请中介来完成自己的文书撰写，我却宁愿自己DIY，而为了得到更多的专业指导，我最终选择参加新东方的workshop。

然而出师未捷身先死，由于想报workshop班的优秀学生实在太多，所以最后老师劝我退班。或许其他人在遇到这种明确拒绝的情况时也就放弃了，但我没有浅尝辄止，也不知道哪里冒出来的勇气，让我不厌其烦地向老师表达自己的决心和能力，最终成为了workshop的一员。

高二的整个暑假我都沉浸在申请文书的撰写过程中，真的很辛苦，一遍又一遍地写，一次又一次地推翻，直到暑假结束。在我尽可能地找了更多的人看了我的文章并提出修改意见后，最终完成了全套文章。

最困难的经历

这些年来，我的生活一直波澜不惊，没有太多值得大书特书的事情，但这并不意味着我的生活就是一帆风顺，在决定了出国之后，生活赋予了我不一样的经历。

近年来，我爸一直在家炒股，生活习惯一直不好，也不太注意自己的健康。有一天他突发心肌梗死，到北京最好的心血管医院——阜外医院查，情况很严重，医生说得做支架。当时特别危险，如果那次没挺过去人就完了。

我们全家都吓傻了，特别是我，完全不能想象没有爸爸的生活，完完全全没法想，我只有一个念头，就是把爸爸照顾好。当时我正为考SAT和托福而拼命学英语，期末考试也快到了，学习压力无以复加，妈妈当时身体也不好，她只能白天去看我爸，放学后我就去接班，到医院陪我爸。因为阜外床位太紧，我就支一张铁床，在边上陪我爸过夜，夜里还得密切看着他的药，早上五六点钟起床，然后等妈过来后我再去上学。

这段往事我其实挺不愿意回忆的，因为每当回想起这些年的事情，我想到的几乎只有快乐，那些不快乐的事情都被我有意无意给屏蔽了，但这事没法屏蔽。那段日子，我想了很多很多，心里特别累，担心爸爸和妈妈，学习压力还大，整个人特别难受。当时我想的最多的就是，爸爸妈妈身体不好，如果我出国了，谁来照顾他们呢？每次一想到这个问题我就想哭。

现在还是这样，一想到这事我就很难过，我对爸爸妈妈说过，到我走的那天坚决不让他们送，我找别人送我，或者我自己坐大巴去机场，否则等他们给我送过安检，我肯定在那一刹那就不想走了，我太舍不得他们了。其实我觉得挺奇怪的，按理说应该父母对你越好，越关心你，越不愿意走，其实他们对我也没有过多的关心啊，但为什么我反而更依赖他们呢？

做一个有责任感的海归

要做一个有责任感的海归——这句话是祖国60年大庆时我说的，当时阅兵的气势让我觉得特别震撼，我发自内心觉得我的祖国好伟大，以后我一定要回国，做一个有责任感的海归。现在好多人出国留学，就留在当地了。我觉得祖国培养你18年，给你送出国，让你学习，你就要回来建设自己的祖国，怎么能白白浪费了祖国的培养呢？不但是我，我身边大部分出去的人都是这么想的，虽然每个人计划回来的时间可能不一样。但肯定是希望回国的，因为自己的根在中国，自己的父母在中国。

现在回想起整个申请过程，其中的繁复和麻烦自然不必多说，我觉得对我而言，最大的收获其实是理解了申请的真正意义。以前我也一直觉得我的目标就是拿一个名校offer，或者申请到一所常春藤的学校才算成功，后来我发现当你把所有申请都交了以后，结果并不重要。重要的是，通过写申请文书，我认真反思了这几年做的事，才发现原来我竟然做了那么多事，而且以后有更多有意义有意思的事情可以做，也第一次对未来有了认真的思考和规划。申请结果只是一个附属品，真正有意义的其实是中间那个过程。

父母问答

Q 请简单概括下您的教育方式？

A 从教育方式上说就是，结合孩子的擅长和特点，因材施教，启发引导，培养兴趣，多鼓励，量力而行，尊重孩子的民主的教育方式。

比如梦石小时候学英语，我们每次都会给她提出一个对她来讲比较容易实现的目标，一小步一小步，只要实现这个目标就能得到奖励，慢慢地，她就有了学习英语的兴趣。在决定是否出国这件事上，最开始我们从自己读大学的经历出发，觉得应该在国内上了大学再出国读研究生，但我们并没有简单否定孩子的意见，而是同孩子一起认真分析出国的利与弊。经过认真讨论，全家一致认为出国更适合孩子的性格、特点，可以充分发挥她的优势，比如喜欢做paper，喜欢和其他同学交往，英语基础好。同时也认为孩子需要一个国际化背景，对她未来的成长有好处，所以决定让她全力以赴争取出国留学。

Q 在孩子成长过程中，您最注重培养的几种品质是什么？

A 积极向上，善于思考，善于沟通，诚实。

我们认为，积极向上的人生态度是孩子取得成功的基本素质，也是将来孩子生活幸福的关键。善于思考就是在各种需要选择、抉择以及必须处理的问题上，能够客观地、正确地做决策。未来社会给各种不同的人提供了多种多样的选择机会，只有善于思考、把握机遇的孩子，才能在未来的人生道路上取得成功。善于沟通是孩子在未来的人生中需学会的基本技能。诚实对人、诚实做事才能在更长远的时间，更大的范围取得成功。

Q 在教育过程中，您觉得您做过的最骄傲的事情是什么？最有风险的事情是什么？

A 最骄傲的事情是，从小学一年级起就让她自己穿过车水马龙的马路去上学。当时周围所有的孩子都是到初中还要家长接送。而自己上学培养了孩子的自立、自理能力。

最有风险的事情是，放弃中国的高考。如果参加高考，应该有把握上一个比较不错的大学。可是申请出国的话，当时一点底都没有。是专心高考，专心准备出国，还是两面作战？经过全家人一起商量，决定放弃中国的高考，专心准备出国。

Q 您是怎么处理两代人之间的沟通问题的?

A 由于我们的家庭比较民主，所以沟通问题很容易解决。有一个要点就是，在孩子情绪非常激动的时候，不要对她进行尖锐的批评。等待孩子平静下来再和她沟通，只要你讲的有道理，而且多从孩子的角度思考，说理，孩子一般都是可以理解的。在闲聊的时候，也可以把自己小时候的一些事情，或者孩子小时候的事情，一起谈谈，这样平时多沟通，才能了解孩子需要什么，在想什么，她的困惑是什么，怎么样能够对她有所帮助。实际上每个孩子都是不同的，都需要别人，尤其是父母的关心和爱护。但要注意方式、方法。

Q 根据您的经验，您对其他家长的意见和建议是?

A 不要把自己未完成的心愿强加给孩子。做孩子的良师益友。多关注，但少干涉。孩子毕竟还小，对很多事情的看法不一定全面，孩子不仅需要家长的关心，更需要家长的爱护。所以在孩子感到困惑，遇到困难，或者与老师、同学发生矛盾时，既要批评教育，也要引导沟通。

Q 您的孩子马上要离开您，到大洋彼岸，现在您最想对他（她）说的是什么？

A 爸爸：入乡随俗。多了解美国的文化、多学习美国的科技、多理解美国人的思维方式。

妈妈：做一个最好的你。每个孩子都是不同的，每个孩子的特点、擅长、机遇也是不同的。不要和别人比，只要你的今天比昨天进步了，只要能做到最好的你，就是最大的成功。

周静雨
我的旅途

她严谨，认真，做事一丝不苟

她爱夏天的莫斯科、澳洲的海鸥、亚马逊的自然保护区

在法国普罗旺斯，她感受到父母最深切的爱

她从吐字不清变成演讲一等奖获得者

她在广播站创办生活栏目，教大家健康知识

她被自然美景感染，决定致力于保护它们的纯净

她设计环保筷，为自然基金会宣传低碳生活

她将去密歇根大学学习环境专业

她想推荐的书是《你今天心情不好吗》

她就是这样一个善良、宽容、内心装着全世界的女生

周静雨，带你感受地球之美。

　　在本书作者中，我也许是最平凡的一位，与"牛"字沾不上边。但我想与和我一样普通的dream chaser们分享一下我的经历。也许我们没有惊人的标准化考试成绩，没有令人啧啧称赞的竞赛大奖，但在生活中，成长中，我们每个人都可以做到的是"用心"。我想，正是我的"用心"，让我得以一步步向梦想靠近。

一、驶向梦想的船票

2009年11月20日这天，6点多爬起来，外面照例是漆黑一片。我睁开蒙眬的睡眼摸索着翻开在申请期间几乎从未关闭过的电脑，像往常一样登录邮箱。

咦？一封新邮件？微感纳闷之余，看到了邮件题目：University of Michigan Admissions Decision。当时我迷蒙着双眼想也没想就点开它，随后一个大号字体的"congratulations"弹入了我的眼睛！我用了几秒钟才意识到发生了什么，心脏顿时怦怦怦地狂跳起来，双手变得冰凉。我当时真的兴奋到语无伦次，哆哆嗦嗦地叫来了爸爸妈妈，"我，我好像被录取了⋯⋯"在难以置信地看完了整篇邮件后，我们三个激动地抱在一起。我被录取了！我被我最爱的学校录取了！因为这封邮件，我度过了这辈子最幸福的一个清晨。

今年的提前申请季，UMich的竞争异常激烈，甚至我的一个"战友"笑说"今年没有人不申请密歇根"。当时我SAT2010托福99的成绩在竞争者中绝对如同群山中的一块最普通的小石头。然而，让我出乎意料的是，正是这所被无数人爱上的学校选择了这个平凡的我，在我的睡梦中悄悄地送来了一张驶向我梦想的船票。

我想，能够在提交申请仅一个月后就收到了我最热爱的学校的录取，我无疑是幸运的。但也许，这并不是偶然的，因为我清楚地知道，在这封录取信背后，我经历了多少纠结，付出了多少汗水，而我周围的亲人和朋友，给了我多少力量和勇气。

二、家庭，爱的港湾

我很庆幸我出生在这样一个家庭。这个家庭并不富裕，但有我深爱的也令我自豪的爸爸妈妈。每当遇到麻烦遭受挫折，妈妈总是会耐心给予我安慰

和鼓励，爸爸总会理性地帮我分析问题。家，永远是我最温暖的港湾。

"贪玩"一直是我们一家人最大的特点。无论是我，还是我爸爸妈妈，都喜欢玩儿，也很会玩儿。爸爸手特别巧，小时候，爸爸用一个小椅子和绳索在门框上为我自制了一个令别的小朋友很羡慕的秋千；小学时我很喜欢画画，爸爸就用木条做了一个灯罩的框架，四周糊上我画的水墨画，一个漂亮的灯罩就诞生了；"非典"期间，爸爸抱来两只小鹅。因为不甘心让小鹅睡纸箱，爸爸下班后去了趟建材市场用车子运回些低价处理的木材和铝板，三下五除二就在院子里建起了一幢超豪华鹅舍。而旅行，更是我们全家人的大爱。全家人一起出游永远是最快乐的事儿。我们热爱一边开车一边跟着音乐大吼"青藏高原"。

与传统家庭不同，从小家人给我的教育就是开放的培养，他们从不逼迫我去学不喜欢的东西，而是尊重我的想法，只要我的想法合理，他们都会全力支持。从小学至今，我几乎从未上过任何类似于"益智""学而思"的课外补习班，但爸爸妈妈一直支持我学英语，从六年级的公共英语一级，到初中的新概念、剑桥英语，再到高中时的新东方，正是这些积累才推动我走上了留学的道路，并使这条道路相对平坦。

我们看起来就像是"不求上进"的一家人。我全家人——包括姥姥姥爷和爷爷奶奶——从来不会给我压力要求我去考一个优异的成绩，姥爷总跟我说："学习差不多就行了，别把自己累着。"他们唯一的期望就是我能够快乐地学习、快乐地生活。也许正因为如此，我的成绩从没让他们失望过。甚至在上学方面，有些家长花重金送孩子去离家很远的名校或私立学校就读，而我从科星幼儿园，中关村一小，中关村中学到北大附中，从家走到学校从来不超过15分钟，原因很简单，就是为了我早上能多睡会儿。

到了考大学前夕，父母认为是时候放手让我出去闯荡，追逐自己的人生了。出国的想法，最开始是妈妈提出的。这个想法最初让妈妈自己非常难过非常纠结，因为从小到大我从未与她分开超过一个礼拜。但是为了我能有一个更好的前途，妈妈和爸爸最终决定支持我去美国学习。一如既往，他们没有要求我一定要拿个博士学位，而是希望我能够利用在海外的大学4年时间多学知识多长见识，使我的人生更有意义。

即使我现在已经18岁，在我心中，爸爸妈妈不但是我最珍惜的亲人还是我最要好的朋友。留学对我来说最大的困难便是和他们的分离，我会学着独立，学着在异国他乡自己照顾自己，但是我想我们的心永远不会分离。

三、在旅途中成长

对我来说，人生有三大乐事：吃饭、睡觉、旅行。

我很感谢我的父母，因为他们从没有停止带我出去看世界。从两三岁起，同样热爱旅行的爸爸妈妈就把我带到了祖国各地游玩。我现在所能忆起的最初的记忆就是在两岁时，走路还走不好的我第一次在威海的海滩上望到大海。而从12岁开始，我的足迹便开始延伸到中国以外的地方。到现在，我已经去过四大洲的8个国家。我爱旅行，热爱走向一个全新的地方，探索一个我所不熟悉的世界。我很少带着去学习点儿什么的目的去旅行，我只是想要用最纯净的心去感受，感受一片未知的土地。

梦中的普罗旺斯

法国，是我国外旅途开始的地方，也是我印象最深刻的地方。

对于法国，我的脑海中盛满了美好的回忆。甚至，在敲下这些文字时，我似乎又清晰闻到了那专属于法国的浪漫味道。

12岁那年，我们从北京直飞巴黎，一下飞机，爸爸便在戴高乐机场租了辆车，丝毫没有停留，径直驶向法国南方，在那里有父母曾经的"家乡"——我出生前，爸爸妈妈曾在法国南部的普罗旺斯居住过两年。对于他们，普罗旺斯充满了甜蜜的回忆，而12岁第一次出国的我，对那里则是充满了无限的新奇。

随后的一星期中，我们住在一个叫St. Michelle的小村庄——爸爸妈妈曾经

生活过的地方。无云的蓝天下，一幢幢古老的石头房子错落在山坡上，三月的天气还微凉，但花朵已悄然出现在树梢，阳光那么耀眼，仿佛再阴郁的内心都会被照亮。这个季节没有画片上澎湃的薰衣草，却丝毫没有影响那桃源般动人的景色。普罗旺斯的时光仿佛是凝固的，爸爸妈妈感叹仿佛那里的一切都没有改变，唯一的变化是他们的身旁多了一个忙着四处张望的我。

　　在普罗旺斯，传统与现代令人惊叹地和谐相融。这里的人们大多住在有近百年历史的老房子中，他们不追求时尚甚至拒绝在家中放置一台电视而宁愿去屋后的园子里种些蔬菜，然而，古朴的老屋中各种现代化的电器设备一应俱全，到周末时村民们都会开着汽车到附近镇子上的大型超市进行采购。这里没有城市的喧嚣，却处处透着生活的气息。村民们淳朴而善良，人与人之间也保留着最纯净的关系，走在村中的小路上路过的人都会自然地打声招呼。名利对他们来说似乎并不重要，当我们去一户老朋友家做客谈到他们儿子的工作时，老夫妇告诉我们他是一名卡车司机，眼中充满自豪。也许只要依靠自己的劳动做着自己热爱的工作，人生便是充满意义的。

　　在St. Michelle的一周中，我们住在老朋友Mary和Alan家中，他们对爸爸妈妈来说不仅是好友更像是亲人，热情的他们也把我们看做是家庭的一部分。当时，爸爸因为开会要去另一个城市，但法语一般的妈妈和当时连英语都说不好的我和他们交流起来却似乎没有障碍。每天，Mary都会为我们做不同的美食，例如pizza和诱人的奶酪火锅，甚至准备了十多种各色餐后奶酪和蛋糕。周四，Mary驾车带我们参加一个从爸爸妈妈当年游学法国时每周四就常参加的Dance Club。虽然俱乐部中的大多数人都是第一次见到我，但他们都热情而耐心地教我跳舞。在轻快的乡村音乐中，我们一起拉着手围成圆圈，在跳动中度过了至今都难以忘记的美好夜晚。一天上午，我正在房间中写日记，胖胖的Alan邀请我和妈妈一起去爬山。山上开满了生机勃勃的野花。沿着踩出的小径向前走，竟看到一座小小的教堂，白色的墙壁在野花丛中醒目却和谐。在山顶，我俯瞰脚下聚集的村庄和开阔的花田，吹着春日午时的微风。如今回想起来那么值得留恋，但当时我可没想多待，急着想跑回去吃

Mary做的美味午餐！

在弥漫着爸爸妈妈的往事的普罗旺斯，我拥有了属于自己的美好回忆。

世界，我来了

随后的几年中，旅行的快乐继续漫延到四方。

在韩国，烤肉冷面参鸡汤秋刀鱼石锅拌饭的味道让我至今难以忘怀。在新加坡马来西亚，我切身体会到各种不同民族不同文化的交融。

在夏天的俄罗斯，晚上10点才会天黑。天色渐暗，我趴在从莫斯科开往圣彼得堡的古老列车的床铺上，凝视着窗外不远处墨绿背景下一幢小屋烟囱中缓缓升起的白烟，期盼时间能停滞在那一刻。

在澳大利亚，我们闲暇时来到悉尼的一个公园，在高大的树木下，与水鸟共同分享着宽阔的草地。在塔斯马尼亚岛的霍巴特市，我时常会买上一根面包去港口喂海鸥，并且每次都喜欢"特殊照顾"那只只有一只脚的小家伙。

在塔斯马尼亚，动物几乎都是不怕人的：去市郊的镇子闲逛，我甚至因手上的面包被一群鸭子"围攻"。傍晚，我登上一艘巨大的名叫"AURORA"的破冰船，眺望远方被夕阳熏得温暖的天空，感受到了生命的美丽。

亚马逊，亚马逊

去年夏天，经过几乎30小时的旅程，我飞到了地球另一端的那个时间与中国正好相反的国度——巴西。

在里约，完美的巴西烤肉让我心花怒放，烟雾缭绕下的耶稣像让我肃然起敬，在海浪冲刷下的Copacabana海滩上，我随手堆起了一个面朝大海的小沙人，肆意挥霍着属于我的慵懒时光。而在巴西，让我最难忘的莫过于神秘的亚马逊雨林。在亚马逊，宽阔的河道中涌动着深褐色的河水，两岸是仿佛藏有无数秘密的茂密雨林，而岸边的树有一半浸泡在水中，另一半则在热带刺眼的阳光下尽情伸展——我最爱的电视纪录片中的风景居然真实地展现在

了眼前！在一个名为Eco Park的保护区中，我们睡在被茂密的原始森林包围的小木屋里，感觉自己完全地投入了大自然的怀抱。屋外有会飞的猴子上蹿下跳，走在小径上总能看到慌慌张张穿道而行的小蜥蜴，每当无聊时我便跑去在天然的泳池中游泳。在深褐色的水中，成群的热带鱼围绕着我，脚下是软软的沙。夜晚我伴着虫鸣入睡，清晨则被鸟叫吵醒，推开门，有时甚至会看到一只巨大的犀鸟扬着和身子一样长的大嘴站在树梢。一天晚上，我们乘着小船去捕捉鳄鱼，虽没有成功，但看到了满天的星光，没有污染的天空中，一颗颗又大又亮的星星如同小灯一样在亚马逊河上空闪耀。回头一看，月亮升起来了！在河岸茂密的树影上空，一只红色的巨大的圆盘跃然而起，放射着光辉，仿佛初日一般。

那时候，我才意识到，我是如此热爱这份自然的纯净与和谐。

也许，正是因为在各地的旅行才让我意识到自然是多么的美好，才让我更加热爱自然并渴望能够让自然的美丽成为永恒。于是，这很大程度地促使我选择在大学学习环境专业，在金融专业大热的时代，环境专业的前途也许并不明朗，但我没有动摇，因为我知道，我的热情在这里。

四、挑战自己的过程

我的前18年中，没有什么惊天动地的事迹值得炫耀，但在写申请文书时仍不乏材料可写。虽然它们并不算伟大，但对我来说却意义非凡，因为它们见证了我在挑战自我、超越自我中成长的过程。

在我的人生中算是转折点的活动发生在初二。从小时候开始，我"说话的本事"就比别人差一截，因为我语速很快，吐字也常因此含混不清。我至今清楚地记得，在初一的一次年级大会上，我因为英语成绩不错被要求上台发言。在静得可怕的礼堂中，面对黑压压的近一千人，我紧张得脸红心跳，语速变得更快，自己根本控制不住自己的舌头和嘴唇。下台时，我几乎快要掉了眼泪。那一次短短的发言成为了我心中的一段阴影。

到了初二，班主任有一天告诉我们说年级要组织一个演讲比赛并将任务下发给了语文科代表。其他同学自然是庆幸自己没有摊上这个麻烦事儿，而我的心里却起了波澜。"难道我真的要永远输给自己吗？""我真的不行吗？""也许，也许我可以的？"经过激烈的思想斗争，心中那个勇敢的我终于说服了懦弱的我，我决定试一试，挑战自己。于是，我认认真真地写了演讲稿，开始练习。那张A4纸的演讲稿我不知把自己关在屋里读了多少遍，甚至没经历"背"的过程，一千多个文字早已印在脑海，脱口即出。即使今天，我也能背出4年前那篇演讲稿的内容。终于，我能够语速平稳地流畅背诵。但是，这还远不是演讲。之后，我听取了堂姐很多建议，一句一句地调整语气、语音和语调。而后又是大量的练习。为了表现得最好，我常常练得口干舌燥，但我欣喜地看到了自己的进步，这也给了我继续坚持下去的勇气。终于，到了比赛这一天，面对着评审老师和摄像头，我仍旧紧张却不再恐慌，我充满感情地演讲着，清楚而自信地说出每一句话。在那短短的5分钟里，我觉得自己就像一名战士一样，一点点打败了那个过去的我，那个软弱的我。在说完"谢谢"两个字后，我深深地鞠了一躬，不仅是向评审和观众，更是向我自己。那一刻，是否能够得奖并不重要，因为我已经在和自己的战斗中成为了胜者。

最终，我获得了比赛的一等奖。这个比赛不仅锻炼了我的口才，让我看到了自己的潜力，更是大大增强了我的勇气和想要继续挑战自己的愿望。这次经历，也在申请中成为了我personal essay的内容。

在随后的日子里，我选择继续不断挑战自己。

因为演讲比赛的展示，我的能力得到了肯定，使我两次被选为班会的主持人和组织者，其中一次班会的成功举行帮助我们的址级得到了学校"周恩来班"的荣誉。上了高中，我再次抱着挑战自我的心态参加了艺术节的主持人大赛。初赛的才艺展示时，别人选择念诗或表演乐器，天生有搞笑细胞的我则是蹦蹦跳跳地和同学唱了一首《狮子王》中的插曲*Hakuna Matata*顺利晋级。而在复赛中，找则在脱口秀的环节作了演讲并顺利地回答了主持人提出

的问题，最终成了主持人十强之一。

高二时，学生会换届，我再次鼓起勇气开始触碰一个全新的领域。在阶梯教室中，已不再惧怕舞台的我自信地进行了竞选演说并顺利地获得了最高票数，从而当选了2008至2009年度的生活部部长。创造力也许是我的一大特点，我的头脑里总是会冒出各种各样的点子。与历届生活部的惯例——发调查问卷声讨学校食堂不同，我开启了新的工作方式，在为全校师生服务的同时将工作范围拓展到社会，为将"To Live a Better Life"从简单的生活部信条变为现实而努力。

为了同学们能更好地生活，有一个更健康的生活方式，我和部员成立了生活部内部的"绿兔子工作室"，开办了《用心生活》简报，定期介绍饮食、起居的一些知识以及日常生活中用得到的小窍门。比如介绍吃冷饮的误区、止打嗝的简单缓解法，以及在节日期间该如何在玩得尽兴的同时保证身体健康等。

此外在跟广播站沟通后，我创办了"用心生活"栏目，每周五中午由生活部的部员广播，介绍一些同学们的日常生活中比较实用的知识，例如如何释放压力，如何减少掉发，如何在车辆比较多的地方减少有害气体的吸入，以及分享一些健康减肥的方法例如"西红柿减肥法"等。

担任生活部部长的一年也是我因各种出国考试忙得不可开交的一年，但我仍充分利用时间，去做更多的事情。在五一那天我招募了来自高一高二的十位同学，组织了去敬老院的义工活动。整个一下午的时间里，我们为老人们唱歌跳舞变魔术并陪他们聊天拉家常。能够用自己的力量为老人们送去温暖与快乐我很开心，在这过程中也锻炼了我的组织能力和沟通能力，让我觉得在五一这个全民公休的日子里奔波很有意义。

另外，生活部还承担起校内卫生检查以及猪流感期间的体温检查等工作，我从来没有拒绝在这个职位上多付出一些，因为我知道，每一滴汗水的付出对我来说都是宝贵的历练。就这样，在人生的旅途中，我不断挑战着自己，并在这个过程中逐渐成长，逐渐成熟。

五、环境保护的旅途

在旅途中,我看到了许多大自然美景,中国的玉龙雪山,法国的尼斯海岸,巴西的伊瓜苏瀑布……大自然的美景一次次震撼着我,让我深深地爱上了大自然并希望用尽全力去维护那份纯净。而在旅途中,各国的生态环境保护措施也深深吸引了我。在普罗旺斯,最偏僻的小村子中仍有垃圾分类设施,以便能够尽可能地进行垃圾分类回收;在伊瓜苏的伊泰普水电站,工程师甚至设计了有助于鱼儿回游至上游繁殖的通道;在亚马逊雨林的游客活动区,每一盏路灯都有不透明的盖子,使灯光尽量少地打扰宁静的黑夜。这些观察更是激发了我做一名环保工作者的愿望。

从小到大,我一直觉得保护自然环境是我的责任,是一件非做不可义不容辞的事情。小时候我虽然有环保的意识,但能做的无非是不乱扔垃圾,节约用水。等长大有了能力,我便开始尝试为环境保护尽更大的力量。因为筷子文化使然,中国的树木砍伐量大大增加。有一天我心中冒出了个点子:"为什么不能把筷子缩短来减少木材的使用呢?"于是我和同学通过数学建模的方法,做实验并进行计算和分析,设计出了"环保筷"。此外,看到一些餐饮企业坚持只提供一次性木筷对环保非常不利,我写了好几页的策划书跑到企业总部提出意见,建议其能够为顾客提供有偿使用或可多次使用的餐具以促进人们的环保意识。在学校,通过生活部的平台,我们也设计了节水海报和减少使用一次性筷子的宣传,希望能通过我的努力让更多的人加入环境保护的队伍中来。此外,我还亲手做了一个废电池回收箱进行电池的回收,看见回收箱一次次地装满,我感到自己的工作是值得的。

因为进入高三,我在生活部的工作也随之结束。但是我在环保方面的努力并没有停止。我成为了WWF(世界自然基金会)的一名志愿者。哥本哈根气候变化峰会前夕,为了唤起人们的低碳意识,我同其他WWF的志愿者聚集到三里屯village进行环保宣传。我们戴上熊帽熊爪扮成一只只无家可归的北极

熊，在吸引路人注意的同时向他们介绍低碳生活并号召人们为保护我们共同的家园而努力。

然而，我能够做的仍然特别有限，所以我决定在大学学习环境专业。这也就是为什么我在申请学校时将环境专业的排名作为重要的指标，并且在得到密歇根大学的录取后几乎没有申请别的学校。我相信在密歇根我能学到我渴望得到的知识并在环保的道路上更坚定地走下去，并努力实现我在申请文书中所写到的理想：Chase for the harmony between the environment and society。而实现这个理想的地方，既是旅途的起点也是终点，那就是我唯一的家——中国。

捏着密歇根大学给我的这张沉甸甸的船票，我做好了准备决定开始一段新的旅途。这段旅途中一定有美景也有艰难险阻，有歌声一定也有汗水和泪水。不管将来要面对什么，我都将勇敢地昂起头，迈步走向这条我自己选择的路，开始一段新的旅途。

六、走向码头的路

在本书作者中，我也许是最平凡的一位，与"牛"字沾不上边。但我想与和我一样普通的dream chaser们分享一下我的经历。也许我们没有惊人的标准化考试成绩，没有令人啧啧称赞的竞赛大奖，但在生活中，成长中，我们每个人都可以做到的是"用心"。我想，正是我的"用心"，让我得以一步步向梦想靠近。

在8月份，我开始了解学校。因为想要学习环境专业，我以环境学的排名以及综合排名为依据开始研究比较感兴趣的学校。环境工程专业排名第4、综合排名第27的密歇根大学和专业排名第3、综合排名第39的伊利诺伊大学等几所学校很自然地跳入了我的眼帘。于是我开始在一些中文留学网站上搜索关于这些大学的介绍，大致地了解了一些情况，包括地理位置、录取率、声誉等。不过中文网站的资料有限，大多都千篇一律没有细节。所以我还是硬着头皮打开了大学的官方网站。和大多数中国孩子一样，我之前很少阅读全英文的网站，所以乍一看到满屏幕的字母相当头痛。不过从某种程度上讲，我是个追求完美的人。我知道网页里的内容一定对申请很重要，容不得半点含糊。于是我鼓起勇气一段段地看下去，遇到不会的单词就去用金山词霸翻译，直到看明白为止。就这样，我花了一下午的时间去看完了第一所大学网站上关于申请的重要信息，大到截止日期和申请途径，小到书写文书时的注意事项我都一字不漏地过了一遍。虽然整个看下来筋疲力尽，但是心里多少有了底。有了第一次的经验，以后再在网站上收集信息就越来越轻松，并且我也总结出了经验，那就是把重要的信息抄写下来。原本我很相信自己的脑子，心想"就这些截止日期和需要材料什么的还能记不住吗"，可是过了一段时间，随着了解学校的增多，各个学校的不同信息便开始在脑袋中打架，等到需要那些信息的时候再去回忆难免有疏漏，害得我不得不再次去网站上查找。于是从那以后，我每搜索一所学校，都会将重要的信息简要地写在笔记本上，包括：

1. 截止日期。

2. 需要提供的材料如成绩单推荐信等。

3. 需要提交的标准化考试成绩（有的学校不要求SAT2）。

4. essay题目，以便在正式开始写作前有时间就去构思。

5. 有些学校或其中的学院会多少透露出他们希望看到的申请者的特质，例如解决问题的能力和创造性等，以便在写essay时能时时注意突出自己的这些优点。

6. 查看信息时暂时无法解决的疑问，以便之后想办法弄清楚。

说到申请，其中相当重要的一部分就是申请文书，并且我也相信文书的质量是我的录取中一个很关键的因素。我的经验是，文书一定要用心地准备。事实上，申请密歇根的一篇仅有250字的short answer我前前后后写了两个月，改了6版直到自己满意才放心地提交。这篇文章的初稿9月底开始写，但每写完一稿，仔细思考后都会发现问题，想要做到更好。甚至在10月初晚

上看2016年奥运会申办投票直播时，我顿时受到启发，在电视旁以一个全新的角度又重新写了一篇。就这样，一篇短短的文章被我修修改改，直到10月20日交出最终版。这过程仿佛是将我头脑中的信息和想法层层筛选提纯，最终得到精华。在我看来，写一篇申请essay与一篇SAT考场作文有相当大的差别，并不是只要扣住题写够字数就是好文章。许多学校都会要求申请者写一篇类似于"为什么要申请这个专业"的essay，而我们要做的就是在有限的字数中尽可能多地展示自己贴合这个专业的与众不同的长处，说白了，就是让AO看见essay就觉得你真的适合并有潜力学习这个专业，这样一来录取的可能性也许就会提高不少。而这类的文章申请第一所学校时写得比较完美可以说是一劳永逸，申请其他学校遇到类似题目时在原文基础上加以修改即可。

对于文书，我还有一个经验，就是：不要害怕别人看。在写文书的过程中，除了workshop的老师帮我修改，我还将文书拿给一些比我更成熟更有经验的人，并虚心地接受他们给予的建议。这其中有我的爸爸、周容老师、父母在美国的朋友以及已经在美国有过申请经验的学长学姐。我真心地感谢他们，因为他们无私而细心的帮助，才让我的申请文章一步步走向我心中的完美。

在申请的过程中，有一个决定今天看来很正确，那就是：早交书面材料。虽然提前申请的截止日期多在11月，但是我在十一前，就将成绩单等书面材料邮寄了出去，即使当时我的申请文书还没有完成。因为邮寄需要几天的时间并且过程中有丢失的可能，提前寄出留给了我处理邮件丢失等紧急情况的余地，从而保证了文件能够及时到达。并且当书面材料已到达学校后，我们在网上填的申请表格和文书一旦提交，学校就能在最快的时间内开始进行评估。我想如果我在10月20日提交网申后再寄送文件，我估计就与11月20日的录取结果无缘了。

而对我的第一份申请，我至今印象深刻。在10月1日那天上午，艳阳高照，气势磅礴的国庆阅兵仪式开始了。与此同时，我也开始对我申请UIUC的两篇文章作最后的修改。当阅兵的战斗机拖着洁白的烟雾呼啸着在湛蓝的天空中飞过，阅兵进入高潮，电视中壮观的画面和窗外飞机的轰鸣让我心潮澎湃，深深地为祖国感到自豪。这时，我终于勇敢地按下了屏幕中的"submit"，在祖国的生日这天提交了人生中第一份大学申请，我的梦想也在此刻正式出发，飞向了大洋彼岸。

现在回想起2009年底的日子，简直可以用"疯狂"来形容。我要自己选学校翻看全英文网站，自己填表格，自己写文书，deadline一天天迫近，我还要参加10月SAT2和12月的SAT1，期间的托福考试以及学校的期末考试！这段日子虽然辛苦，但可以说是我人生中最充实的时光。没有中介全程包办，申请的路对我来说就像是摸着石头过河，让我一直处在一种发现问题，解决问题又发现问题的状态中。这个过程中，我不时会有各种疑问。有些问题在现在看来很简单，但当时确实很困扰，比如标准化考试成绩的寄送时间问题，推荐信提交问题，表格填写问题等。我不能轻易忽略掉任何问题，因为我知道如果这个时候无视问题蒙混过去真的是在糊弄自己。好在每个问题在经历纠结后最终都能解决，有了疑问我还可以直接发邮件问AO，可以向周容老师咨询，可以向已在美国的学长学姐请教或与workshop的同学们讨论。申请不是件容易的事儿，但只要能够勇敢面对，用心对待，这个坎儿就一定能成功地过去。

现在我一点也不后悔自己在workshop指导下操作自己的申请，甚至很庆幸我没有让中介抢走这人生中很重要的一段经历。在那段时间里，虽然我频繁地感受到了之前从未有过的焦急、无助、恐慌、迷茫甚至痛苦，但我心里知道，我的一切拼搏和用心去做的每一件事都是为了梦想而努力。DIY申请，就像是一个靠着自己的双腿奔跑着追逐梦想的过程。每解决一个问题，每改完一篇文书，我就能真实地感觉到自己向梦想靠近了一步。人生中又能有多少纯粹为了梦想而努力的时光呢？申请，将是我一段珍贵的回忆。

此外，独立地完成申请，了解每一件事情，解决每一个问题而没有任何中介的参与让我颇有成就感。我想，这也是我成熟的人生的第一步。妈妈开玩笑说："即使你万一出不了国，在国内也能当个好中介！"

七、新东方，梦想的加速器

　　在我准备标准化考试以及留美申请的过程中，新东方无疑起着不可或缺的作用。通俗一点说，是新东方把我"领上了道儿"，让我从对出国留学的"无知"逐渐走向了"熟知"。从SAT基础班、强化班，托福强化班、考前点题班到SAT2的考前强化班，新东方的一队优秀的极具幽默气质的老师们，让我们在一堂堂笑得喘不上气儿的课堂中学会了做题的技巧。我至今对张帆作为"村长夫人"的奶奶，晶磊老师大肚皮的爸爸，以及李侃老师的外院生活故事记忆犹新。不过，老师们给予我们的不仅是欢笑，还有一些人生的感悟。我至今忘不了晶磊老师在SAT阅读课上放的那段令我们每个人都热泪盈眶的讲述一位父亲推着坐轮椅的儿子几十年如一日周游世界的视频，忘不了她在讲述自己的故事时告诉我们母爱的伟大，忘不了李永远老师在结课的那天晚上为我们推荐好书，告诉我们他感悟出的人生哲理，一直到班主任着急下班催促我们离开教室。

　　新东方老师的敬业精神也一直让我感动。对我影响最大的老师是李侃。在课堂上，他为我们细细总结写作部分中的考点、语法规则以及出题规律，让那些看起来扑朔迷离的语法题变得清晰明了，一攻即破。李侃老师经验丰富，待人热情，有自己独特的教学方法，让人常常忘记了他只有20多岁。他不但在课上大大提高了我们的做题水平，在课间顾不上喝水被我们"抱住"耐心地答疑，他还把电话号码留给我们。在结课后，我常常在积累了一些无法解决的问题后发短信向他求助，他每次都准备好试题集在电话响起一声后便接起，耐心地为我讲解直到我心满意足地弄明白所有疑惑。在6月份的考试前，李侃老师自发地组织答疑，那天晚上，我们近十个在考前极端焦虑的同学把他团团围住，不停地问着真题和OG上的各种问题。其间，李侃老师不停地接到约他出去吃饭之类的电话，但他一律谢绝，一心一意地为我们解答题目中的问题，并根据题目为我们总结知识点，甚至连我们在SAT作文上的问题也一并帮我们解答。就这样，从下午5点到晚上8点，李侃老师一刻不停地回答着各种各样的问题。正是因为那天晚上在李侃老师的帮助下我把OG上所有疑惑的问题全部扫清，在两天后的考试中，我看着一个个似曾相识的试题心中一阵阵喜悦，看到题中许多才刚刚总结过的知识点，正确答案仿佛一个个在试卷上自己凸显出来。最终，我在那次考试的语法部分中得到700分的不错分数。看到分数后，我第一时间发信息告诉李侃老师，不一会儿，老师就回信息向我表示祝贺，并说："只要你们能出成绩，我的努力就是值得的。"我真的很庆幸能够遇到如此一位好老师！

　　8月份，申请季就要开始了，眼看着身边准备出国的同学一个个找到了中介气定神闲，我却陷入了焦虑和犹豫。我和爸爸妈妈都不愿意将申请这么重要的事情全权交付给中介，但是如果完全自己DIY我心里特别没底，因为我完全不知道申请究竟该怎样做，有了问题都不知道该问谁。正在我着急得如热锅上的蚂蚁时，一个比我大一岁当时已经被大学录取的学长向我推荐了新东方的workshop。进入了workshop我心里变得特别踏实，因为在workshop中，我既能完全操控自己的申请，又有了依靠。在每周的上课期间，周容老师一步步地向我们介绍申请的流程，与我们分享上一个workshop班里学员的申请经验，并让我们在讨论中学到文书的写作方法。简而言之，workshop没有帮我们申请，而是教会了我们如何申请。"授人以鱼，不如授人以渔"也许就是这个道理吧。在集训结束后，周容老师没有停止给予我们帮助，每次遇到疑惑发邮件询问，经验丰富的她都是有问必答，是我们五十几个孩子共同的"Counselor"。

　　在workshop中，我更是认识了一帮"战友"，我们在申请过程中相互鼓励，探讨问题，让我感到，自己"不是一个人在战斗"。

BONUS

　　在文章马上就要结束的时候，我忍不住想推荐一本书——《你今天心情

不好吗》。这本书乍一看是一本动物摄影集，但每幅图片下面都附着一行字。生动的图片和恰到好处的文字会让人在一页页欣赏与阅读的过程中逐渐领悟到人生的意义，逐渐从生活的烦恼中摆脱出来，看到生命的美好。正如封皮上所写"这是一本让人看过后心情绝对会好起来的书"，这本书常年放在我的书桌上，时常翻一翻，心情也会随着书页变得明朗。所以我将这本小书推荐给大家，不管天有多灰，路有多难，我们的心都要被阳光洒满！

父母问答

Q 请简单概括下您的教育方式？

A 对子女，家长没有必要采取任何特殊的教育方式。在学校应学习到的知识，在老师教导和同学相处中已经可以达到应有的效果。校外，家长则应注重子女综合素质的培养，让他们保持身心愉快，享受青少年美好的时光。

例如，也许因为孩子学习成绩始终保持中上水平，我们很少过问孩子从小学到中学毕业的学习内容。反之，为减轻孩子的学习压力，我们会对孩子考试的坏成绩予以精神上和物质上的安慰。

Q 在孩子成长过程中，您最注重培养的几种品质是什么？

A 孩子成长过程中综合能力的培养最重要。首先让孩子多参加社会活动，和同龄孩子在一起自由地玩好。其次是掌握课堂知识。让孩子休息好，以较好的精神状态去学校学习。老师会反复传授中小学知识，学生能听懂一次就够了。鼓励孩子学习课外知识和技能。行业不应分高低贵

贱，孩子想学的就一定能学好，就能成才。只可惜在现在的社会环境下，家长不敢从小就培养孩子立志成为厨师等对社会同样有用的职业。

Q 在教育过程中，您觉得您做过的最骄傲的事情是什么？最有风险的事情是什么？

A 在中考择校犹豫时，鼓励孩子在有八成把握时选择北大附中。这让孩子开始迎接挑战，并准备好应付失败的后果和享受成功的喜悦。

Q 您是怎么处理两代人之间的沟通问题的？

A 两代人的兴趣爱好和知识面不一定相同，孩子小的时候可以严加管教，大些了后，最好就当朋友对待。

Q 根据您的经验，您对其他家长的意见和建议是？

A 认为该孩子自己做的事，就让他们自己去做。从小就让孩子开始掌握自己的前途和命运。

Q 您的孩子马上要离开您，到大洋彼岸，现在您最想对他（她）说的是什么？

A 孩子只有离开父母才能有出息。密歇根大学是孩子选择的加速起飞的跑道，祝她将来能在广阔的天地间自由展翅翱翔。

第二篇

Chapter 2

术业有专攻

找到自己擅长的领域，做一个专业的人

有一技傍身，则天下足。

他在实验室研究基因，她12岁英语已经和美国人一样好，她对颜色有设计师一样的敏锐度……

三百六十行，都能创造新世界。18岁前，一定要发现自己最擅长的事，你进入更深邃的一条路，发现更美的风景。

刘奕辰

坚持·勇气·责任

他安静，略带羞涩

他认真，稍显内向

他内秀，才气傲人

他是北京市中学生数学竞赛一等奖

还是北京市中小学生科技英语创新大赛一等奖

小时候，他最爱问"为什么"

他真实，最憎恶虚假

他原则性极强，做事认真，持之以恒

他研究机床、请教焊工，发明"风力发电系统"舞动蓝天

他在美国感受民主，感受生活的平淡和文化的丰富

他找专家指导，苦心研究哮喘和基因的关系

他爱摇滚乐、日本漫画，但他的理想是救死扶伤

他才18岁，斯坦福是他新的归宿

他就是刘奕辰

　　我们羡叹别人成功的时候，往往也就是失去自己迈向成功机会的时候。我承认世界上没有绝对的公平，但对于我们每个人来说每天24小时的时间是平等的，我们可以去好好利用、去弥补种种例如"天分"之类的不公平。在这里，我十分想和大家说的就是成功其实很简单，不要总是去假想成功时的光环、猜测成功的路径，低下头去踏踏实实地做事情，你一定会有意想不到的收获。

我非常喜欢这样一句话："如果你习惯了以45度角仰望别人，也就习惯了以135度角俯视自己。"

我们羡叹别人成功的时候，往往也就是失去自己迈向成功机会的时候。我承认世界上没有绝对的公平，但对于我们每个人来说每天24小时的时间是平等的，我们可以去好好利用、去弥补种种例如"天分"之类的不公平。在这里，我十分想和大家说的就是成功其实很简单，不要总是去假想成功时的光环、猜测成功的路径，低下头去踏踏实实地做事情，你一定会有意想不到的收获。

回顾我的个人成长经历，我体会最深的有三点：第一点是坚持；第二点是勇气；第三点是责任。

我的父亲是协和医院的医生，一名外科大夫，经常做手术。在我的记忆里，童年似乎也带着一股医院消毒水的味道。虽然爸爸工作比较忙，但他一直对我的学习十分重视，在学习方面抓得比较紧。这其中比较重要的就是他对我英语方面的培养。我开始学英语时还只有4岁，可以说起步非常早。这一点上，我十分感谢我的爸爸，我认为他很有远见。英语，在我的成长中起到了至关重要的作用。

记得最开始学英语是从听磁带开始的。那时候并没有"出国"这个概念，只是因为爸爸在协和医院工作，与国外经常会有交流，在一些比较前沿的科学领域，他看的文章基本都是英文，这使他意识到了学习一门国际通用语言的重要性。

我记得，我听磁带最早是从初中课本开始听的，然后听高中课本，再然后是新概念英语二、三、四册。我并不能说在这个过程里我是多么享受。可以想象，对于四五岁的一个小孩子，听英语磁带是有些枯燥的，但我很庆幸，我坚持了下来。到了小学二三年级的时候，听英文磁带几乎成为了我的一个生活习惯。听磁带不只使我的英语成绩有所提高，也让我形成了另一套的思维方式，开始时，这一点并不明显，但随着时间的推移，它对我的影响便逐渐体现在各个方面。在学校里，我担任校园广播台的英文广播员。并且

我可以直接阅读英文原著。这样的双向思维在分析和解决问题时都体现出明显的优势。我也看过这方面的研究，12岁以前是学第二种语言的最好时期。学习英语最好是小学开始，兴趣与强制都是必需的。通过一段时间的培养和适应，慢慢地就会习惯。每天养成学半小时英语或者一小时英语，或者看半小时书，自然而然就会积累很多的东西。

当你意识到收获，那前提就是你先付出。并不是所有的考试都是靠突击就可以应对的，语言就是需要一个积累的过程才有可能飞跃。而且我认为有些可以通过突击解决的问题，要么是它真的没有太多的含金量，要么就是它具有相当的含金量值得你去提炼，但是你却失去了这个重铸自己的机会，没有在解决这个问题的过程当中提高自己的水平。从某种意义上说，这是一种对机会的错失和浪费。

我周围的同学中也会有人说我考SAT的时候几乎不怎么看就能得到很高的分数。我想说，任何的收获都是有极大的付出作为基础的，只是有些付出不是每个人都能看见的。是因为这样才出现了许许多多的"天才"。但我认为，这是坚持的力量，能够持之以恒才能够厚积薄发。

现在经常也会有人问我，回顾自己的童年会不会觉得有一些遗憾，会不会觉得自己被学习成绩、英语压榨了太多自由的时间。这个问题，我也问过自己。一方面，当时我在同龄人里面可能比较单纯，学习并不用家长多说什么，自己就会比较认真和用功。另一方面，一旦你对于自己所处的这个环境熟悉和肯定之后，必然会在这个环境中找到你感兴趣的东西。我似乎就是给自己建立了一个静心学习的环境，并能够投入在这个环境里，发现其中的许多乐趣。

任何一个好的习惯在一开始的时候都会有让人不舒服的地方。但是如果你相信那是好的，就要坚持下去。这样下去，这个习惯就不会成为一种束缚，而是一个推动力，一个属于你自己独有的优势。这一点十分充分地体现在我学习游泳的这一经历中。

我很小的时候有哮喘病，三四岁的时候是在内蒙古的爷爷奶奶家度过的。调养了两年身体之后，我在5岁的时候回到北京到史家胡同小学读书。虽然年纪比较小，但在内蒙古的生活对我还是具有相当的影响的。当时每天没有别的事情可干，也没有太多的娱乐，很少与人交流，但是对于周围发生的事情会有一些自己的理解和感受。这也许不能谈得上是思考，但是的确给我的头脑留下了一个缓冲的空间，也养成了我的一部分性格。

回到北京之后，父母给我选择了离家较近的史家胡同小学读书。由于身体还是比较瘦弱，为了强身健体，我选择了游泳运动，加入了游泳队。从小学一年级开始游泳，一开始是在景山学校游泳队。后来进了数学实验班比较忙，但是每周也会游两三次。游泳对我的身体很有好处。我以前体弱，虽然后来也不是比较强壮，但至少没有什么问题了。

游泳几乎就是我小学印象最深刻的事情，它对我以后的生活产生了重要的影响，锻炼了我的意志和我的毅力。景山游泳的训练是十分艰苦的，景山游泳馆向来以魔鬼教练著称。刚开始学游泳，小孩都不敢下水。这时候教练就会采取有一些强硬的措施，记得当时我们很多孩子都是被教练踢到水里去的。一些胆小的孩子在泳池边犹豫的时候，教练就会毫不留情地强迫他们下水。有时候难免会有偷懒，动作也就不规范标准了，这时候教练就会站在泳池旁边用一根很长的竿子把队员的头按到水里去，让你在水下憋气。起初的半年，我十分的不适应，回到家里常因觉得太辛苦而掉眼泪。爸爸妈妈也十分心疼，经常安慰我，鼓励我。但是他们一直让我坚持游泳训练，在这一点上没有动摇过。

大约在半年之后，我渐渐地适应了这种状态，训练开始有条不紊地进行，进步很快。像游泳这样的运动，最难的就是在开头，因为不敢下水，下水老是怕呛着，但适应了之后只是在学习不同的泳姿和加强体能。除了辛苦一些，其余的也就没有太多的阻碍了。而且如果一直运动，坚持下来的话，身体并不会觉得太疲惫，但如果停一段时间，没有去游泳，后来突然一去，身体就会很不适应，会出现酸痛感，但是如果坚持下来，就会不断有新的进步和突破。

在景山游泳队里的经历同样也让我意识到了每个人都有各自的长处，每个人的身上都有优点。有的人可能自由泳的速度并不快，但是蝶泳技术则可能掌握得很好。有的人可能在蛙泳阶段进步比较慢，但他的仰泳可能"无师自通"。每个人的身体都有自己的奥妙，只要能够善于发现和坚持就会以不同的方式在进步着。同样，这也可以推广到人的思维与人的综合能力。所以，对一个人的判定要全面，万万不可以片面，当然更不能因为一时所取得成绩而骄傲自满。

我虽然考了国家三级运动员，但是从没有代表游泳队参加过比赛。虽然没有过获奖的经历，但我十分感谢我的教练，小的时候因为要磨炼我们作为一个运动员基本的素养，他们是十分严厉的。随着年龄的增长，我与他们的关系也愈加亲密，可以同他们畅所欲言地聊天。这个时候教练也不会再逼着你去训练了，但反而我会更加怀念那些有人"看管"的时期。我个人认为一个人，尤其是一个孩子，要想在没有外界压力的环境里做到"坚持"是更加艰难的一件事情。

我在学习游泳期间，学习成绩也有了很大的提高。当时我每天都要游泳，生活十分规律，体质也越来越好。可以说，是游泳让我摆脱了哮喘病。由于身体的原因，我在做实验的时候，也选择了和哮喘有关系的方向。

哮喘病因是与基因有关系的，我从小就体弱多病，对这方面比较关注。后来我通过爸爸认识了一个专门研究呼吸系统疾病的专家，请他做我的导师，带我做这方面的研究。另外我也看全球最权威的医学网站NCBI，里面有各种文献资料，所有医学方面的资料在那里都能找到。我爸爸在医学院也有很多书，我也翻阅了其中的一些。由于协和医科大学是协和医院里面的一部分，所以我的导师相当于大学教授，但是他基本不做手术，只负责做研究，他在这领域是全国领先水平。经过多次的讨论之后，他跟我提出，维生素D受体可能跟哮喘基因有关系，所以最后我决定来做这个实验。

实验需要先从医院取几千个样本，从血液提取出样本DNA。这些样本是人体中的维生素D受体，在整个人的基因里是一小段，或者几个位点。先把这特定部位的DNA提取出来，用一种PCR机器，把基因链扩大，放大到无限倍，就会扩张成特别长的序列，然后不断重复这个序列，比如ATCG、TACG、AGCT等序列，相当于DNA的碱基序列。复制无限倍之后，我们把样本拿去中国基因研究院，让专业人员用基因测序的机器测这个序列，看是否有相关性。当时我们找了很多哮喘病人的样本，和普通人的样本来对照，希望能得出一个比较可靠的结论。

或许大家并不能够完全理解我说的这个实验，但在这个实验过程当中我收获了许多。我想如果没有当年坚持游泳、治愈哮喘的经历，我也很难对这个实验抱有这样大的兴趣与信心。人的潜能是无限的，而大多时候往往是"坚持"在给予我们勇气的同时也创造了奇迹。

至于勇气，我认为分为两个部分，第一是要有想的勇气，第二是有做的勇气。

我小时候属于好奇心比较重的那种小孩。记得当时家里刚买了电脑，那时候电脑还没有普及，我不明白电脑是怎么显示的。我就会想为什么电视会那么大，电视里有什么构造？为什么拥有同样功能的电脑显示屏就会这么薄？类似这种问题，有许多。其中一些疑问得到了家长的解释，比如电视连接显像管的构造等。还有的一些在自己有了一定的数理化知识后，进一步查找、思考，得出了一个能够比较令自己满意的答案。还有一些我感兴趣又一时没有得到答案的问题，其中的一部分也就成为了我的实验课题。

上高中的时候，我们有一个通用技术课，老师提到了风力发电扇叶的研究，它引起了我很大的兴趣。原来的风力发电是大的三叉形的扇叶在转，带动电机发电，而我们奇思异想，突然有个想法，想在学校里面做一个新型的双桶形的扇叶来进行风力发电，节约一下资源。后来这个实验被我们命名为"舞动蓝天"。

这个实验并不简单，甚至十分复杂。在真正身体力行地去做实验时也出现了许多意想不到的问题。

首先，因为中国在环境工程方面有一些欠缺，所以我们都需要去外国网

站查资料。风力发电扇叶分两种，一种是横式的，扇叶横着走，还有一种是竖着的，就是桶式的。我们做的是桶式的改进方法。其中资料的收集、整理，是十分艰巨而又复杂的。如果前期工作没有做足，任何一项实验都无法再深入地做下去。那段时间可以说是硬着头皮在研究，而且，参与实验的每一个人都知道，这才仅仅是一个开头。对于之后的诸多问题，我们有准备并有充分的勇气和自信去解决它。

果然在接下来的实验中问题接踵而至。在研究之后我们发现，大的风力发电机大都建在草原上，因为必须在空旷的地方，风才都是一个方向，持续一个方向风力发电扇叶才可以转很快。而我们因为在城市里面，有很多高楼大厦，风的方向不定，总会改变，有时候一个地方风就有好几种方向。针对这个情况，我们觉得竖着的那种风扇扇叶应是圆柱体，中间切一刀错开，里面是空的。这个构想后来被证明是可行的。

在制作的过程中，内部结构的设计又被多次的推翻和重设。每一次推翻都需要实验者有极大的勇气，因为一旦推翻就面临着必须重新来过。而为了保证质量，对其材质也有很高的要求。

由于学校没有机床，许多制作要在校外工厂里进行，还有一部分则完全是由我们自己来焊接的。许多技术都需要重新学习，学校有的那些电焊主要是为了修课桌、课椅。那段时间里，我们经常向焊工师傅请教，学到了许多实用技能。

回忆起来，从我高一下学期开始有这个构思，高二上学期开始跟老师说，一直到最后这个实验的成功，参加2009年国际环保节能展，这样的一个过程里遇到了许多的阻碍，许多次都面临着搁浅。一开始，这可能只是一个有些异想天开的想法，纵然充满着可贵的锐气，但如果不付诸于实践它也就永远停留在一瞬间的想法上了。而我认为最可贵的并不是"初生牛犊不怕虎"，而是"明知山有虎，偏向虎山行"。预计到困难之后，仍然敢于迎难而上。这样的一份勇气是我和我们整个实验团队最宝贵的财富，也正是这笔财富伴随我度过了在美国波士顿做交换生回国后的艰难时期。

在美国的那段时期，不同的文化、思维给予我很大的冲击。我看到了美国学生的另一种学习状态和美国人的生活状态。

例如在学习方面，外界予以美国学生的压力很小，他们处于很自由的一个环境。这样一方面使得他们学习的出发点减少了许多功利色彩，他们并不是"为了谁"或者"为了什么"而学习的。他们的学习有时候会让人觉得太过随意，却没有勉强。在这样的一个放松的环境下，天性很少被压抑，他们的投入不只是在做一件事情而是带有热情的。这样的热情看似十分抽象却能够激发出更大的潜能。在美国的课堂上，给我留下很深印象的还有他们鲜明的个人立场与他们的包容态度。老师的授课都是讲座式的，比如历史课今天围绕这个主题，就会找许多资料，他们也有教科书，但是基本不按照书来讲，考试也不照着书考。甚至好多人上课都不带书。有的时候课程讲到某个时期，老师可能放一个资料片，有可能好几节课都在看资料片。比如一个黑人老师讲到黑奴的时候，放了很多资料片。因为他自己也是黑人，对这方面感触比较深，就讲了很长时间。老师讲课的内容是随心所欲的，跟课本没有什么关系，老师讲的都是自己的想法，每个老师的见解都是不同的。尤其像历史、英语这方面，很多都是老师主观的想法。

同学对于老师的观点未必会认同，也都提出自己的观点，同样也都是主观的。考试的时候很多问题都没有对错，就看你的想法，当然历史史实你必须得了解。那时英语课的老师以前参加过战争，他当时是越南战场上的步兵，后来当飞行员。在他的课堂上，他大多都在讲述自己的经历。既然书籍讲的是战争经历，他讲的也是战争经历，那么他讲课大家也不觉得跑题了，美国人会觉得这是很正常的事情。

也许，许多人以为，出国交流主要是在知识层面上的，是十分艰苦的。但是一旦你真的参与到其中你就会发现，有许多有趣的事情。交流的目的是学习，但是交流的过程同样可以轻松愉快。

比如说不同国家的英语就十分有趣。不同国家的英语同样也是不一样的，在你听来甚至许多都不能被称之为英语。印度人的英语、非洲人的英

语、迪拜人的英语和美国人的英语、英国人的英语都不一样，差得很远很远。甚至中国大陆英语和香港的英语、台湾的英语都不一样，都各有特色。我对这个印象极深，每次大家在一块讨论，就会汇集了各种语调的英语，但是基本上都能听懂。开始的时候会觉得很好笑，但渐渐地也就适应了。很少有人真的能够做到说一口不带自己国家特色的英语，这也是语言与文化的一种神奇的联系。

在与同龄人的交流中，话题都是十分广泛的，大家由陌生到熟悉是一个很快的过程，一方面，这是由于大家都是年轻人，感兴趣的东西是共通的，比如小说、电影、电视剧，等等。有的时候我们会对彼此国家的某一个方面进行比较，也会得到很多的乐趣。比如，不同国家的警车就引起了我们的兴趣。现在已经不大记得当时怎么谈到这个话题了，但交谈的过程中，大家都是十分兴奋的。比如中国用的警车是现代，好一点是帕萨特，美国则是福特、维多利亚皇冠。无论哪个国家，它的警车都特别有特色，特别经典。例如，迪拜警车一般都是保时捷。英国、日本也都有不同的警车类型。这样的一种对比并不是用此去衡量一个国家的物质条件，而是每个国家在选择警车时所表现出的一种国家态度，这也是国家的一种文化。诸如此类的话题还有住房、整体环境等。这些讨论是十分随意的，但是也更能生动地挖掘出大量的信息，是我交流收获的重要来源之一。

另外讨论、合作的过程也是彼此思维不断碰撞的过程。这样大家相处的一个下午可能比在平常生活里相处一周更能够深入地去了解对方。一个人的思维方式与表达方式与这个人的性格、习惯都有着极大的关联，所以很快我们就成为了无话不谈的好朋友。

在波士顿，我则强烈地感受到美国人的包容力和生活的"平淡"。我在波士顿的交流住家，父亲是个律师，母亲是个教师，她做教师以前也是一名律师，哥哥也还是做律师的。可以想象，这样的一个家庭法律气氛很浓，交流的许多话题也都与法律有关。法律方面我不太懂，但他们每天吃饭的时候会聊天，我可以感受到对于许多问题，他们都有不同的看法，甚至可以说是法庭辩论似的，但他们都十分尊重对方的看法，无论是谁都可以表达自己的观点。而且，非常有趣的是，爸爸和妈妈的政治观点不一样，一个支持希拉里，一个支持奥巴马。他们几乎每天都会因为这个引发争吵，但是他们吵归吵，吃完饭就和解了，他们可以容忍对方的观点跟自己不一样，就算在一个家里也不能去强迫。

而他们每天的生活都是从容不迫的，不会特着急做一件事情。我们经常遇到问题习惯马上解决，而且越快越好，而他们则完全不是这样。而且他们很少为突发事件让路，也很少有对"计划赶不上变化快"的慨叹。比如，有3天假期，在没有事先安排的情况下，即便是上司临时通知安排工作，他们也有权利不去，更没有加班这一说。

在中国我们似乎习惯了"追赶"生活，大街上随处可见一群群为生活奔波忙碌的人，却很少有人去真正地享受"生活"，也很难放慢生活的速度。我知道这与物质生活水平有着必然的关系，我也并不是完全推崇这样的生活态度和生活方式，但它至少让我有机会去重新审视自己平时的一些想法，让我在急躁的时候能够有所意识，并且尽力地去调节，维持心态上的平和。这对于我的成长是十分重要的一点。

从美国交换回来，我感觉到自己有些赶不上学校的进度。出国交换的经历让我对于自己的未来也有了新的设想，却并不是十分明晰。当时我有些犹豫和茫然，有些想出国，但又不能确定。而且学校的课还一直跟着，成绩却没有以前好。这并不是说分数或者排名上退步了多少，主要是一种心理落差，会让我对自己产生怀疑。这时候，强大的内心就显得尤为重要，我不断地告诉自己要鼓起勇气，为自己的人生做好选择，并重新振作为之拼搏。

在申请出国留学的过程当中也会出现各种各样的问题，比如申请文章方面，密歇根大学和芝加哥大学要求你描述最大的挫折，我当时就写了我所做的医学实验，因为医学实验遇到了很多阻碍，比如说取样的时候样本坏了，或者你取样之后，配药必须是无菌实验这个也很难操作。当时反复做了很多次，因为配药是很多种物质一同配起来的，在分子生物实验室，要求不能有

任何污染，而且药的成分要自己调整，你要扩充不同的基因，也就需要不一样的引入，所以只能自己研究。实验是通过一个凝胶电泳，通过两个电级扩充出来的东西扩开成像，所以一般一做研究就是一天。一个周期得三四小时，又会经常失败，刚开始基本没有成功过，都是在失败中摸索。当时还有两个别的同学一起做这个实验，有些药剂我们一直配不出来，一直在不断地查书，后来慢慢才清楚。

这一段经历让我再一次认识到，不仅要有魄力去决定自己的未来，还要通过不断的努力来填补差距，实现目标。我十分喜欢海明威的作品，而《老人与海》里圣地亚哥说的那句话也时时地激励着我——"人可以被毁灭，但不能被打败。"

在海明威的小说里我最喜欢的一部叫做《再见了，武器》，语言十分平实，里面充满了对人性的审视和对战争的反思。对于历史，我了解的并不多，但通过海明威的书我能够间接地了解到战争带给一个国家、一个民族，以至整个人类的创伤。我认为海明威是一个了不起的作家，这不只体现在写作技巧更在于他的主题或者说是他的出发点。他并不只是在为个人或者为某些人写作，他的写作对象是人类和整个人类社会，可以说海明威是为人生写作也是为人间写作。他是一个有责任感与使命感的作家，这也是他最令我钦佩的地方。

我在高中的时候，参加过一个跨文化交流的活动叫GYLC，这是美国纽约和华盛顿国会底下的一个组织，在全球范围内挑一些有代表性的高中生，每期有几百个人，活动目的是培养领导力。他们通过组织一些具体的活动，来锻炼思维和多种综合能力。比如今天讨论：假设20年后会发生的国际性重大问题，你作为世界的领导者将要如何解决。每个参与活动的人各代表不同的国家。我们那期是分成12个国家，每个国家有十几个代表。首先在小组里面，代表一个国家内部讨论，针对这个事情我们应该什么态度，跟我们国家利益有什么关系，之后各个国家的小组再模拟国际会议的场景，进行洽谈和磋商。我当时代表巴西，之前我对这个国家也并不太了解，但通过这个活动，我对巴西有了新的认识。

在GYLC，针对20年后的巴西可能面对的问题作了许多假设。其中有一个我记得很清楚，因为问题与中国有关系，主要是关于南海的争端问题，对中国和新加坡、中国和东盟五国之间微妙的关系展开了讨论，其实本质上说我们是在探讨对中国南沙群岛管理权的问题。因为巴西是发展中国家，它之前和东盟的印度尼西亚、菲律宾这些国家和组织有很多来往。他们的总统卢拉来了中国几次，中国也又多次回访，两个国家是一种合作关系。考虑到这些因素，站在不同的角度就会有不同的得失。所以，你必须选择一个相对稳定的立场，或者中立。最后，我们的决定也是保持中立。因为所有国家之间都是有利益关系的，比如贸易往来、政治利益关系。如果站在这方，就会失去另一方。巴西是比较小的国家，它跟美国、英国不一样，美国、英国都有自己明确的态度，其他相对小的国家选择站在什么立场则要艰难一些，或者说更多的时候是在考虑他们是与谁站在同一个立场。

当时我们组的成员大概有20个人，共同代表巴西参加讨论，并从巴西这个国家的角度出发，设计各种各样的问题。例如我们曾经设计了一个跟石油有关系的问题。OPEC国际石油组织涨油价、降油价，其实都跟巴西没有太大关系，但是它是其中一部分，也就如上所说是相当于选择一个立场，跟谁站在一起，主要是政治立场上的选择。

在这个活动之前，我对政治利益几乎没有什么概念。参加这个活动让我了解了很多，而且与模联相比它更加激烈，也更全面。因为你要站在代表国家的角度要考虑综合利益，模联则更偏重政治上的考虑。

这个活动另一个意义是跨文化交流，在参加活动的人中，有大陆同胞，有香港人，有台湾人，有非洲的赞比亚人，还有阿联酋的、美国的、英国的、德国的、加拿大、澳大利亚……一个组里基本上没有重复的，不太可能找到两个人是一个国家的代表。大家在讨论过程中，即使不是刻意谈文化也会对各国的文化有所接触了解。因为每天都要见面，每天都是这么多人，交谈的过程当中就会了解对方的文化，对方的想法，以及各国同龄人之间的想

法，这样的了解有助于对自己的重新审视和定位。

参加模联（模拟联合国），是在2009年暑假。我参加的是蔚蓝国际的模联，代表的是东盟。当时模联相当于国际青年组织，也是分成很多小组，每个小组代表一个将定地区。模联有特别多的人，分成很多很多部门，比如有安全组织，有联合国教科文组织，我们这个组织相当于模联的青年协会。大家讨论问题虽然必须作出一个决定，但更多的是发表自己的意见，对每个事情都要有自己的看法，这个看法不会特别深刻，而是更加强调协调性。而我在这里收获更多的是听到许多精彩的演讲，例如各国大使官员的讲话，世界银行部门经理讲座等。

在此之前我并不十分了解世界银行的作用和它的运行机制。听过讲座之后才知道它是国际第三方资金协调组织，负责国际汇率这些问题。

这一系列的活动加强了我对许多问题的认识和理解，更重要的是让我看到了更为广阔的世界，意识到自己应当承担的远比在学习生活中接触的要多。我小的时候，由于父母职业的关系，就对责任有着一定的认识。可以说，我的父母很重视对我责任感的教育。

我的爸爸是医生，医生的职业精神就是救死扶伤。他是外科大夫，一天24小时都开着手机。比如晚上有急诊，夜里两三点钟就要出去，被医院叫去做手术，每一次手术更是需要担很大的责任。我妈妈是国企的部门经理，在工作和日常生活中她都会教我很多为人处世的道理。她是负责财务的高管，这种工作性质要求做事情一定要一丝不苟、有一说一。我的妈妈没有答应过任何不合理的要求，在工作上尽职尽责。在责任心这方面我受到了妈妈很多的教育。

父母对我在日后工作上并没有太多的要求，他们觉得我能够找到一份自己喜欢的工作就很好了。但是一定要对自己的这份工作尽职尽责。我想能够把自己的职业做好，慢慢地，它也就会成为你的一项事业了吧。就个人而言，我希望自己可以做一名医生，能够在医学领域有所突破，最希望能够在放射科的介入科做一些工作。我的爸爸就是做介入治疗的，心血管介入治疗也就是大家常说的"放支架"。我觉得做一名医生，也就意味着对别人要奉献和付出。斯坦福的医学系，在介入治疗方面做了许多的调查和研究。在外科里面，放射科对人身体的伤害并不大，因为带铅的装备比较高级一些，所以对身体损害比较小。但是介入治疗的责任是很大的，针对的又是心血管，手术的时候许多病人都是正处在危急时刻，不放支架这个人就面对死亡，比如血管闭塞率是90%或者95%，马上就会梗塞。介入科的医生要担负许多责任而且都是和病人直接接触的，你的能力和态度会决定别人的生命和一个家庭的完整与幸福。真的可以说是站在"挽回生命"的第一线上。当然，我还需要不断地努力来实现我的这个目标。

有的时候面对电视、网络还有日常生活中人们对于90后的评价，我也经常思考，为什么我们这一代人要面对这样的非议呢？我想，除去一些主观臆断的东西，不得不承认在我们的身上存在着一些问题，就是太自我了。我认为个性张扬、有独到的见解是可贵的品质，但是与此同时也应该心中装有其他的人，顾及到别人的感受和自己行为可能造成的后果。我做事方式上比较传统，但是这并不意味着思想就会滞后。一个有创造力的人同样是可以为自己创造性的思维负责的，有这样的一种责任感或者说是使命感才能够担得起日后生活的重任。

生活中我的原则性比较强，原则就是做事时的尺度，每件事都不一样。总体来说我计划性很强，事情基本上都规划好了之后，再按照计划实行。这一点上，我父母经常教育我，做事情要尽量考虑周全。他们分析问题角度特别多，遇到事都会用不同的视角来分析。这样就会避免许多不必要的障碍和突发情况。就拿今年7月份我打算去支教这件事来说，他们就考虑到了许多，例如支教活动的创办者是谁，组织者是谁，是哪个单位登记的，都组织过什么活动，在组织活动中出现过什么问题，或者有过什么有意义的事情。起初，为了减少麻烦，我报名之后就没有再作过多的了解。但是仔细想想，父母的这种做法，一方面是考虑到了安全性和可行性，另外，有了这样的了解，也有助于我在支教过程中与人沟通和收获更多。这一点，长辈的确是值

得我们学习的。

　　我这样的计划性并不是一味认死理，也需要不断改善自己。例如在与人交往时自己会迟到，有时朋友也会爽约，这些事都需要自己心态平和。不谈家国大业，能够有效地管理好自己的生活就是对自己负责任，也是对别人负责任的第一步。我将去四川支教一个月。随着年龄的增长，我认为我们需要让自己多承担一点而不是不停地逃避。一个人的能力越大，他的责任也就相对越大。这一点国外的同龄人似乎做得更好一些。6月份，我的一个美国朋友也会到四川去支教，这在他们看来并不是"献爱心"或是"磨炼自己"，而是相当普通的事。我想也许我们做事也可以不那么功利，要的只是一种沉浸或者说只是一种体验。中国古人所说的沉醉在山水之间，其实也是可以用于其他事情的。结果并不重要，过程才值得我们更加关注。一旦特别地想要去表达或者说是得到些什么的时候，内心就会有波澜，就无法做到平淡。所以，美国朋友这样的平淡反而更引起了我的反思，让我的内心受到了触动。

　　每一个人的成长都是与众不同的，都有着各自的体会和感悟。相对于其他多才多艺的同龄人，我有许多地方都远远不能与之相比，我只是在认真过着自己的每一天。日常生活中，除了游泳，我还喜欢打篮球。其实，任何运动其实都是一种挑战，而且是精神和身体双方面的。运动可以磨炼意志，也可以起到自我净化的作用。每一次，当你投入一种运动里的时候，其他的杂念也就都抛开了。有一段时间，我还很喜欢跳舞毯，或者说是比较迷恋，跳坏过好几条跳舞毯。它和其他运动一样可以让我投入其中，完全集中自己的注意力。同时它还具有音乐和节奏感，给我多方面的感受。

　　平时的课余时间，我喜欢看电影。最喜欢的影片是《肖申克的救赎》，第一次看时我还很小，大概是十多年前，当时没太看懂，但印象却很深刻。后来在美国又重新看了一遍，才感受到它的魅力。之后又多次看这部片子，始终看不厌。它是根据一个真实的故事改编的，我也专门看了那本原著。每一次看《肖申克的救赎》都有新的感受和收获。我觉得它真实地反映了人性。既有人性丑恶的一面，展现了很多残酷的现实，同时又有人性中不懈追求、向往光明的一面，给人以希望和反思。我还很喜欢看漫画。例如《死神》、《名侦探柯南》，后来又比较喜欢air、《卡农》这些虽然有些悲剧色彩但是很唯美的动漫作品。另外一些注重情节的动漫，比如Myself、yourself，还有反映现实生活的，我也很感兴趣。我并不认为这会影响学习，只要能够合理地分配时间就可以了。

音乐方面，我弹过一段时间钢琴，也十分喜欢摇滚音乐，尤其喜欢林肯公园。2008年的时候林肯公园来中国开演唱会，主唱受伤，演唱会取消了。后来改到2009年，但是在北京的演唱会取消了，只能在上海一睹风采。但刚好2009年8月份上workshop班，每周六都有课，没有参加。现在想想挺遗憾的。不过，我自己也很清楚，我对音乐只是略通皮毛，了解得还远远不够，也就不在这里和大家作更多的探讨和交流。但我想，人的爱好越多，他的精神也就越丰富，内心也就会越强大。无论到什么时候，强大的内心都是人的巨大财富。

人的学习是无止境的，学习不应是一项任务而是一种生活状态。海阔凭鱼跃，天高任鸟飞。我相信只要拥有坚持、勇气和责任，我会拥有属于我自己的一方天空和一片海洋，任我驰骋、遨游、飞翔。

父母问答

Q 请简单概括下您的教育方式?

A 从小培养孩子的学习习惯。在征求孩子的意见的情况下，指出学习或做事的目标，放手由孩子主动自觉、按计划完成，家长只是给予一定的监督，并适当对完成结果进行检查。例如，他小学学英语的时候，我们没有给他报各类英语班，都是让他自己在家听磁带和学习英语课本，制订出每天的计划。家长每天有15到30分钟的指导和检查。坚持了小学4年的时间，刘奕辰的英语已达到新概念三册的水平。

申请去美国读书，是他发自内心的想法，家长做的只是配合做好后勤工作，放手由他自己去一步步按计划完成各种事情。

Q 在孩子成长过程中，您最注重培养的几种品质是什么?

A 正直、诚实、做事认真、坚持不懈。

Q 在教育过程中，您觉得您做过的最骄傲的事情是什么？最有风险的事情是什么？

A 做过的最骄傲的事情是鼓励并支持他去美国做交换生，支持他参加GYLC等各种活动。

Q 您是怎么处理两代人之间的沟通问题的？

A 先听听他的想法，帮助他一起分析问题，从而引导他，尽量让他认同家长认为对的观点，但也不强求。

Q 根据您的经验，您对其他家长的意见和建议是？

A 培养孩子的做事习惯最为重要。和孩子一起制定目标和计划，让孩子自觉地实现自己制定的目标，完成自己做的计划。家长一定要放手信任孩子。做孩子的朋友，事事不要干涉太多。

Q 您的孩子马上要离开您，到大洋彼岸，现在您最想对他（她）说的是什么？

A 大学生活五彩斑斓，希望你坚持不懈，一步步地实现你的梦想。无论遇到什么事情，什么样的困难和挫折，我们都是你坚强的后盾，是你最值得信赖的人！

刘漪泷

从未停下的脚步

心之所愿，无所不成

她从小独立意识很强，3岁学绘画，5岁学英语

她从不甘落人后，比自己强的人一定要向他们学习

她坚持不懈学英语，英语演讲比赛，她是唯一的初一生，却胜过高三学生

她在学校开办"电影欣赏"选修课，是在校学生开课的全国首例

她是奥运火炬手，手握火炬跑在壮阔的蓝天下

她研究发明的前开式相框，拿到了国家专利

她做的科学实验，严谨、专业、创新，震撼了MIT的老师

她将要去地球上的科技圣地MIT

她会将创新和开拓坚持到底！

慢慢长大，我越来越发现路只能是一步一步走，遥远的目的地并不是不可能到达，你要做的只是不要停下脚步。回头看看那些斑驳的脚印，它们散乱而又精彩。我想自己应该把这段时光收集起来，那是我最纯真的一段人生，那里有我绚丽而又伟大的梦想。

好像伟大的梦想总是源于最幼稚的心。小时候我曾梦想成为联合国秘书长，其实当时根本对这个职业没有任何概念，只是听人说秘书长挺好，就去把它当成一个目标去追求。现在有人问我，刘漪浓，你以后想做什么？我常常不知道该如何回答了。我想做的事很多，它们都在我的心里占据一部分美好的想象，当然，成为联合国秘书长已经不在其中了。

收到MIT的录取通知后，我偶尔会回想起小时候的事情。时光荏苒，我已经不再是那个会为一只贝壳电话跟小伙伴打架的小孩子了，猛然间发现自己竟然已经走了那么远，成为了一个全然不同的自己。

慢慢长大，我越来越发现路只能是一步一步走，遥远的目的地并不是不可能到达，你要做的只是不要停下脚步。回头看看那些斑驳的脚印，它们散乱而又精彩。我想自己应该把这段时光收集起来，那是我最纯真的一段人生，那里有我绚丽而又伟大的梦想。

要想成功就不能停下前进的脚步

爸爸年轻的时候当过排球运动员，在我记忆里他一直都是一个充满活力、幽默大度的人。他经常带着我出去玩，教我游泳、打乒乓、打羽毛球。童年里很多幸福的时光都是跟爸爸一起度过的，我们常常在一起流着汗快乐地笑着闹着。

小时候我特别喜欢跟各种各样的人说话，这可能跟爸爸带给我的活力有关，大人们都说我是个特别乐观善良的孩子。妈妈说我3岁时，有一次姥姥骑自行车带我回家，路上不小心摔倒了，姥姥胳膊肘摔破了，上楼梯的时候姥姥要抱着我，我说姥姥疼，然后就自己爬上去了。还有一回我跟一个小伙伴争谁做的贝壳电话漂亮，结果被那女孩儿抓破了脸，妈妈看到我号啕大哭的样子很心疼，问我为什么不还手，我说，打她，她也会疼的呀。那些事情在我的脑海里只剩下非常模糊的印象，妈妈却记得非常清楚，她总说我是个善良的孩子，所以潜意识里我也一直这样要求自己。

我一直都觉得妈妈是个严肃、智慧又温柔的女人，她总是用自己的见解和方式潜移默化地让我懂得一些道理，学做一些事情。

小时候一家人在餐馆吃饭，别的家长都点好了菜让孩子等着吃，妈妈却要我自己点餐。如果是去吃快餐，就让我自己去前面点餐台点餐再把饭端过来。一次我把买的饭往回端的时候，一不小心脚下一滑，手里的饭全洒在地上了，妈妈看到后只是对我笑了笑，让我再去买一份回来，我本以为她会说"你坐着，我去买吧"。

我跟着妈妈去买东西，她让我去跟老板讨价还价，了解行情。出门问路打车，妈妈也都会让我去做。妈妈很聪明，她在努力抓住生活中每一个机会让我成长，她觉得应该培养我在语言交往方面的独立能力，她认为人际交往的技能比生活技能更重要。她总说生活技能是水到渠成的事，随着年龄的增长总能学会，而与人交往的能力却需要不断地培养。后来我慢慢长大，发现拥有一个好的人际交往技能是至关重要的。妈妈的那些特殊的教育方式的确奏效，很多时候我都是靠这种很强的交往能力办成许多别人认为办不到的事情。

我3岁半在北京市少年宫学绘画，学了快两年的时候，偶然发现英语班门外排着长队。我看那边"生意那么好"，觉得应该挺好玩的，妈妈这时候"煽风点火"，抓住我爱说话这一点，说你学会英语以后可以跟外国人说话了。于是，5岁半的我满怀憧憬地跟着妈妈去了英语班，开始为可以跟外国人说话的小小梦想奋斗。很快我发现受骗了，英语实在是不好学的。就是从那时候起，我开始了漫长而艰辛却又收获良多的英语之路。

现在想想，其实很多事情开始得都非常偶然甚至草率，但是一旦真正地踏上了一条路，就要做好为它流汗流泪的准备。那时候跟着妈妈排在长长的队伍里，我根本不知道自己将会跟英语紧紧相伴十多年，更不知道那种艰苦的学习将会给我的童年带来一滴小小的遗憾。当然，走到今天，那滴遗憾已经成了一种成长的代价，但也是我生命中珍贵的宝藏。

刚开始学英语的时候，我是班里最小的学生，人家不是学过就是年纪比较大，接受能力比较强。那时候我又贪玩，丝毫没有自制能力，上课的时候坐在第一排，常常趴在桌上，老师经常点名要我坐正了。我当时对英语并没有多少热情，妈妈也没有强迫我一定要有怎样的成绩。可是学到半年后有一次班里评奖，平日跟我特别要好的小朋友评到了一等奖，得到一个小小的漂亮的笔袋，我坐在第一排看着她上讲台领奖，心里羡慕得不行。

可能我从小就要强吧，望着领奖台上她骄傲的笑容，我简直有些嫉妒了。从此以后我就不再有一搭没一搭地学英语了，第一次想凭着自己的努力达到一个目标——获得一个光荣的小笔袋。

一次班里演小话剧《龟兔赛跑》，老师说要我们回去自己选乌龟或是兔子的角色背台词。我小小的心里觉得那是对我的一次考验，既然我想要做得比别人好，那就要比别人付出更多。于是那天晚上，我决心把乌龟和兔子的两段台词都背下来，连妈妈叫我睡觉都不听。后来妈妈说，那天晚上她看着我认真的样子又心疼又感动。

第二天选角色，我两个都举手了，老师惊诧地看着我，不相信平日里总是趴在桌上心不在焉的小姑娘真的能背下那两段台词。那堂课上我第一次在很多人面前流利地说了一长串英文，因为准备充分，我信心十足，甚至中间没有出任何差错。

那次小话剧表演对我有着特殊的意义，第一次，我获得了大家真诚的掌声。从那以后，我明白了只有付出才能得到的道理。一个懵懵懂懂的小女孩开始成长，开始下定决心要为自己的每一个梦想努力，即使困难再大，也要像小乌龟一样永不停下前进的脚步。

好好学英语以后，我觉得自己的确有了很大进步，甚至见到外国人也会主动去打招呼说一些简单的句子，和老外说话的小小理想很快实现了。当外国朋友对我竖起大拇指，当我终于在少儿英语班结业考试中被评上了唯一的一个一等奖，并得到了一块漂亮的手表时，我越来越相信人是可以通过努力去获得认可和快乐的。

现在有人问我，你觉得自己是不是个自信的人？我回答他们说，当然。

因为一些小小的成功让我相信自己是可以的。"小小的成功"从一块手表开始，从一个认可的眼神开始，当然，最根本的是从一次比别人更热情的付出开始。其实在以后的道路上，我发现有时候更重要的是要拥有一份自信，不是从任何外界获得，而是在一点一滴的努力和坚持过后，真正地相信自己是可以与众不同的。

后来少年宫的高级班的老师来班里挑人，一眼便挑中了班里年纪最小的我，那时我刚要上二年级，要和其他四五年级的同学竞争，这意味着将要面临更多更大的挑战。

从最早的少儿英语入门到英语高级班；从学习新概念英语一二三，再到大学英语；从考公共英语一级B，一级，二级，三级，到小学毕业前考过公共英语四级，再到初二时考过公共英语最高级——五级；我一步一步地走，一直都在脚踏实地地前进着。当爸爸妈妈带我去考公共英语四级的时候，监考老师和考生都以为我走错了。

不知不觉，我已经走在了步子大的人前面。龟兔赛跑，小乌龟就是凭着一直都在前进的脚步得到了最终的胜利。

停止前进就会被淘汰

学了这么些年英语，我发现学英语有这么一个过程，刚开始学的时候觉得挺有趣味的，因为比较简单，随着难度的加深会感到比较苦涩、枯燥。但是过了瓶颈以后，会发现可以有更多有趣的东西让你学，比如看原声电影，听音乐，看英语书刊，甚至因为度过了这个瓶颈，你获得了更多以前体会不到的快乐，真正的边学边玩就是从那个时候开始的。

其实生活何尝不是这样，在获得一种理想的生活状态之前，人总要经历一个成长的瓶颈。我成长的瓶颈是在第一次考级之前，那时候我在少年宫上高级英语班，班里的老师是市少年宫非常著名的英语教师。当时班里采取的是淘汰制，我要跟高我三四个年级的同学一起竞争，如果半年里跟不上就会被淘汰。我那时其实还不是真正地清楚"淘汰"是个什么样的概念，只知道如果不能达到一定的水平，就不能继续待在那个班里学习了。这怎么行呢，好不容易进去的，况且我一直都是个要强的孩子，淘汰对我来说是很伤自尊的。

那时候的上课方式特别紧张，一个班二三十个人，老师经常一对一问答，老师说一个单词，你必须在一秒钟之内把提问的词汇翻译出来，培养的就是我们对英文的快速反应能力。那年暑假，妈妈为了让我不被淘汰，每天就在家里面，一个一个地念单词，我一个一个反应，反应不上来就得再重新问。这种做法虽然苦，虽然机械，但真的让我进步很快。

因为妈妈不大会讲英语，所以那阵子无论走到哪儿，我都在自己跟自己对话，不明白的人在路上看着都觉得这孩子大概是得了自闭症或是什么毛病？那个时候我不管是在公交车上，还是走路，吃饭，只要有时间就听英语磁带。每天晚上我都是伴着英语听力入睡，早晨又是伴着英语听力起床，梳洗。

小学的时候我的英语发音一直都不标准，老师也说我的发音有点怪。一天，妈妈朋友家的一个姐姐来串门，送给我一套美国一位著名主持人教美语口语的磁带。真是及时雨呀，这套磁带我听了足有上百遍，边听边模仿，磁带都已听烂了。

工夫不负有心人。小学毕业那个暑假的一天，我和妈妈还有姥姥在天安门广场遇到两位美国老人，为小试牛刀，看看自己的美语说得是否地道，我便上前主动地和两个美国人聊了起来。他们非常热情，我们聊得很开心。分手时他们问我，在美国生活过吗？当听我说根本就没去过美国甚至都没出过国时，他们大吃一惊，连说："你的英语说得这么好，我们还以为你是在美国纽约出生的呢！"

高一时我和几个同学代表中国中学生去日本参加一个国际中学生科技比赛，会上我代表中国学生上台发言，当时各国评委和学生都非常惊讶，一个中国中学生竟可以发出如此标准的美音来。会后，一个英国学生跑来对我

说："在你们中国是不是每个中学生的英语都说得像你一样好呀？"我当时自豪极了，不是为我，是为中国！

点滴汇成大海，那些听磁带的日子积累在一起，我竟然得到了一口标准的美式英语。

其实现在回想起来，一开始我那么拼命地学习英语，并不是说有多么热爱它，只是我不想被淘汰。人做任何一件事情，如果没有坚持到最后，有时候就可能永远只是"零"。既然开始了就要坚持，不要掉队，不要被淘汰，否则你将前功尽弃，一切努力都将归零，或许还会伤害到自己的信心。对于这一点，我有着十分深刻的切身经历。

小学毕业时我考过公共英语四级，这个成绩相当于考过了大学英语六级，初二一开学又考过了公共英语最高级——五级，这个成绩让我自己都觉得很吃惊。我在英语上取得的成绩已经让许多同龄人望尘莫及了。

初一时去四中参加北京市科技英语决赛，我边往里走边听到一些家长的议论："看！刘漪浓来了，咱们的孩子想拿第一是没有希望了！"

还有，记得刚进人大附中两个月，正赶上学校第三届主持人大赛开赛，比赛不分高中生初中生，一律同场竞技，我当然不能错过这么好的锻炼机会。经过初赛、复赛、半决赛，我竟然一路闯进了决赛。决赛共有8名选手，5名高中生，3名初中生。我是8个人里年龄最小的，当时只有12岁，我面临着巨大的挑战。能进人大附中的几乎都是北京市中学生里的精英，再从这些精英里筛选出来进入决赛，可想其竞争将会有多么激烈，不亚于一场北京市的比赛。与高中生同台竞技我毕竟吃亏不少，于是我采取扬长避短的策略：用英语参赛！

比赛一共5个环节，除了分组辩论得用中文，其他环节我全部用英文。我纯正流利的英文征服了现场所有的人，主持人、评委和观众不时为我报以热烈的掌声。最后成绩出来了，全场最高分，我获得了第一名！台下我们班来为我助威的同学，当得知比赛结果后，有人都激动得哭了。在往年人大附中各种比赛中初中生能获第一名的几乎没有，尤其又是一个刚入学两个月的初

一 "小毛孩儿"竟抢了高中生的风头，这事一下在全校引起了轰动，当时我在学校也算是崭露头角，名噪一时。

不久，我又有一次与高中学生同场竞技的经历，那是我在初一暑假时，学校组织参加北京市第四届新东方杯中学生英语演讲比赛，其赛事被中学生称为是最有难度的比赛。比赛分笔试和口语，北京市一万多名中学生被学校推荐参加了笔试，按成绩取前二百多人进入口语比赛，口语比赛又分初赛、复赛、决赛，决赛在北京电视台演播厅进行。我一路过关斩将顺利地闯入了决赛，进入决赛的有9个人，我又是年龄最小的，又是与高中生一决高下。

那天，当我走进北京电视台演播大厅等候区域时，那些高中生看到我都非常吃惊，可能又以为我走错了呢。当得知我也是来参加决赛的时候，他们的表情很轻松，看来根本没把我当成他们的竞争对手，还鼓励我说："别紧张，能进入决赛就已经是很不错了。"如果他们知道这个"小不点"是奔着冠军奖杯来的，也许就不会那么掉以轻心了。这是我上人大附中后第一次代表学校参赛，我暗暗发誓一定要为学校争光！

比赛时我全然没有初一小孩儿那种胆怯和青涩，多年比赛的经验让我在评委和观众面前落落大方，挥洒自如。演讲时看到评委赞许的笑容，我已经提早知道了胜利的到来。比赛结果是，我又一次击败了高中选手，获得此次大赛的金奖。赛后各路媒体纷纷对我进行采访、报道，并在文章中冠以"英语小神童"、"英语小能人"等。

成绩与荣誉纷至沓来，我有些飘飘然了，认为我的英语已经不用再学了，就是不学我的英语也能在学校里保持比较高的位置，我开始放松了对自己的要求，不思进取，初一以后的英语学习几乎是空白。

进入高一，当我决定考SAT，才发现自己的水平远远不够。我本想提前一年出国，然而两次参加SAT考试的结果都不是很理想，妈妈看到我的状态很是着急，因为按照我原有的英语水平，我在高一时绝不应该考出那么普通的成绩。两年多的空白让我对自己曾经的强项完全没了把握，心想连单词都没背，怎么能考得好呢？因为那些年的停滞，我不得不在高中更加刻苦地学

习以填补那几年的空缺。

没有人可以在路旁休息太久，如果你停住了脚步，那必然需要在今后更加风雨兼程地前进。我只能怪自己当初没有真正用功地学习，于是我开始更加刻苦，一边背单词一边做真题，做模拟，把一系列的参考书、每年大部分的真题都做了一遍。其实我心里一直都没有底，习题的错误率总不能保持在自己的目标范围内，大量的练习使我疲倦，毕竟放下那么长时间的英语，人一旦在路上歇得久了，就很难再赶上去。

妈妈给我报了新东方的SAT班，老师在班上讲的都是一些技巧性的东西，对应对考试特别有效。其实学英语最重要的还是背单词，单词量的积累对阅读益处最大，但要靠自己下苦功，不是一朝一夕就可以让老师教会的。

"千里之行，始于足下。"人生就是一条漫长的旅途，在经历了各种竞争激烈的考试之后，我渐渐明白了身处这个社会的规则，总是有人会被淘汰，不进则退，所以要时刻准备吃更多的苦，流更多的汗。经历过挫败、坎坷，就会得出经验教训，我告诉自己要时刻小心，不是所有人都有毅力能在一条路上不停地走下去的，不前进不努力不进取就会被淘汰。

相信自己是幸运的

我相信人是有命运的，但决定命运的不是上帝，而是自己的性格，性格决定人生。我不迷信，却相信自己是幸运的，因为机会总能找到我，让我心想事成。可我的英国朋友马丁却说，机会总是眷顾有准备的人。不是机会找到了你，而是你通过努力把握住了机会。

我上小学的时候英语一直非常好，然而奥数只学了一年，还是以学习英语为主兼学别样的态度学的。那时我非常想上人大附中，因为它是北京市第一流的中学。当时很多家长都对我妈妈讲，报考人大附中的学生几乎都是奥数成绩非常好的，很少有人是靠英语好进去的，并好心地劝我们不要那么拼命地学习英语了，改学奥数吧。可妈妈却不这么认为，她看我英语越学越好，路越走越宽，这时候松劲儿或放弃实在不是明智之举。但当时社会上的奥数之风愈刮愈烈，妈妈也怕影响我的前程，于是就和我商量，我说班里同学都在学奥数，我也想学学试试。

当时一些有名气的奥校，比如人大附中的华校，北京市数学协会办的北京市数学学校，也不是谁想进就能进的，需要学生所在学校的推荐，然后考试选拔入学。听说人大附中的华校办得相当不错，不仅学奥数，还学语文和英语，可华校上课时间与少年宫英语高级班的上课时间冲突了，我不想放弃英语，就在学校推荐北京市数学学校时报了名。

妈妈很支持我，她赶紧买来3本华校的奥数课本准备给我恶补，可我和妈妈从来都没有接触过奥数，妈妈在大学里学的是历史专业，数学对于她来说仿佛是上辈子的事情了。妈妈也是个不服输的人，她决定采取现学现教的方法，白天我上学，妈妈捧着奥数课本自己先把它啃明白了，等到我放学后再教我。3个星期后，我去参加奥校选拔考试，在我们班推荐的考生里面我考了第一。但在以后的一年学习中，与别的同学全力以赴地学习奥数相比我在这上面投入的时间真是少得可怜，整个课余时间还是都奉献给了英语学习。

那时我已经该上小学六年级了，小升初的残酷竞争开始以倒计时的方式向我吹起了冲锋号。我准备放弃奥数专攻英语，因为妈妈说，把英语学到最好，不信北京市的顶尖中学不要你。小学毕业前，我的英语水平已经达到很高的程度，公共英语考过四级，北京市英语口语等级考试也拿到了最高级的最高分，北京市科技英语比赛获第一名，北京市少儿英语大赛获第一，我自编自导自演的英语短剧在北京市的总决赛中又拿了个小学组冠军。面对这些耀眼的成绩，妈妈的心踏实了，人大附中一定会招收这个"北京市第一"的。

我们太过自信了，事实是人大附中根本就没考虑我的英语成绩，直接就把我给拒了。那一年人大附中还没有英语实验班，对英语好的孩子没有什么参照，对你具体好到什么程度也不了解。有人给妈妈出主意，找校长去反映

情况，妈妈说，校长原先是数学特级教师，找校长倒不如找初中英语老师，我孩子英语好英语老师一定喜欢。

妈妈决定拿着我的各种奖状和证书亲自去找英语老师。爸爸非常支持妈妈的行动，陪着妈妈再次来到人大附中。几经周折，他们终于被介绍到当时初中英语学科带头人张老师那里。这是张老师和我妈妈当时的对话。

"我又不是招生办的。你们怎么想起找我来了呢？"

"因为我的孩子英语好啊。"

"英语好到什么程度？"

"在北京市数一数二！"

"材料带了吗？"

"带了。"

"赶快拿过来我看看！"

张老师一边看材料一边兴奋地叫道："太棒了！太厉害了！我们人大附中这么多年了就没招到过英语这么好的孩子，我现在就去跟校长好好说说，你们回去等消息吧。"

妈妈对那次大胆的尝试充满了信心。

在我们忐忑不安地等待了一个星期后，突然接到人大附中通知我们去面试的电话，面试的不光是学生还有家长。

面试那天，我们那一组8个人，我是临时加上去的。考官和学生隔着长条会议桌面对面坐着，家长坐在自己孩子后面，这种氛围让我十分紧张，再加上第一个环节是奥数抢答，我一道题都没抢上，而其他同学表现得都很出色，我的心一下子提了上来。幸好第二个环节是英语问答，我稳住了阵脚，用非常流利的英语回答了许多问题，考官们都非常惊讶我的表现。

面试后不久，五一节当天夜里11点半，妈妈接到人大附中的副校长亲自打来的电话，电话里校长对家长的表现十分赞赏，连连说，孩子固然优秀，家长尤其聪明。当然，他还带来了我顺利被人大附中实验班录取的消息。我好兴奋，幸运之神又一次降临到我的身上，每年没有几个人能被直接录取到人大附中实验班，我成了幸运儿。可妈妈却说，是你的优秀带给你的运气，如果你不优秀，英语老师怎么会把你介绍给校长，校长又怎么会同意录取你，这是你用勤奋和努力换来的，正所谓天道酬勤。

当准备遇到机会时，幸运之神就会降临。

上初中时我就希望以后能出国留学，妈妈说，要想出国留学就要上最好的大学，最好是上哈佛。我那时也没有什么喜好，既然哈佛是最好那就上哈佛，于是我就到处说我想上哈佛。由此也招来一些人的非议："你以为哈佛是你们家开的呀，你想上就能上！"乍一听挺挑衅，细一想人家说得没错呀，哈佛每年在中国内地就招十几个人，怎么可能是你想上就能上的呢？那怎么办？一句话：努力让自己优秀，成为最好，到时不怕它不要。

心中有了目标就有了努力的方向。从此我更加努力地奋斗，不放弃任何锻炼的机会，使自己更加全面地发展。在使自己变得越来越优秀的过程中，我渐渐地发现我的兴趣导向有了转变。我越来越喜欢学习物理化学，喜欢做实验，喜欢搞一些科技创新发明，上北大环境工程实验室做课题研究后，又喜欢上环境工程，总之这一切都跟理工科有关。在申请美国大学时，我认真地查阅了一下资料，发现在美国排名前几的大学里，只有麻省理工学院最适合我的喜好。在麻省理工我喜欢的这些专业全美排名几乎都是第一，而哈佛，根本排不上名。我开始怀疑我那种抱定哈佛不上的思想是不是够理智，我心中的天平开始偏向了MIT。但其实麻省理工学院比哈佛还难申请，哈佛毕竟这几年在人大附中招过几个学生，而麻省在人大附中却一个也没招。

没想到的是幸运之神又一次悄然来临。一次偶然的机会，我和前来学校访问的MIT录取官相遇了。那时我刚上高二，MIT录取官第一次来我们学校访问，在学校负责外事的副校长的陪同下来到高中楼参观。当时一楼大厅贴有我当火炬手的海报，正是这张海报吸引了MIT录取官，校长把我叫了过去，让我和录取官先生聊一聊。他问我，为什么全校几千名学生中只有你一个人被选上火炬手了？我便向他详尽地介绍了我取得过的成绩和我在学校从事的一些活动，他对我说的这些事都非常感兴趣，频频点头。我们聊了很长时间，最后他因为开会不得不走了，临走前还给我在我的火炬手海报前照了张相。

和MIT录取官见面时我还没有确定自己就一定要去MIT，所以当他问我想去美国哪所大学时，我只是说想去波士顿上学（哈佛和麻省同在波士顿）。他听后哈哈大笑，他肯定觉得这个女孩儿挺狡猾。这次见面会不会跟我后来被MIT录取有关我不敢肯定，但我敢肯定的是他一定还记得那个狡猾的中国女孩儿，那个能说一口流利的、"一点口音都没有"的美式英语的优秀的中国女孩儿。

现在我真的很相信这句话：机会只会给有准备的人。我们的每一步都是在为将来作准备，不到真正的最后关头绝不应放弃自己的努力，只有努力你才能成为真正幸运的人。

去做自己喜欢的事

可能我们这一代人都有一个共同的特点，存在感比较弱，说不出意义的生活好像一样很快乐。我总觉得自己应该做点什么证明我的存在，所以常常会在一段时间过后反思自己做的事情，尤其是慢慢长大，到了高中，明白了青春短暂，细数一段时间的经历，我总希望自己真的做了点儿什么。

仔细回想这十几年，的确有很多值得回忆的场景，倒不是因为它们有多么特别，只是它们都是心中真正认为值得去付出的事，对事情本身有最起码的热爱。

在我脑海里能闪现的第一个画面是初中时我随高中生第一次去意大利出国交流，我们在美丽的小城瓦雷泽的一所中学度过了一个星期，花园和湖水的美丽让我至今难以忘怀。在学校里面，主要是在他们的英语课上，我们给他们介绍一些中国文化。比较有意思的是，本来一开始是我们互相介绍各自国家的风土人情，后来不知怎么就变成我是老师，边示范边在黑板上画这画那，给他们讲中国的饺子，还教他们跳皮筋，他们觉得那是一种特别新奇的游戏。我还非常自豪地踩着凳子爬到墙上给他们指中国在哪，他们吃惊于地图上的中国比意大利大那么多。这个时候感觉自己把中国的文化传到了国外，虽然只是一些小的东西，但是心里特别有成就感。

第一次与外国的文化接触之后，我感受到世界之大，尝试新的事物给我带来从未有过的快乐。那一次异国的体验让我感受到生活可以有很多不一样的东西，想要活得精彩就要努力去做自己喜欢的事。

后来上高中，有一段时间我特别有"真的是在做些事情"的感觉。那是在高二，我想在学校开一门电影欣赏的选修课。这在学校历史上是从来没有过的，碰巧的是正赶上北京市第一年新课改，学校觉得这是个不错的想法，但因为选修课是要在教育局备案的，学校领导又有些犹豫。后来我写了一份详细的教学计划，其中包括授课宗旨和教案，教案又包括影片剪辑、PPT制作，文字部分详尽到每一分钟说什么。同时我又组织起自己的学生教师团队，将几个志同道合的同学集合在一起，每人一节课，按自己写出的教案一遍遍试讲。校长看了以后很惊讶，终于相信我们有这样的能力可以像老师一样讲课。

开课后报名的情况出人意料，我们原本打算招40人，结果报名时却有140人左右，开课的场地由一个小教室换成了大阶梯教室。我们根据不同的电影主题，边放映电影片段边讲解，然后引导大家有针对性地讨论，让同学们在欣赏电影的同时了解影片拍摄的背景，学会如何理性地欣赏电影，真正理解影片带给我们的启迪与内涵。选修课办得很成功，我开创了在中国中学生开办选修课的先河，也成为了中国在校学生带薪任教第一人。现在学校已经打算把我办的电影选修课作为学校素质教育的典范保留下来，一直开办下去。

在今年的全国中学校长工作会议上，我作为唯一的一名学生代表上台介绍了我和我的电影选修课，立即引起校长们的极大兴趣。他们说，也就是人大附中敢放手让学生去尝试从来没有人做过的事，也就是人大附中的学生敢想敢干能有这种创新的思想。

组织开办电影选修课的成功，不光让同学们对电影有新的认识，他们对我也有新的认识。因为我从小在学校获得的奖项很多，同学中间大部分人都

认识我，有人会觉得我总是仰着头走路。但其实我在班级里跟同学们是非常亲近的，人缘也很好，同学们也没有觉得我在学校特别强势。很多不了解我的同学来听选修课以后，真正了解了我的性格和处世方式，认可了我的实力。能够得到更多人的理解和支持，这对我来说才是最宝贵的收获。

积极的处世方式至关重要，勇于去交流去发现，生命才会更加有意义。

我说"做自己喜欢的"，有人会问，没有喜欢的怎么办呢？其实，生活中需要的是发现的眼睛，我相信只要找到兴趣点，一个人可以涉及的领域一定是无限广阔的。

初中的时候我很幸运地遇到了启发我的物理老师，他把物理带入一个与众不同的有意思的境界，他教做实验、讲课都非常生动，所以我最初对物理产生兴趣也就是在那个时候。后来我们班有同学比较喜欢霍金，物理老师就在班里给我们讲霍金，讲黑洞什么的，我每次听他讲课都觉得非常有意思。后来我自己也开始喜欢看一些霍金的《时间简史》之类的书，慢慢地对物理学产生了浓厚的兴趣。不知是不是由于喜欢物理的原因，开始有化学课后我一下子就喜欢上了化学，尤其喜欢上实验课，没有实验课的时候也常和几个同学一起跑去做实验，实验室的老师都认识我们了。

后来到高中时，经校长推荐我去北京大学环境工程学院实验室去做实验。我到那个实验室主要是做微生物燃料电池的实验。那是一个非常有前景的项目，微生物可以通过电解水里的污染物、有机物质来发电，最后还可以利用这个废水。这就相当于我们既处理了污水，又发了电。但是现在这个项目还比较不成熟的地方是，它发的电实在是太少了，连小电扇都转不起来。

我刚到实验室时，对环境工程没有太多的了解，因此也谈不上什么兴趣。我的指导教授孙老师特别善解人意，她手下带着好几个硕士、博士研究生，做实验搞课题工作非常忙，但她还不忘对我这个小小中学生进行帮助和指导。

一开始，孙老师并不忙于让我上手搞实验，她先带着我去"玩"。她和她的研究生们专门带我去清河那边采水样，让我了解北京水污染的严重。我们去的那个地方真是山清水臭。我们坐着当地老乡的船在一条臭水河里慢慢向前划行，一阵阵下水沟似的恶臭不断扑鼻而来。据当地人说，原先这条河河水清澈透底，河底鱼儿成群，水面上还时常能够看到一群一群的鸭子游过，真是美极了！可现在河水浑浊污垢，臭气熏天，没人愿意靠近。

孙老师带来好几个大瓶子专门用来采水样。她让我们把瓶子装满河水，拧紧瓶盖。一个男生装完臭水后忘了拧瓶盖，孙老师看见后大声嚷嚷："臭死了！臭死了！快把盖儿盖上！"我们听了大笑不止："孙老师呀，整条河都是臭的，光把瓶盖儿盖上有什么用啊！"孙老师也笑了，说："都把我熏糊涂了！"

那次采水样让我看到了北京环境污染的严重，很受教育，同时也不由得对孙老师和她的学生们产生了敬慕之情，他们的每项研究都是在对改造人类环境作着伟大的贡献。

那以后我知道我该做什么了。刚开始孙老师先让我打杂，从熟悉实验室慢慢做起，之后又领着我到各个实验室参观，了解每个项目，让我挑一个有兴趣的参加。最后我选中了前面我提到的那个微生物燃料电池的研究项目，这个项目大概做了有一年，我每个星期都要去实验室采集数据，做实验。这个过程漫长又辛苦，但收获颇丰，觉得一切付出都是值得的。

初二时开始有劳技课，劳技课是专门培养学生的自主创新能力，鼓励学生把一些创新的想法跟老师讲。有一天我突然盯着相框，发现自己有了一些想法，我想这个相框翻过来从后面放照片不是很麻烦吗，能不能从前面打开，这样照片就不会被放歪，于是我就设计了一个前开启相框。

这是一个方便简洁的设计，老师觉得很有实用价值，让我参加了北京市科技创新大赛，获得了海淀区一等奖，就是这个作品还获得了一项国家专利。我从此走上了科技创新之路，后来也参加过一些比赛，劳技创新大赛，还有中国发明展，得了几个全国银奖。

在我参加的一次科技创新大赛中，有一个项目是当场做个纸桥。给你6小

时，做一个长一米，能够承受一辆小车（车模）走过去的纸桥，承受得越重得分越高，而且这个桥本身还要尽量地轻，还不能有桥墩。我和小组的成员在这个纸桥上花费了不少工夫，最后它也获得了大奖。我申请MIT的论文写的就是关于这个纸桥的设计与制作过程。

我做事有一个原则，在最大程度上保留自己的想法，尽量只做自己真正有感觉、真正想去做的事儿，一旦认定了方向就不会轻易回头。

创造给了生命意义。搞科技创新跟学英语一样需要有耐力和恒心，但给我带来的又是完全不一样的感觉，以后当我看到生活中一些可以改革创新的东西，我常常会看着它们发呆，脑子里设想着如何对它们进行改造。一次在学校看到花园里的自动喷水器正在给草坪浇水，看着看着我发现了一个问题，喷水器在旋转的时候总有一个死角浇不到水，那里的草都有些枯黄了。我想怎样才能不让喷水器在旋转的时候产生死角呢？于是我就走近前去观察，回到班里我又把观察到的东西都画出来，仔细琢磨。后来一到中午在去食堂吃饭的路上，我都要先去草坪那儿观察喷水器，终于有一天我发现可以改造喷水器的旋转切口来解决问题。我把这个想法跟科技老师一说，他非常赞同，现在这已经是学校科技小组研究的课题之一了。

从过程中体验快乐，每当遇到困难时，我都会告诉自己我在做我喜欢做的事，没有什么苦是不能忍受的。

我一直都喜欢台湾电影《练习曲》里的一句话：有些事现在不做，以后都不会做了。我总希望自己能做点什么，来充斥这段易逝的韶华。后来我申请成为奥运火炬手，参加各种比赛，跟不同的人交往，走过不同的人生风景，怀的都是这样的心境。

即使看不到希望，也要去最后一搏

生活本身会教给我们很多道理，我知道自己还太年轻，很多道理还不能清楚地明白，总结这18年的生活，我相信一个道理，也是我在父母身上看到的一种品质：做事就不能怕困难，要百折不挠，要肯为一件事去争取，即使看不到希望，也要去最后一搏。

当然，搏也是需要实力的，我觉得自己最有信心的就是与人沟通的能力。留学申请的时候，在我们学校办公楼里面经常要盖章，开成绩单，找人写推荐信，这些都需要自己去做。这次我的推荐信是我们的刘彭芝校长写的，刘彭芝校长每年只写一两份推荐信，这个机会完全要靠自己去争取。一方面我平常做很多活动，包括火炬手，开选修课，校长认得我。另外我积极地去说服校长，使校长最后终于同意了亲自为我写推荐信。

我从不服输，总是相信一切皆有可能，这也是我父母遵循的人生道理。在一定的基础和能力上，你只要敢去想，你就已经成功了一半。很多事情看上去不可能，那是因为你没有去尝试，其实只要去努力，只要敢去做，世上就没有办不成的事。

其实在我经历的一些事情里就已经证明了一切皆有可能的这样一个道理。

当年我进英语高级班时刚上完一年级，很多汉字还都不会写，做英译汉的听写时根本无法完成。第一次考试时我倒数第二，很多人都说这孩子太小跟不上的，大家都认为我在这个班里学不下去了，不可能赶上那些大孩子。可我和妈妈都不想就这么认输，我们拼命学了一个暑假，再考试时，我竟考了个全班第一，那以后一直是全班领先从没有落下来过。如果没有我们当时的一搏，我就会被淘汰，很可能也就没有我的今天了。

很多事情只是暂时没有体现它的价值，当时甚至觉得自己失败了，但是要相信总有一天你会发现它的意义。每一件事都是为以后的成功作准备，可能现在并不知道它有什么作用。就像我当初学英语，并不知道它能带给我一个很好的中学、 个很好的大学，当时只是觉得应该要把英语学好。

如果当初我们认可了人大附中不要我的事实，不再去作最后的努力，我也就不会接受人大附中6年来这么好的优质教育，也许我现在将会是另一种命运。

这些经历让我渐渐明白父母告诉我的那些道理，如果你开始去做一件

事，那就要义无反顾地坚持做下去，即使看不到希望，也要去最后一搏。

去经历，去成长

长到18岁，我也会偶尔问自己，刘漪浓，你是个什么样的人？

我性格开朗，比较有主见，清楚自己想做什么，缺点在于常常不是很自觉，只有在关键时刻才肯去努力，但是做事能力还是比较强，时常会有很多很有创意的点子。

很多人都说我理性，但我觉得人是不能完全用理性和感性来区分的。也许我从小受到的关注比较多，荣誉来得比较快，路走得比较顺，有时会不自觉地飘飘然，但我仍然觉得自己是个最普通不过的女孩儿。我也喜欢看书、听音乐、上网，喜欢一切浪漫的小故事，偶尔也想知道，人生的下一步会发生什么？

我们这一代人成长得不够，或者说是经历得还不够。很多思想都不成熟，很多值得我们关注和关心的东西我们都不去了解。我们原来的语文老师喜欢毛泽东，喜欢爱国精神、民族精神以及保护古文物等，他一听说北京胡同要拆了就特别愤慨。他还说90后的软肋就是不爱国。

我们这一代人很少讨论时政问题，有时候同学们聚在一起也讨论国际国内大事，但是关于时政问题就很少讨论，尤其是在西方文化的冲击下，经济全球化的影响下，我们对爱国精神、民族精神的理解就不如老一辈来得深刻。

这几年我们的国家正在发生的一些大事儿，我都希望自己能在这中间扮演某种角色，哪怕只是贡献微不足道的力量，起码证明我在关心着我的祖国，这是每一个青年应该做的。奥运会的时候我不希望自己纯粹就是个观众，因为年龄不够没能成为志愿者，我就去申请了三星的火炬手。因为这是我国第一次举办奥运会，所以谁都想成为本届奥运会的火炬手，那将是一生都值得骄傲的事。由于想当火炬手的人太多，选拔火炬手的条件就变得严格起来，跟评选先进人物似的。我经过三星公司的面试、选拔，最后成为呈报奥组委审批的火炬手候选人。在等待奥组委批准的那段时间里，我非常焦急，我太想成为火炬手了，那是一件多么光荣的事呀！最终我顺利地当上了北京奥运会的火炬手。触摸到火炬的那一瞬间，我仿佛一下子明白了"国家"的意义，感受到了"祖国"在我心中的分量。

其实我们心中缺少的那块东西往往是经历和感受最少最薄弱的，所以我一直说，去经历，去成长，很多感情都在经历中感知，很多意义都在成长中显现。

我一直都相信人生是一条长长的路，没有进步的人生是可怕的，止步不前的人生更像是一潭死水。我们总在定着下一个目标，却从来没有真正到达的时候，我们必须不断前行，没有太多的时间让你在同一处停留。

现在，我已经收到MIT的录取通知。当我靠在家里松软的沙发上回忆自己经历的一点一滴，多亏了那一步一步的前进，有时会碰上钉子、遇上障碍，可却一直在向前走着，经历着，成长着，朝着一个远方的目标，从未停下前进的脚步。

父母问答

Q 请简单概括下您的教育方式？

A 总结我这十几年的教育经验其实就是一句话"要想让孩子成才，首先培养的是能力"。

现在很多人都认为，在激烈竞争面前，绝不能让自己的孩子输在起跑线上，因此这条起跑线就被越定越早，甚至早到胎教。殊不知很多孩子并不是输在起跑线上而是输在能力上。

今年普林斯顿大学面试官，摩根大通银行中国地区总裁，在面试我女儿快结束时问了一句话："中国学生大多重视学习成绩，不太重视能力的培养，可你是个例外，你很优秀，各方面都显示出很好的素质，这是为什么呢？"许多家长也是这么问我。我想，或许是因为我对女儿的教育方式不是去赶潮流，不强求孩子学什么，但只要是她喜欢做的事情，我们就会不遗余力地为她铺平道路。

当别的宝宝一两岁就开始学字认数，背唐诗的时候，我们对女儿的要求就是"玩"！我们带着女儿玩遍了北京的各大公园、名胜古迹、郊野山间。后来北京玩腻了，又去外地玩。玩够了一看该上幼儿园了，于是我们就把一个活泼好动、无"知"无"识"的孩子领到了幼儿园。好在女儿上的是外交部幼儿园，幼教水平超强，学前教育在幼儿园就可以完成了。

在女儿上幼儿园的那几年里，每到周末我们还是带她去玩。我们要让女儿在玩中长见识，在玩中培养优良品格，在玩中提高各方面的能力，尤其是与人交往的能力；我们也要在这玩的过程中去发现孩子的兴趣志向。

玩的时候我们经常会遇到一些外国人，外国人见到这么漂亮可爱的小姑娘总会逗逗她，和她说话，可女儿听不懂，又不愿意让别人为她翻译，想自己和外国人对话。尤其是碰到外国小孩儿时，那种跃跃欲试想跟人家说话的劲儿，让人看了真为她着急，于是我们就有了让她学习英语的念头。

Q 在孩子成长过程中，您最注重培养的几种品质是什么？

A 胜不骄，败不馁。

女儿从小就成绩不断，获奖无数，为防止她骄傲，我们就引导她不断地去发现别人身上有而她身上没有或欠缺的优点，让她看到自己还是有许多缺点和不足需要改正的。"要想保持优秀就要经常学习别人的长处！"

在女儿遭遇失败和挫折时，我们不会一味地指责或无原则地安慰她，我们要让她知道失败是你努力得不够，要总结经验教训，再接再厉。"失败不可怕，可怕的是失志！"

成功的道路上有的不仅是鲜花，更多的是汗水。

女儿在接受媒体采访时最常说的一句话是："我的制胜法宝有两个，一个是坚持，一个是刻苦。""台上一分钟，台下十年功。"女儿开玩笑地说，"这是我爸爸的育儿经。"

与人为善，化"敌"为友。

认识女儿的人都说她性情温和，友善，合群。其实女儿小的时候颇为霸道，事事总想占先，不受欺负，不吃亏。为了改变她，我们总是摆出一

副"吃亏是福"的样子去感化她，教她要与人为善。"善待别人就是善待自己，"我常常对女儿这样说，"你试着用友好去对待对你不友好的人，你会发现他（她）或许会成为你非常要好的朋友。"

上小学时，女儿和一个同学冷战了一年多，当我了解到这个情况后，积极做女儿的思想工作，并鼓励她主动伸出橄榄枝，化解矛盾。女儿主动和那个同学和好后，不但冰释前嫌，后来还成了好朋友。这件事对女儿的触动非常大，她终于明白了我经常教育她的要与人为善、化"敌"为友这句话的真正含义了。从那以后，女儿的脾气变得越来越温和，待人越来越友善，与同学的关系越来越融洽。

Q 在教育过程中，您觉得您做过的最骄傲的事情是什么？最有风险的事情是什么？

A 最骄傲的事情就是，当别的家长都在纷纷抱怨越来越无法与自己的孩子沟通时，我的女儿却和我无话不说。一直以来我们的关系都是亦母、亦师、亦友，从来没有改变。原因很简单：原则问题上我是她的老师，非原则问题上她是我的老师。有了平衡点还会有对立吗？

Q 根据您的经验，您对其他家长的意见和建议是？

A 当你把自己的孩子看成朋友时，你会发现他（她）一点不比别人差；当你把他（她）就当成自己孩子时，你会发现你身边所有的孩子都比他（她）强。

Q 您的孩子马上要离开您，到大洋彼岸，现在您最想对他（她）说的是什么？

A 离开老鹰庇护的雏鹰飞得会更高更远。我的女儿，该是你展翅高飞、搏击长空的时候了。记住：你永远是我们心中的骄傲！

郭雨桥
在平淡中怒放

她思想叛逆，不拘小节

她热爱策划，人生激情，总有太多的奇思妙想

她执行力超强，创建学校的模拟联合国，参加国际模拟联合国大会

她与同学共同组建售卖毕业纪念品的学生公司

她口才超群，代表学校多次参加校际辩论会

她还是2008北京奥运会城市志愿者

她静如处子，最爱《魂断蓝桥》

她动如脱兔，篮球场上飒爽英姿

她叫郭雨桥

她说自己不算传统意义上优秀的人

人生路上坚持最重要

她的大学名叫Pomona College

在那里，她将继续演绎自己的精彩人生！

　　我也曾和很多人一样，认为考出高分便能成为申请路上的赢家；现在回头看这件事，才意识到，那数字至上的信念就像很多人认为有钱便能成为人生的赢家一样，是迟早要经受现实的一遍遍冲击的。

　　但至少，我没有留下遗憾。我做到了我所能做到的最好。

"比起夸我聪明，我更愿意让你夸我美！"每每这样和朋友开玩笑，都会遭遇他们"鄙视"的眼光。

　　我从小就深知自己长得并不惊艳，头脑也并非天才。不过，就算上天赐予我的是平淡，我照样在平淡中怒放。

　　请看我的成长故事。

被放养的童年

　　回顾一下人生最初12年走过的路：我的童年如果用几个字概括的话，那大概就是"平平安安，自由散漫"。在父母的教育哲学的引导下，我的童年简单而快乐，远离反儿童天性的各种课外班轰炸，一切从兴趣出发。小学一年级的时候我还不太适应学生生活，作业能啃到半夜。小学老师的必杀技之一是把家长叫到学校，曰："您家孩子脑子这块儿可能有点儿问题，建议您带她去做做检查。"我猜我爸妈当时肯定吃过这么一招吧。幸运的是，爸妈并没有束缚我，而我的脑子最终也还是开化了。从四年级开始做班长——我不是最有领袖气质的小孩，却一定是最有主意、最能活跃气氛的那一个。我的性格和作风也使我成为了老师心中的优等生和各种同学的好哥们——二者当时似乎是矛盾对立的。六年级几乎一整年的时间里，区别于其他许多为小升初而焦头烂额的同学，我每天放学的首要活动便是和朋友们玩捉迷藏，范围是学校后面20多层高的居民楼，一片废墟和一片平房。我们翻墙走檐，在高楼里蹿上蹿下，高歌着踏过铁皮搭的平房屋顶，无视屋子里面的女人的咆哮。现在回想起来，真是心有余悸：如果当时把人家的房顶踩漏了怎么办？！

　　传说中惨烈的小升初之战对于我来说是那么地波澜不惊：非数学天才的我，在奥数的苦海中打了个滚便得以解脱；学英语也完全是从兴趣出发，至于之后的剑桥少儿英语考试、公共英语考试等小升初必备的敲门砖，也都被我快快乐乐地解决掉了。六年级好不容易报了一个辅导班，我由于生性懒惰而很少去上课，但最后期末考试又鬼使神差地拿了个几百人里的第一名。当时，朝阳区的学生们大多是想考东城区的初中，因为东城的教育质量好，而离朝阳的家又不至于太远。其中东直门中学的初中部算是最好的学校之一，于是乎当时我妈带着我一次次往东直门跑，我拿着一摞证书过关斩将，进了东直门的实验班，也给童年画了句号。

说到这里，我不由得回忆起幼儿园的点滴。相比小学生涯，幼儿园生活竟倒显得有那么点儿苦大仇深了！拜幼儿园老师所赐，让我年幼的心灵受到各种冲击。当时我们园里有很多外国小朋友，有一次，炎炎夏日里，所有中国小朋友背着手坐在小板凳上，眼巴巴地看着老师把一袋当时算很贵的糖送给一个黑人小女孩儿。黑人小姑娘很善良："老师，我想和小朋友们一起分享！"估计所有可怜的中国小朋友（我也在其中）在那一刻心中都迸发出彩虹般的光芒，怎料得老师来一句："你自己吃吧，他们都不想吃！"当时那叫一个恨哪，以至于在之后的日子里，每次见到那种糖，心中都感慨万千。现在回头看当初，也不想给那些幼儿园老师们下什么定义，毕竟是十几年以前的事情了；类似的教育方式也一直在祖国的花圃里怒放着。不过也有让我比较感激的事：幼儿园老师发现并赏识了我在绘画上所展露的才情，给了我很多的鼓励，让当时尚年幼的我相信自己原来也是有天分的。

画笔是我的眼睛

老妈经常和我提起这样一件趣事：当时的我两岁多，话刚能说利落。妈妈的一个设计师朋友到家里做客，问我："长大想要做什么呀？"我不假思索地答："我要当设计师，开一个'黑白服装店'，里面全都是黑白色的衣服！"——在那个大红和艳粉当道的年代里，我一个刚会说话的小家伙能对黑白色搭配所带来的美感有主观认识，使得几个大人都对于我的想法很是惊喜，设计师阿姨更是称赞我有设计师的敏锐感。

我现在也说不上来当时自己是怎么想的了，但可以确定的一点是：我从很小的时候起就对线条、色彩、设计这些事物产生了极大的热忱。那会儿，爸妈经常在天气好的时候带着我去北海，我呢，则带着小画板和彩笔坐在鸭子船里画大树呀、小鸟呀什么的。我从三四岁开始到北京市少年宫学儿童画。儿童画所代表的一类绘画在我看来是对绘画这门艺术最纯粹的表达：没有条条框框，没有分门别类，没有什么不可能；一张纸和一支笔，再加些灵感和想象，就能创造一个世界。海顿说过一句话，让我特感动："我虽然做得不太完善，然而我毕竟也是个造物主。"我当时看到这句话很感动：也许我画得不够好，技法不够娴熟，但每当我提起笔来，我也是一个造物主呢！

因为在画画上有天分，当时市少年宫的老师很喜欢我，她调到东城少年宫的时候就把我一并带过去了。接下来的几年里，随着年龄的增长，我从儿童画转战至素描和油画。周末坐在画室里，从窗帘缝隙泻进来的阳光打在地上，手中的铅笔漫不经心地排着背景线条，任凭时光流走。多数时候还是随意地在各种地方画上几笔：草稿纸上画的是窗外高高低低的房子和略抽象的人体，教室的黑板上画的是奇形怪状的同学肖像（此习惯保持到现在，以至于不时惨遭班上女同学暴打），卧室的墙上是用粉笔画的各种动物。初中的时候对动漫十分入迷，少年漫画所营造的那一个个夸张至离谱的故事以及青涩古怪而又注定不平凡的人物对于当时处于青春叛逆期的我来说是不可抗拒的。我从那时起开始热衷于画漫画，动漫人物爬满纸页。曾经为了东城区办的一次以环保为主题的漫画比赛画到凌晨两点，反复修改、上色，一点没有困意；作品交上去了，而比赛的事情也再没被提及过。那两年，我年少轻狂，各种热血各种忧郁，找不到宣泄自我的途径，一度将梦想托付给了漫画里的世界。

我在音乐上真就没什么天资了，小时候也不是没学过乐器，但都没能成功地 fall in love。让我感到些许欣慰的是，尽管不怎么会演奏，我还是比较热爱音乐的。这要归功于我那同样不谙乐器演奏的老爸。在我书桌后面放着一组旧音响，比我还要有历史。到现在，老爸不用它了，这音响差不多就算归我了。家里唱片很多，有了钱自己也会从国外订CD，为我家的唱片库存作点贡献。家里从来不缺音乐——更不缺我爸的激情诠释。接赫玛尼诺夫的《第二钢琴协奏曲》第二乐章响起，但见他闭上双眼，眉头微皱，手随着曲调轻轻比画着，口中哼着调子，身体做着有韵律的晃动……曲终，还不忘给我留下一句："真TM棒！"让我既感迷茫又哭笑不得。写作业的时候，看书的时候，无所事事的时候……记忆都被音乐镀上了各种颜色。

高中的古典音乐课是在乐团的排练厅上的，我向老师申请坐到竖琴的位子上，这样，当很多坐在其他位置的同学手中无乐器，而只得听老师讲解的时候，我可以独坐高处，在竖琴上随意拨出不成曲调的音符为课堂伴奏。老师从未反感过那时不时从我指尖跳出来的清脆声响，而我也深深陶醉其中，自得其乐。

我当然也有过抱着walkman听周杰伦的青涩时代，有过摇滚的叛逆岁月，只是那些回忆都已随着时光的流逝不可挽回地渐渐褪色了。

我不是没走过弯路

其实我在初中的时候曾险些因为沉迷动漫而消沉下去。我不想把自己塑造成一个从小到大一路掌声的优秀青年，因为我本来就不是一直走在最平坦的道路上，我也走过弯路。

东直门初中部的环境还是很开放的，学校为培养实验班而安排了很多实验课——生活按说应该很充实，而我却偏偏在这时候迷失了。初二下半学期，年级排名已经掉到了50名左右，已经数不清有多少个晚上是看动画度过的。当时的我明白自己的处境，明白自己不该继续下去，但什么东西一旦上了瘾就很难戒掉，尤其是在那个缺少自制力的年龄。班主任找我谈话："你知道我们对你的期望吗？！"而一向不管我学习的老爸也找我谈了一番："你平时做什么都可以，但人生在几个关键时候有那么几班车，你搭上了的话就是向上走；搭不上的话，下一班车就不知什么时候再来了。"当天晚上，我狠狠地哭了一场，并下定决心要摆脱现状。

俗话说得好：祸不单行。初三一开学，我就开始生病，到最严重的时候只能住进医院；而我家的狗又偏偏在这个时候丢了。当时的我真的很绝望：曾经信誓旦旦地说要上最好的高中的那个我，在本应紧张的初三日子里，独坐在病床上，不知前方的路该怎么走。那段时间里，妈妈一直陪在我身边照顾着我，晚上把几把椅子拼起来睡在我旁边。而我也只有在心中暗暗责备自己为什么这么不争气。病好了以后已是新年，回到学校，成绩已经落下来不少。我奋起直追，但同时学校高中直升班的签约在即，一个我和家人无法回避的问题也越来越清晰：是为保险而签约，还是为梦想放手一搏？纠结，流泪，最终还是不得不屈服于现实。和直升班签了约，悬念提前被揭晓。

7月份，中考分数出来了，我考了我们班的第一名。身边很多同学去了四中或二中，而我也只有笑一笑：这便是迷途的代价吧，没什么好后悔的。

东直门中学，又一次，我来了。

就让我来开这个先河吧

虽说没去成曾经的目标高中，在东直门的直升班里，我也仍感受到了重重压力。我们学校的直升班出品质量一直很高，出产过高考状元两枚。不消说，学校在我们班下了血本，给我们最好的资源和机会；身边也都是本来就相互认识的很优秀的同学。在这样的环境下，我满心期待地开始了高中生活。开学第一周的班会上，班主任李老师让我给大家介绍学习经验，我站上讲台，告诉大家："我们都是要干大事业的人，千万别为了某一道题而折磨自己！"当时李老师的脸就绿了……

高中生活步入了正轨，学生会也开始招募社团——我们学校属于很传统的高考学校，以前从来没有过学生组织的社团——所以广大群众都热情很高亢。我的死党跳舞跳得特别好，想要办一个街舞社团，于是乎我便帮着她一起做。前期工作很繁杂，要递交申请、找场地、画海报、做宣传……我们几个人就有如创业之初的热血青年，胸中燃烧着的都是斗志的火焰。最终，我们召集到了20多个人——东中历史上首个舞蹈社正式成立。

不过好景不长，舞蹈社的活动总共只进行了两次，其他一些社团更是夭折在摇篮里。不是因为大家没有热情，而是学校根本没安排出给学生进行社团活动的时间，没有多少老师支持学生们来参加这些无益于学习的活动，以至于到最后，没有一个社团能够坚持办下去。起初大家都很气愤也很无奈，但随着日渐增重的课业负担，社团的事情还是被慢慢遗忘。偶尔和去四中或是二中的初中同学一起吃饭，听他们说着学校的各种选修课，还有每周半天固定的社团时间，我心里暗暗地不平衡了。那时候的我已对模拟联合国有耳闻，在听到其他学校模联社团的点点滴滴后，暗下决心："就让我用模联来给东中开个先河吧，我就不信我们学校办不起一个像样的社团来！"

说干就干，我找到一个对此计划感兴趣的朋友一起来策划。一方面，我们跳过学生会，直接找校领导谈模联社团的建立将会给我们学校带来怎样的机遇；另一方面，由于我们都对模联这一事物毫无认知，于是只能向外界寻求帮助。听说北大的模联办得很好，我便在北大模联官网上找到了高中联络人冯学长的电话，怯生生地打了过去，询问北大可不可以为我们的新社团进行培训。"可以啊，不过你要在这周五之前召集到30个人，我们才能来做培训。"学长在电话那端耐心地给我解释着。"30人？好，没问题！"我激动地答应着，但心里对于能否从我们这个人口仅270人的年级里凑足30个自愿交200元培训费并牺牲周末时间来听培训的人，实在是没有底。

剩下两天的时间不会给我留下犹豫的间隙。校领导的意见和我们的想法很统一，还给我们配了一名指导老师；剩下要做的事情就是招募社员了。我先说服了各个班的班主任，借走了各班的午自习时间，然后便是串进各班进行慷慨洋溢的演说，鼓动大家："为改变自己和改变世界迈出第一步吧！"两天下来，有如经历一场狂奔，没时间停下来担心失败，也没时间展望下一步。而事实证明我们的努力并没有白费·总共召集到了将近60人，我们成功了！

接下来，便是一次次的模联培训、校内会议、校外会议……到现在已经两年有余，社团真的走了下来，越来越壮大，并得到了学校的重视；而东中在两年之中也渐渐因为模联而更加闻名起来。尽管早已离开这个当初含辛茹苦拉扯大的社团，每每想起它，还是犹如自己的骨肉一般亲切。

总结一下两年来的模联经历：我对模联的感情似乎并不在于模联的会议本身——各种繁杂的文件格式让人头痛；我参加过的每次会议几乎都会把各种各样的议题完美又和谐地归结为"发达国家对发展中国家开展教育、医疗、技术支持等一系列的人道主义援助"，让我一次次地失望；同一大洲内的代表们在会前就很自觉地心连心手拉手，更是叫人无奈。深入接触模联后，感觉它和我心中的国际政治还是有着相当大的差别的，而差别的源头，可能就是会议参与者——一群有理想有责任感的热血青年了。Paradoxically（矛盾的是），这源头却又恰恰是我对模联感情最深之所在。就算大家的想法还不够成熟，对话题的理解或许也没那么深入，但当所有人深夜聚在一起精神饱满地讨论着，谁也不愿提早离去时，我明白，那就是模联——并非关于政治，而是关于一种精神。

搭上那一班车

高一上半学期的时候看到晚报上的一篇报道：一些高中生被美国名校提前录取，耶鲁、哥伦比亚、康奈尔……。那张报纸我反复读了好几遍，几个人的故事背得烂熟于心，一个去美利坚读书的计划悄然爬上心头。

小时候去五台山拜文殊菩萨，还曾在寺庙给的许愿小卡片上写下歪歪扭扭的一行："我想考上哈佛大学。"菩萨保佑我，虽然没有直接给我哈佛，但给我指引了一条可以通向哈佛的路。

在和家人沟通我的想法之前，我曾试图为自己找出几条具体的去美国读书的理由：什么国内教育制度落后啦，什么美国能给我更多的机遇啦，等等。不过这些理由是大家都能举出来的，并不构成我去美国读书的充要条件。于是我放弃了对理由的探寻：也许出国读书本来就不需要什么理由；也许一切就是命运的安排；也许我现在努力一把，搭上前往美利坚的那班车，就能一直越走越高；也许……总之，和爸妈交流了一下意见，他们都表示支持我本科留学。于是乎人生轨迹就此改变了。

高一的寒假，新东方，SAT基础班。七八十人的教室座无虚席，大家在课上传着话筒，说着自己的理想。"I want to become an architect."接过话筒时，我坚定地如是说。那时的我，对未来无限憧憬。

很快便到了高一的暑假，人生中最抓狂的暑假之一。那段时间里，我和死党上午上SAT强化，下午上托福强化；早8点到晚9点，一天13小时的青春，全部献给了新东方。那时候虽然很累，但从不觉得苦。短暂的饭休时间和死党探索学校周围的美食，吃饱喝足了就回到教室里，继续着课上的嘻嘻哈哈，殊不知苦日子正悄悄逼近，且给人个猝不及防。

当高二的寒假即将到来时，我不得不面对这样一个事实：由于我之前太过拖拉，留给托福/SAT考试的时间竟只剩下这短短一个学期的时间了。于是没时间由得我多想，寒假立刻开始了托福和SAT的复习，并且报上了开学两周后的一次托福考试。

我要承认自己的第一次托福是半裸考的，本来也没有期待第一次能考多高的分数，但出分的那天，屏幕上分数小框框里的"108"还是着实让我受宠若惊了一把。

相比托福，我对SAT的态度就要认真很多，因为心里深知，像SAT这种变态的考试不是光人品好就能考高分的。从2月中旬到5月1日，两个半月的时间里我狂刷了30多套题，做完了SAT基础班发的小黄书（厚厚一本子阅读题），考前模拟已保持在2200+，于是乎便自信满满地踏上了前往香港的航班。

5月份的香港略有闷热。晚上和不曾谋面的室友漫步在沙田的市井，坐在露天小摊的桌子旁，点一碗面，边吃边聊，感叹遇到彼此是怎样惊奇的际遇。第二天早上考试，除了写essay时奇困、考到一半时奇饿以外，总体感觉还是很好的。当时香港H1N1传播很猖獗，考完试后走在人多的地方时，总是

自觉地戴上口罩，小心翼翼的，生怕客死他乡。

回到北京以后开始有一搭无一搭地准备6月份的SAT2考试。我选的是中国学生的老三样儿：数、理、化，所以并没什么压力，直到SAT1出分的那一天。2180分和我心里的底线还是有距离的，不免委屈了一场。于是又报了10月份的SAT1考试，于是便有了更多不眠夜，于是才有了最终2370分的成绩。

自那时起，无论是在和同辈还是晚辈交流时，常会有人问我："你是怎么考出这么高的分数的？"前段时间我在新东方参加了一次SAT经验分享的讲座，以一个过来人的姿态给台下的莘莘学子传授SAT高分经验，但其实说来说去，我的经验也无非就那么几点：勤奋点儿，多思考一下做过的题，考前吃好睡好，考试当天听由天命。经常会有些非常用功的学弟学妹询问我"具体"是怎么考出这么一个分数的：该做多少套题？什么题？一天背多少单词合适？……面对这些问题，我经常感到无从是好。一方面，这样的问题我真的答不上来；另一方面，又怕打击后辈们的积极性。每一次都小心翼翼地措辞，告诉他们每个人都有适合自己的学习方法。从没有不耐烦过，因为我也是从那个叫人抓狂的岁月里走过来的，深知备考时的孤独与迷茫。

而2370分对我来说又意味着什么？经历了最初的激动、狂喜、在周围人羡慕的眼光中的暗暗陶醉；经历了某一阶段对它的反感，反感人们会不假思索地把我和SAT高分画上等号、并由此推导出"郭雨桥是大牛"的结论；经历了申请落幕时的失落，当时的我一再怀疑，2370分到底是帮了我还是阻碍了我？

我也曾和很多人一样，认为考出高分便能成为申请路上的赢家；现在回头看这件事，才意识到，那数字至上的信念就像很多人认为有钱便能成为人生的赢家一样，是迟早要经受现实的一遍遍冲击的。

但至少，我没有留下遗憾。我做到了我所能做到的最好。

解 剖 自 我

　　写申请文书是申请大学过程中最重要的环节了。那几个月的时间里，在workshop里摸爬滚打过，见识了各种奇女子/奇男子，看前人所写的文章……渐渐地，自己都看不清自己了。一段时间里陷入了迷茫之中，申请也放在一边，迫切地感到非常有必要重新认识自己。

　　自打我很小的时候起，建筑设计师一直就是我心中最完美的职业。没接触美国大学之前，我视清华建筑院为信仰；走上申请美国大学的道路，我又一度把康奈尔、莱斯这些学校的大名鼎鼎的建筑院贴上梦想的标签。但在对建筑院越来越深入的认识过程中，在和建筑院的前辈聊天的过程中，我犹豫了。父母一直不支持我学建筑，我都没有犹豫过；而在马上要确定申请名单的时候，我却重新开始思考去美国读大学的意义以及未来人生的道路。学建筑是否适合我？我是否更适合学其他学科，比如心理甚至是考古？我不得而知。我只知道，我一直反感国内大学对专业的划分，而如果我进了建筑院并终日埋头做模型的话，不正是提前把自己禁锢在一个领域里，从而少了很多接触其他学科的机会吗？那将和我所向往的美国大学自由开放的文理教育相去甚远。经过反复考虑，我放弃了在本科学习建筑的念头。暂时背离梦想比始终坚守梦想更煎熬，但我所能说的无非是：对职业的梦想不等同于对大学教育的信仰；当二者产生矛盾并只得选其一时，我给出的答案是，走有更多未知与变数的那条路——文理学院。

　　写申请文章的过程是痛苦的，一遍遍地试图剥开我对自己的成见，审视最真实的自己：我到底到底为什么要搞模联？我到底到底想要什么样的大学体验？我到底到底到底为什么喜欢这所学校？……无数个"到底"终日萦绕在我身边，我重复着挖掘，写文章，推翻，再挖掘；一次次推翻的不仅是文章，也是自己竖起的保护墙（比如，经历了反复挣扎，我终于承认，其实我也是很爱钱的）。剥开外界赋予我的：分数，奖项，光环……。当把这些通

通抛去后，我才最终满意于所看到的自己：我的信念、我的梦想。一切和别人对我的看法无关。

我的个人陈述没有走传统路线：没有叙述一段经历，也没有诉说一次奋斗，而是用略带意识流的风格向读者展现了我乐观的人生态度和不断探求真理的信念。不知这样一篇让我写到呕血的文章有没有把我这个人挖到足够的深度，至少我自己对它的感觉还不错。这当然还不是终点，接下来的各种why essay和一些稀奇古怪的essay题目让我持续狂奔到1月15日，申请结束前的半小时。

在新东方做助教的日子

当年一天十余小时泡在新东方的教室，接受着各种TOEFL/SAT题的轮番轰炸，支撑我一路走下来的动力便是讲台上的各种或外表纯洁内心澎湃或外表彪悍内心更彪悍的老师了。当时的我没有想到的是，有一天我也可以以非学生的身份走上新东方的讲台，更没有想到机会来得如此之快。

2009年11月的一天，我无意中在网上看到了新东方的北美项目助教招聘启事。对应聘者的要求简单说就是"要有热情与责任心，有相关考试经验者优先"。我反复研读了几遍，确认招聘启事里并无对年龄和学历的明确要求后，隐埋在心中很久的新东方讲台情结便再次被唤醒了。我知道自己作为一名高中生，应聘成功的概率可能并不大，但既然机会来了，就要试一下！在经历了将应聘简历投递出去那一刻的激动后，我便回归到了简单又紧张的学生生活里，把应聘的事情抛在了脑后。然而几天以后，我就接到了新东方的电话，通知我去参加应聘面试。

应聘面试？！对于当时终日埋头写essay且不怎么见阳光的一介书生我来说，整件事立刻变得严肃起来了。"原来，我也是个社会人来着！"但不管怎么说，这是我人生中第一个求职面试，容不得懈怠。几天的时间里，心中演练着我在面试中可能会遇到的各种刁难、各种问答，想到可能会被要求试讲一段托福课，还神经分分地翻出封存已久的各种讲义来研究了一番。

　　几天后，下午1点，我大跨步迈进新东方总部的电梯，迎接人生的首个求职面试。进入教室，先填写应聘表格——在填写教育背景的时候，写完"东直门中学"5个字，看着下面一排排的空白，特想再写点什么弥补一下，但也实在是没得可写了。教室不大，那天下午有将近20名应聘者，气氛很是宁静，只有面试官进来叫人的时候会有一点小声响。无意间看到坐在斜前方的女生填完整面应聘表格后翻了个面，继续填……"什么？！"当时我差点吓呆在那里。我竟然笨到没有看应聘表格的背面就交了上去……天哪，我的求职道路就这样被我的粗心给搞砸了？我着急地冲了出去，想从面试官手里要回表格，迎头撞上了教务部的主管，也就是招聘助教的负责人小黄老师，他手中拿着的正是我的应聘表格。"……老师，我的表格缺了几项没有填完，可不可以先让我填完啊？"我紧张地问着，生怕人家觉得我不够细心，提前决定淘汰我。"哦，没事儿，先面试吧。"小黄老师倒没怎么在意表格的事，让我舒了一口气。面试没有我想象的那样严肃，反而更像是一次轻松的聊天。我们从考试说到书和电影，从上一个应聘的男生在应聘表上贴的黑白照片说到我对未来的规划；语言在中文和英文之间有一搭无一搭地切换着。我的面试似乎比别人都长，临走时小黄老师对我的能力表示了肯定。走出新东方的大楼，阳光明媚，我的心中充斥着美好的预感。

　　果然，几天以后我再次接到新东方的电话，通知我去参加第二轮面试。有了第一次的经验，这一次我便有了更多的信心。海淀图书城，302教室，教室不大，50个左右的位置几乎坐满了参加第二轮面试的人。到那时我才得知面试的形式：在竞争者面前作1分钟的英文陈述，并回答面试官的问题。在我之前上台的有很多看起来比我稚嫩但其实已经读大三或大四的学生，不少人是和朋友结伴来的。我独自坐在最后一排，脑中想着的全是1分钟陈述该说些什么。很快便轮到了我。我调整好姿态，然后开始了英文即兴陈述："……大家可能会对于我这样一名高中生前来应聘感到很奇怪吧？新东方的教育理念让我一直很向往，而我今天很荣幸能有机会加入一个充满活力的团

队，换一种身份走进新东方的教室里，为大家共同向往的那个理念出一份力。虽然我还只是一名高中生，但我非常肯定自己已经做好了准备……"说完了，台下竟响起了掌声，面试老师给了我一个肯定的微笑，我知道，我得到这份工作了。

待所有应聘者都面试完毕，面试老师告诉我们招聘结果会很快揭晓，并让我们在走廊里等候。焦虑的气氛弥漫在走廊里，我们聊着、猜测着。不一会儿，面试老师拿着一个名单出来，叫进去了大概一半的人，没有叫到我。第一批人出来了，个个绝口不提他们的结果，从面部表情看来，不是很乐观。老师又叫了第二批人，还是没有叫到我。此时走廊里只剩下了六七个人，各种荒诞的故事结局在我脑海中编织着。终于轮到公布我们几个人的决定了，老师告诉我们："你们几个人表现得很突出，直接优秀通过。今天下午5点开始参加培训。"虽说之前心里有种种好的预感，但作为应聘者中年龄最小的一个，能够得到如此之肯定，着实让我感动了一番。

当时已是12月中旬，也是申请最忙的时候，我每天下午要坐23站地铁赶到城市的另一端参加时长两周、每天4小时的培训，压力很大，父母也表示不支持，但我还是坚持了下来，抓紧路上的时间，在本子上写下潦草的字句，回家再整理成一篇篇申请文章。

带的第一个班是SAT强化的12人寒假小班，实际上学生只有5个人，其中北京本地的学生只有1个。从来没有和学生打过交道的我，一开始也是揣摩着学生的心理，并担心自己能否和他们处理好关系；事实证明我多想了。我高三，他们高二，年龄差在几个月以内，虽说论辈分来说我是长辈，但其实我们是同龄人。所以说，我以助教的身份完成着新东方布置的各项任务，以长辈的身份嘘寒问暖；但其实，我们更算是一群朋友。短短的19天，我和我的第一批学生所结下的情谊远比我想象的要深。

现在还带着一个周末的托福班，每次在做电话回访的时候，听着家长们对我的感谢与赞赏、进而对新东方的称赞，心里真的很温暖。很多人问我在新东方做助教工作能赚多少钱，我坦白地说，工资并不算多，但这份工作所带给我的情感和精神价值，绝不是工资能衡量得了的。

新 的 旅 程

我属于那种没去过多少地方但仍愿意以"侠客郭"自居的人之一。我喜欢自己一个人旅行：独自承担和享受旅途中的各种风景、各种经历。很多年以前去英国上假期课程，为了追随一个俄罗斯小帅哥而坐上通向远郊的车，然后凭着自己模糊的方向感，在深夜徒步走回到自己的host family。在东京，带着语言不通的妈妈在地铁里穿梭着，寻找那曾经遥不可及的秋叶原。最近我又想出去走走了，背上行囊，拉上行李箱，买张车票，便开始了属于自己的纵贯中国南北之旅。

有几段路坐过夜的硬座火车。硬座的车厢我从前只在电视上看到过：紧凑且直挺挺的绿色座位，座位上方是放行李的架子，拥挤地塞着箱子和麻袋；座位前方小桌子上的托盘里，是摞成小山状的瓜子皮；而座子上坐着的，是有着各种背景、各种故事，怀揣各种憧憬的人们。坐惯了飞机的我，对于坐超过12小时的火车未免有所顾虑，于是把自己搞成一副风尘仆仆的样子，紧紧抱住自己的背包，装作连买火车上的泡面的钱都没有的穷学生。火车开动，慢慢我发现自己的戒备在周围热闹的环境映衬下显得有点不和谐了。素不相识的人们很快地聊了起来，车厢中不时传出爽朗的笑声。遇到非常健谈的中年男子，话匣子打开后好似醉了一般，滔滔不绝地讲起关于自己的一切：他的初恋，他的家庭，他的不满，他的人生哲学。尽管这位学历不高的叔叔说的一些话如同通俗歌曲里描述的痴情醉汉一样带给人一阵酸意和喜感，但那种毫不掩饰的坦诚，是我在北京生活的17年中很少能听到的。慢慢地，我也融入了那种专属于火车硬座车厢的气氛中。夜晚比较难熬，想在硬座上安稳睡着是件很有难度的事情。这时候，邻座的大哥拍拍处于半昏迷状态中的我，告诉我说可以靠在他的肩头上。我没有多想，靠了上去，下一秒便入了梦乡。

沿途行经青岛、济南、广州、深圳、长沙、杭州及周围的小城镇。每到一地，有当地朋友的接应，带我去了解最真实的当地风土民情，以至于我每到一座城市，都会深深地爱上它。青岛的清澈海滩，深圳的葱郁小径，长沙的火辣（天气、美食、美女），西塘在雨中的一抹青灰色……每到一个地方，我都曾嚷着"我要在此地定居"，但直至走了那么多地方后，快要回家的时候，一股思乡情才忽然涌上心头。我常常略带叛逆地挑剔北京有哪里不好，旅行回来以后亦会继续下去，但离开这个地方，对我来说还真的不是一件容易的事情。

独自在外，偶尔也会觉得害怕，觉得辛苦。打电话给妈妈，原以为一向对我关怀备至的妈妈会说很多安慰的话，但电话那头的回复是："嘿，趁你年轻，多走走，多锻炼一下嘛。"放下电话，我一点也不惊异于妈妈所表现出的淡定。是啊，再过几个月，我就要独自一人在异国他乡开始新的生活，无论遇到什么困难，都是要靠我自己走下去的。

是啊，今后的路，是要自己一个人坚强地走下去的。

回想申请之路，一路走得波澜不惊，结局虽然没有戏剧性，一路走来我还是成长了很多。12月中旬，ED布朗大学被defer（推迟到正常申请一轮），身边的人都觉得出乎意料，我也很不解，但也只能用"奖学金要得太多了"这样一个苍白的理由来安慰自己。1—2月份，各路面试纷沓而至。曾在国贸30层Skadden律师事务所空荡的会议室里和Duke的校友探讨环境问题；曾在单向街咖啡店和Bowdoin College的校友适意地聊天；也曾在半夜突然接到美国打来的电话，接应了Univ. of Virginia在校学生略显生涩的提问。

时间过得如此之快，当初总以为黑夜有多漫长，怎料一抬头已是黎明时分。更多时候我是被时间推着前行的，直到3月11日收到了华盛顿圣路易斯大学（Washington Univ. in St. Louis）的录取，才在惊惶中发觉我已即将要把申请的路走完。

我一直很向往爱尔兰，对那种略湿冷的岛国气候和那些不大却精致的小城市的情结都影响着我申请时的选校。当初申了很多东海岸中小型城市或是小镇上的学校，并且曾经很坚定地认为拥有那种湿冷气质的小地方将会是我的归宿，不承想——命运恰恰把我的路引向了加州，阳光明媚的广袤之地。

也许一切都是缘分吧，朋友已经开始称呼我为Californian sunshine girl。而我呢，对Pomona的感情也愈加深厚，心里已经在憧憬着4个月以后将要在Claremont小镇上展开的一段人生。

生活依旧平静又快乐地继续着——平静只是暂时的，我知道自己未来的路上必然会有一波波的风浪，一次次的机遇。有一句话，我一直放在心中："岂能尽如人意，但求无愧于心。"我虽然不敢说能够把握好自己的人生，但即便摔倒了又怎样！我有梦想，有闯荡的勇气，有前进下去的信念，足矣。

大洋彼岸，待看我怒放吧！

父母问答

Q 请简单概括下您的教育方式？

A 遵从个性：郭雨桥的性格比较鲜明，有她自己的想法和主意。她4岁时我带她去单位，同事问你叫什么呀，她答乱七八糟；同事又说应该是两个字，她又答八糟，这种不按常理出牌的事情很多，我们没有特别去纠正她。

减少依赖：郭雨桥从小学二年级开始自己包书皮，用自己的钱交学费，已经没有依赖家长的意识了。我们很少帮助她检查作业、辅导功课，因为觉得那是她自己的事情，也是要减少她的依赖感。

欣赏表扬：好孩子都是夸出来的，我们以孩子为骄傲，经常夸赞她、欣赏她，这并不是溺爱，是激发她自信、向上的催化剂。

因材施教：她不认识字时，居然认出了在燕莎工作的一个朋友的名片，因为名片上有燕莎的标识；最早拿着笔乱画时，她居然歪歪扭扭地把所有细节都表现出来了，这种超常的观察力被我们捕捉到以后，就开始了少年宫每周一次的画画学习。果然老师说她想象力、观察力、表现力都很丰富，画画一直学习到现在，仍然是爱好。还曾经学习过小提琴、舞蹈、吉他等，没有参加过任何考级；学习过奥数，没有兴趣就不再坚持了。英语学习得益于小学的教育，一年级学校就开了英语课。为了锻炼她的胆量，我们给她报了一个以培养孩子对英语的兴趣和表达力为主的英语班，结果激发了她的兴趣，一发不可收拾，很快突破了学习的瓶颈。直到小升初前夕才得知报考好的学校需要英语的等级考试，才匆忙参加了各种考试，结果也很令人满意。

Q 在孩子成长过程中，您最注重培养的几种品质是什么？

A 正义：她上幼儿园时，一次我们开车外出，按了喇叭，她立即制止，说别吓着走路的人。以后我们就刻意做一些事，让她发现去纠正我们，比如红灯时过马路、不排队、公共场所大声打电话等，她都能很有正义感地批评我们。看到我们改正了，她也很有成就感。她是我们家最公正的评判员，总是向着有理的一方，指出对方的错误，一针见血。我们也不把她当成孩子，就是家庭的一员，参与所有大事，发表自己的意见。

自信：因为她的自信，在各种考试中，尽管复习准备得不是很到位，但是她能超常发挥，考出最佳的成绩，这点得益于她的心理素质。

有志：平时注意经常寻找一些社会热点话题，跟她一起讨论，培养她的社会责任感，让她放宽眼界、同时间接地树立志向，这是成大事的原动力。高一上学期她提出出国留学的想法时，我们对此一无所知，赶紧去咨询，在了解了情况和分析了家庭财务情况后，明确表态尊重她、支持她，自此她开始了留学的准备工作。其实过程很艰辛，但是她实实在在地得到了很大的锻炼。到底是一棵小草还是一棵小树，其实在你有了志向时已经决定了。

Q 在教育过程中，您觉得您做过的最骄傲的事情是什么？最有风险的事情是什么？

A 每当孩子遇到困惑时，母亲都不是简单地评论具体事情、就事论事，而是从心理学角度分析，帮助她理解困难，并且让她明白要有挫折当成一种锻炼，要把不如意作为磨炼自己意志的机会，从而使孩子有一个健康的心理状态。父亲则是注重对她人文方面和美学、音乐的熏陶，经常带她看各种文化展览，给她置办了自己的一套音响，淘回一堆自己的CD，平时她有时间就会画上半天的画。我们一直让她认识到学习不是唯一目的，还有更多的精彩要体会。

最有风险的事情是，她初二时迷恋上了动漫，把自己沉浸在一个虚拟世界，学习成绩下降。当时我们很着急，又不能针锋相对地制止，孩子正值青春期，搞僵了以后没有了沟通渠道就麻烦了。经过反复商量，我们没有采取直接制止、没收电脑等方式，而是通过间接地引导、立志等方式让她自己觉醒，让她找出自身向上的原动力，克服了对动漫的依恋，奋起追赶，中考时考出了优异成绩。

Q 您是怎么处理两代人之间的沟通问题的？

A 人是在错误中成长、挫折中前进的。不要没事瞎操心，唠叨是徒劳的，一定要相信孩子，这会减少两代人之间的矛盾。

Q 根据您的经验，您对其他家长的意见和建议是？

A 每个人都要有自己的空间，不要大包大揽，搞得自己身心疲惫。同时一定要注意培养孩子早立志，让他们明确自己的追求，焕发出原动力，这点是最关键的。

Q 您的孩子马上要离开您，到大洋彼岸，现在您最想对他（她）说的是什么？

A 天高任鸟飞，我们永远是你的后盾和支持者。广交朋友，学会照顾自己。

第三篇

Chapter 3　　　机会有选择

机会常有，发现了、抓住了才能站上舞台

机会只给有准备的人，你要准备什么呢？

她认为只要能想到就一定能做到，他在一次竞选中彻底释放了自己，她能让身边所有事物给自己带来快乐……

每一刻都有新机会，未知的世界正打开大门。18岁前，一定要知道怎么发现"这是个好机会，我可以试试"。

吴轶凡
一切皆有可能

她活泼开朗，从小爱说话，爱表达

在英国她学会了批判性思维、创造力、团队合作

她把这些能力带回中国，在学校里继续发扬光大

她参加演讲比赛，做小记者，参加模联

她靠自己的热情和才华把已经落幕的学生公司办得风生水起

她做的帕金森症病变实验震惊了专家

她爱读社会分析类的书，她走在路上耳朵里永远放着有声书

她从不轻易评价别人，她相信每个人都有独特的发光之处

最能形容她的词是敢想敢做，这也是她最想对其他人说的话

她是吴轶凡

她要去哈佛

批判性思维和团队合作精神，是我在活动中学到并觉得对个人至关重要的两点。不管你以后要做什么，要在什么地方工作，要遇见什么样的人，我都觉得这两点是非常重要的。个人的独立的判断思考会让你逻辑清楚，思路开阔，更能理解自己所处的环境，提出问题的新的解决方案。而如果人和人之间不能合作，很大一部分资源会被浪费。在交流过程中，我们会从对方那学到很多东西。

妈妈眼中的女儿

童年的记忆已经很模糊了，据说我是一个非常胆大淘气的家伙。为了记录"客观"的成长过程，我那有着科学家的严谨特性的妈妈特意帮我总结了我的童年：

有人说，一个人的性格是与生俱来的。我想，除了与生俱来，也需要后天的爱护和培养。轶凡小的时候，非常淘气，属于那种很少哭、不认生的孩子。对于她的行为习惯，只要不是太离谱，我们做父母的态度是顺其自然。我经常说，我的女儿属于放养型，是原生态的。关于父母的指导，我的观点是在孩子上小学之前，尽量让孩子去感知这个世界，而不是学习什么知识，掌握什么技能。观察、认知的过程就是学习。比如，对着一个蚂蚁群，她可以在那观察半小时；看着遍地的蝴蝶花，她能沉思十分钟；还有蹦床是她的最爱，因为这是那个年代春夏秋冬都可以达到较大运动量的体育项目，如果刻意训练，她没准能成奥运冠军。

幼儿园毕业后，轶凡不到6岁，我们没有打算让她上学，因为上学的年龄是7周岁，卡得很严，再说学前班是大部分孩子要经历的阶段。由于学前班孩子多，老师对纪律要求就严了，学前班开学后的第二周，轶凡说什么也不去学校了，坚持要在家待着练书法、画画。我有些措手不及，问她原因。她说老师不让她说话，课堂上学的东西她都会，她还说老师说说话要举手，可是她举手了，老师也不让她说。我知道拗不过她，估计她在家待半天准要出去玩，到时再借机送她回学前班。可是她却老老实实在家待了两天，并且有画作和书法作品上交，我觉得到了想办法的时候了。这时她也待不住了，把家里的墙当做画布，在墙上留下了许多墨迹。考虑到她的性格，我还是想尽办法让她上了小学。因为我了解自己的女儿，她对新鲜的事情感兴趣。

她性格外向，喜欢和人交往，并能够很快进入角色，上小学后很快适应了学校生活。小时候，走在路上，看见小朋友就主动上前先作自我介绍，然

后积极邀请小朋友和她一块玩。这种性格特点在她的成长过程中非常重要，也是她能发展到今天的一个重要方面。这种性格特点使她经历频繁转学但丝毫不影响她的学习，而且似乎每次转学都有大的收获。看看她的教育经历：

1998.09—1999.01　太原市　铁三局一中 小学

1999.03—2003.03　太原市　太师一附小 小学

2003.03—2004.07　北京市　中关村一小 小学

2004.09—2004.12　北京市　中关村中学 初中

2005.01—2006.07　英国　诺丁汉市Trent College初中

2006.09—2010.06　北京市陈经纶中学初中、高中

3所小学，从太原到北京，每次转学收获都很大。在铁三局一中上了一学期以后，因我调到了太原师范学院工作她转到了学校的附小。新学校班级容量很大，她所在的班级近80人，转学过来后学校已经开学一周了。我担心她不适应，放学后早早就在校门口等她，没想到她非常开心地和同学聊着天，看来她的适应能力是很强的。回家后她兴奋地告诉我：老师把一本12册的教辅材料错发给我，下课后我直接找教务处老师换了。我趁机表扬了一番，并不失时机地提醒她，到了新的学校，一定要好好学习，热爱班集体，这样老师、同学就喜欢你。我觉得从小教育孩子的团结协作精神是很重要的，不是说新官上任三把火吗，到一个新的地方，也要留下几点好的印象。这点在她转到中关村一小后体现出来了。她小学五年级的班主任给她的评语是："当老师提出问题时，你总是积极地举手发言；当写作业时，你总是专心致志，字写得既工整又漂亮；当与同学相处时，你总是谦让宽容，从不斤斤计较。你全面发展，学有特长，在'非典'期间也能自觉、主动地学习，希望你不断努力，早日成为学校的骄傲！"

六年级时候的评语是："你随时都是笑眯眯的，自然地流露出心灵的善良。你是个与众不同的孩子，很有个性，只要遇到问题你就会打破砂锅问到底，非弄明白不可。你思想淳朴，待人随和、诚恳，处事稳重。你有竞争意识。责任心强，口头表达能力也较强，只是在学习上有时还比较马虎，要注

意。希望你继续努力，老师始终会做你的支持者，为你加油，为你鼓劲！"从老师的评语可以看出她真的就是十分开朗，愿意与人沟通，对生活感兴趣，这些是只注意学习得不到的。

小学的日子，她几乎没有参加课外学习班，倒是体育活动没少。她的空余时间不是足球就是篮球，要不就是羽毛球，还有骑自行车、轮滑都是她的爱好。需要说明的是，轶凡是一个很重视效率的孩子，小学低年级的作业是在看少儿节目中间插播广告时完成的，但她不像有些孩子，做作业爱磨蹭，看电视好像什么节目都喜欢，实际上什么都不喜欢。轶凡做作业高效率，不喜欢的节目根本就不看。倒是运动项目没有不喜欢的。所以无论是中考还是高考的体育测试，她都能拿满分，800米跑178s。高中体育会考，他们体育老师说吴轶凡不考满分就是不及格，足见小时候坚持锻炼的好习惯受益有多大。还有就是今年的清华自主招生考试，从早上8点考到晚上8点，她能精力充沛地坚持到最后并取得较好成绩，获得30分的降分录取和线上保专业的优惠。要想学习好，首先要身体好，这是我认为最重要的。

借此我想说的是：成长是孩子的事情，家长不要过分干涉，但需要适时、适度地引导。我的基本原则是放手，适度矫正，不拔苗助长，不矫枉过正，希望她自己领悟成长经历，获得人生经验，更好地把握人生。

哈利·波特那神奇的学校

好了，现在轮到我自己来好好回忆一下我的生活啦。

在过去短短十几年中，对我影响最大，或者说，改变我的思维方式，改变我的生活和学习态度的，是初中去英国学习的那两年。我至今依然觉得，那是一个火种，把我自己都不知道的那些潜能给点燃了。

去英国读书是在我上初一的时候，因为爸爸要去英国诺丁汉大学工作两年。在我还没有出去之前，爸爸的Boss（老板）Marty先生，帮我联系好了学校，一所著名的私立学校，当然能否进去需要通过学校的面试，是否得到资

助也是需要学校董事会研究决定。

面试在一个大礼堂，像法庭一样，校长高高在上，现场气氛颇为肃穆。严肃的校长大人问我对学校印象如何。我回顾了一下刚刚参观学校看到的景象，几十个网球场，像教堂一样的食堂，华丽的建筑和美丽的风景，于是我衷心地回答：我觉得这真是哈利·波特同学的学校啊！这个答案让校长大人哈哈大笑，十分开心，当场决定收我入学。并且慷慨地给了我每年七千英镑的奖学金！据说以前最多只给两千英镑啊，这可真是"前无古人"。就这样，我在英文差强人意，人生地不熟的时候，进入了整个郡最好的私立中学——Trent College。

学校的课程和国内很不一样，特点就是：开放，自由，培养思维能力和创新能力。

老师、同学也很不一样，这里不是指外表，而是他们的热心和真诚。放学了，我被他们团团围住，"Can I help you"是大家的声音。教育的别致来自于老师，因为英国的数学比国内简单，老师还专门配了名高一的学生来帮我学习；西班牙语老师，十分友善，因为我要同时学英语和西班牙语，难度很大，所以老师格外照顾我。每次问同学问题，他们都无比耐心，从来不藏着掖着，大家都十分坦诚，愿意互相帮助，气氛宽松友好，所以我只用了3个月就达到了交流无障碍的程度。

学校有很多课程都十分有趣，和国内反差非常大。

我们学校是基督教学校，开设宗教课程，上学的时候会讲到使徒保罗的故事，我很好奇，就会问牧师既然上帝爱他的臣民，为什么还要设置这样那样的困难。牧师说我的问题很尖锐，但是他还是很和善地回答了我这个门外汉无神论者的问题。其他课的老师也是，因为每班同学少，上课有问题老师都会认真回答。而且不管是牧师还是老师，都会鼓励你问问题，很乐意解答你的困惑。教育过程是通过启发学生的思维，引起大家的兴趣。比如历史课，老师会针对某一段历史的某个特定主题要你作一段完整的分析报告，我印象深刻的有两个project：一个是分析英国工人革命时期亨利八世的一些政策，这需要结合当时很多经济、工业方面的数据，要有对各阶层利益冲突的详细分析，需要查阅好多文献资料；另一个是让我们假设英国在公元1000年前的一段重要历史如果消失的话，现在的历史会变成什么样。完成这样的小论文也需要找很多的史料，然后看大量不熟悉的资料。那时候我也才上初二，到最后都写出了像模像样的几十页的报告。尽管那时候我们所写的报告本身不见得有特别大的意义，但是这种分析方法和学习方法非常有利于培养独立思考能力和批判精神。这与我们在国内学历史是不同的，我们学习历史，只是关注历史事件本身。当然我是理科学生，后来就不学习历史了，不过我还是很喜欢历史的，正在看有关历史书籍。

在Trent两年的学习，让我养成了自主的学习习惯。这一点非常重要，父母催、老师给压力，都比不上自我认知的觉悟。在国内的时候就是按时被动地完成老师的作业就够了，有时甚至是要对知识达到熟练的程度，但是在英国，因为气氛宽松，鼓励自主学习，这样我有较多的富余时间去学各种好玩的东西。上物理课的时候，老师提问有磁性的3个金属是什么，我立刻可以回答出来，他们就觉得很惊讶。其实这都是很简单的问题，但是因为被鼓励被表扬，我就更加乐意去学新东西，争取认同，自信心大大提高。

总结我在英国学习的感受，有这么几点：第一个是批判性思维。国内的情况是，大家都被要求尊敬师长，所以不敢反驳老师，老师说什么就是什么。但是英国的老师会鼓励大家提问，鼓励批判，鼓励讨论，所以老师回答不上学生的问题是常有的事，但老师会说，我查了资料回答你，或者提供些参考资料让学生自己解决。我觉得这种情况就会激发你自己独立思考的能力，锻炼你独立解决问题的能力。第二个是创造力，老师愿意培养你的创造力，你有新鲜的想法，他会支持你去思考、帮助你去实现，这一点也非常重要。第三点是团队合作。因为我们的教育是以考试为主，同学都是独生子女，我们的教室都很小，我们的操场也不大，活动也不多，合作精神在主观上没有要求，客观上无法实现。在英国上学的日子里，会遇到各种运动和活动，合作意识就显得十分重要。我们每天都有体育课，不是在操场跑跑步，

练练广播操，而是篮球，hoky，曲棍球，还有野营，去爬天梯等，这些都是集体活动和集体对抗运动，只有大家的合作才能赢得最后胜利。团队合作的训练，很多都是潜移默化的，习惯和思维的训练是非常重要的。

时时处处锻炼自己的非智力因素

面试，是我每次转学都要应对的环节，更是申请美国名校不可或缺的。2005年1月，能加入Trent College最重要的原因应该是面试时我的出色表现。可能老外觉得中国孩子大多内向，这个孩子不太一样，收了吧！

而2006年9月，我回国，要去陈经纶中学上学，与众不同的张德庆校长也是通过面试而同意我入校的。当时我简单介绍了我的学习和生活的经历后，张校长说，你这么优秀为什么还要回来呢？我是这样回答的：我觉得国外（英国）教育和国内（中国）教育各有优点，英国教育概念非常好，缺点是玩的时间太多，而且刻苦学习的人很少，国内教育虽然有缺点，但在基础教育方面是很成熟的，我有英国受教育的经历，加上未来的国内教育，将来上大学肯定更有竞争优势。校长感叹于我推销自己的能力，欣然接受我入读陈经纶中学，他希望我能够把西方教育的一些优点带到我们的校园。感谢开明的张校长，若给我举行一个入学考试，我恐怕要降到初一了。说起降级，张校长很让人佩服，我刚刚回来，因为在英国两年教学体系不同，显然是跟不上初三的课程，爸妈正在犹豫不定的时候，张校长说："这么优秀的孩子留级太可惜了，初三赶不上，高一赶上就行，相信你在高一结束时能进前六名。"知道这件事的老师后来都说张校长慧眼呀，当然我也没让校长失望，初中毕业时就实现了校长的期望，高一时已经在年级排第一了。

说到面试，对我来说最重要的还是申请美国大学的面试。大家都知道，申请美国大学，尤其是排名靠前的学校，包括3个主要方面：美国高考（SAT、ACT）成绩和平时成绩（GPA）；申请材料；面试。面试在名校的申请中是不可或缺的，就是说没有面试拿到录取书的可能是很小的。需要提醒申请的学弟学妹们：要想获得更多的面试机会，尤其是文理学院的面试机会，暑期就要提前选定你要申请的学校，如果你在申请的deadline提交，一般面试的机会是没有的，这点大家一定要留心。我申请时错过了很多文理学院的面试，我接到文理学院的reject和wait list的信后，爸爸妈妈安慰我：你的优势是面试，没有面试，你被录取的可能性很小！面试该如何准备呢？实际上，面试不仅是考察一个人的语言表达能力，主要的是看你的知识面，当然，对于一个外国学生，你的语言能力也是一个重要方面。要想提高你的面试水平，你绝对不能是一个只会读书、读死书的人。一路走来，面试确实在每次都起着关键作用。但是这方面的素质是如何练就的呢？

近两年的西式教育，我的语言能力得到了提高，我的开创性思维得到了锻炼，本来就外向的我个性得到发展，重要的是，我的高中母校陈经纶中学也是一所非同一般的学校，尤其是在素质教育方面。校长的办学宗旨是：建设个性化学校，成就个性化教师，培养个性化学生，十分鼓励和尊重学生的个人发展，创造条件给学生提供个人发展的机会和空间。我觉得在目前中国仍以高考为指挥棒的条件下，这是非常难能可贵的，这也为我丰富多彩的中学生活提供了土壤，对我的非智力因素的培养和训练影响很大。

刚回国文化课的学习占据的时间较多，我必须尽快赶上课程，但我还是做不到只读书。看到学校的英文报里有些错误，我就直接拿报纸去找编辑部的老师，然后毛遂自荐做编辑，于是就做了一年校刊的学生编辑；后来我又应聘做《21世纪》的小记者；同时积极参加演讲比赛。每一个活动，我的收获都很大，不仅有成功的经验，也有失败的教训。2008年7月12日，我参加了北京市第八届中学生"绿色奥运我参与"中英双语演讲比赛的决赛，我的演讲题目是Green olympics—I am on my way! 虽然我获得了一等奖，但在准备中文演讲时感到吃力，不像英文演讲那么得心应手，所以演讲结束后，我便抽出十天时间去北京传媒大学参加了一期播音主持培训，并且学得很苦，收获也不小。

参加模拟联合国，也是锻炼各方面能力的好方法，如今这项活动越来越

火，北京很多中学都有模联组织，我也是模联活动的一个热情追逐者。北京市首届高中生模拟联合国大会2007年11月在北京四中举行，选拔工作在2007年上半年开始，那时我初三，因为感兴趣所以特别积极。尽管我做了很多预备工作，比如拜访所代表国家的大使馆，大量浏览网页，获取所代表国家的相关资料，但结果是我没有得到任何一项奖励。回想自己发言时的窘态，更加激发我要做模联人的信心。面对台下一个个血气方刚的青年，站在只有一个直立话筒的台上，我能感觉到自己腿在抖。这次模联对我触动很大，因为我注意平时的语言表达，加上自己的英语功底，起初完全不觉得有什么障碍，可是站在那里的时候才真正发现，模联的考验是全方位的。出于对模联的崇拜，在团委张老师的支持下，我开始积极筹备校模联协会，并有意识地训练自己的演讲、辩论的能力。后来我做了学校模联的主席，和一帮志同道合、能言善辩的高手一起享受模联带来的快乐，参加了几次模联大会，获得了各种奖项。但让大家开心的是会前的讨论，会上的风采和会后的收获。但每次交流参加模联的经验的时候，说的最多的词是"紧张"，看来"只有更好，没有最好"，模联是锻炼你能力的最好舞台。

说到能力训练，需要谈谈高一时参加的JA China（青年成就中国部）高中课程。JA中国高中课程旨在培养在校高中生的经济、商业、创业、职业、理财等技能和综合素质，并注重他们的品格培养。我参加的是一个有关学生公司项目的课程，JA China定期派人到学校培训，教授怎么建立自己的公司及如何维持公司运转，包括培训员工、行政财务等一个正常公司所涉及的各个方面。课程结束后，我的商业兴趣被大大激发了，所以想参与到一个学生公司的运作中去，将自己学到的知识应用到实际工作中。此时，从老师那里了解到，学校有一学生公司叫"拾贝"，主要是在校园里回收瓶子，当年陈经纶的"拾贝"公司非常成功，但眼下这个公司几乎不运作了，于是我萌发了将"拾贝"重新运作起来的想法。但是，让一个曾经辉煌的公司重新复活，比运作一个新的公司还要难。首先，客观上要求比原来做得更好；其次，原来的运行模式你不能照搬。但那时可以说热情高涨，对困难的考虑没有那么充分，经过大量的准备后，以公司新CEO的身份重新开始了公司的运作。当然，如果瞻前顾后，"拾贝"可能就没有今天了，我要说的是，面对一个新的机会，你必须勇往直前，即便是失败了，你也能收获不少经验教训。

作为CEO，我和我的团队需要利用中午吃饭时间开会、讨论、做计划、相互协调，尽管很辛苦，但大家乐在其中。在这期间我的领导和协调能力得到了大大提高，每天的课外时间全部用于"拾贝"的运作。在这里，和大家分享一下我与"拾贝"一起成长的一些花絮。有一个想法是："拾贝"与环保理念结合起来。校运会上，我们设计了拾贝跑，具体就是在100米跑道上放好多瓶子，还有一些废电池，选手从头跑到尾，要把那些瓶子和电池收到桶里面，看谁最快。难度不大，趣味性也比较强，效果非常好，当时老师和同学都参与了，这项活动也验证了我们"用环保搭起平台"思路的正确性。建立分公司也有机缘巧合。考虑到我们是学校，很多培训公司肯定有兴趣在我们的拾贝桶上印上他们的公司名字，后来联系的时候，有个公司说可以提供回收桶，那时正是夏天，回收桶本来就不够用，我们当然很高兴。但谈合作的时候，回收桶的数量大大过量，我们可否以分公司的名义，把回收桶放到其他的学校呢？这样分公司就应运而生了，这显然是水到渠成的事。话说我人生第一次签合同就是签赞助合同……当时特有成就感，我们首先要办成一个"跨校"集团，以后再办一个"跨国"集团，当然，那将是我的新公司。我们的学生公司需要锻炼新的CEO，这也是JA的目的，于是我开始着手拾贝新一届管理者的筛选和交接工作，做了很长时间的幕后工作。

运作学生公司还会使你的思维变得活跃。比如我们去波音公司（波音公司是"拾贝"创始团队的支持公司）做回收，他们有许多各类杂志，其中有一本叫《东方企业家》，这种高级杂志当废品卖了也太浪费了，我们觉得应该变废为宝。不仅我自己看，在跳蚤书市上，我们也会分类摆放，同学要是有兴趣的话可以借阅，或者我们会收一点点费用，作为储备基金，为以后的活动作准备。另外我们也积极开展一些公益活动，比如汶川大地震的时候我

们组织募捐，并且把我们的启动资金也捐了。还有，我们在学校旁边的办公楼找了一家卖电脑的公司，他们觉得我们特别好玩，而且正好有一些现成的礼品，免费送给我们。作为交换条件，我们提供技术，因为高一有些同学，电脑技术十分了得，而且正想找机会实习。所以我们可以把同学和公司联系起来，这就是双赢，你看看我们的收获多大。

做了很多次大范围外联以后，我明确了这样一个理念：拾贝不仅是给学生提供服务，更多的是要培养我们自己各方面的能力，这个意义也非常大。比如沟通能力，由于金融危机，2008年瓶子降价非常厉害，从一毛多降到几分钱，所以我们回收后给同学的回报就会相应降低（实际上，一个瓶子拾贝只拿一分钱，其他作为班费返还班里），于是很多同学不理解，好像我们贪了大家的钱，这就需要及时跟大家讲明市场情况。当然，还有其他一些不尽如人意的地方，会遇到各种挫折，不是想象的那么顺利。不过我们还是一步步走过来了。在理想和现实之间，找到一些合理的解决方法。

对个人而言，批判性思维和团队合作精神，是我在各种活动中学到并觉得对个人至关重要的两点。不管你以后要做什么，要在什么地方工作，要遇见什么样的人，我都觉得这两点是非常重要的。个人的独立的批判性思考会让你逻辑清楚，思路开阔，更能理解自己所处的环境，提出问题的新的解决方案。而如果人和人之间不能合作，很大一部分资源会被浪费。在交流过程中，我们会从对方那学到很多东西。

兴趣在哪里，心就在哪里

我是一个好奇心很强的人，如果说哪门学科学得好，那肯定是因为那门学科有非常吸引我、值得我研究的地方，我才愿意花时间去问很多问题，自己去钻研。

比如我特别爱问问题，有时候会问些比较刁钻的问题，像是学电子跃迁的时候，因为那个跃迁的量级，所以我问老师，这个级是精确到什么位置呢，比如说，有一个能量差是13.1，13就不可以，我当时问老师13.09怎么样，13.0999怎么样……

我也做过两个实验。一个是化学，一个是生物。当时有个"北京市后备人才计划"，一个老师在闲聊的时候问我要不要做这个项目，我觉得申请找实验室有点困难，也不太清楚具体要怎么做实验，但是我觉得很有挑战，就还是去做了。那个实验主要是研究纳米材料，看不同的处理方法对纳米材料合成的影响。我会搜索一些信息文献，看看合成方式都有哪些，哪些没有做过，哪些纳米材料需要比较大的，怎么分析性质，拍照看看它们的形态等。后来这个实验还获得了北京市科学创新二等奖。

生物实验是在"翱翔计划"做的。这是个关于和帕金森症病变有关的蛋白的实验。我们建立小鼠模型，让小鼠患帕金森症，把它的脑组织取出来处理，检测蛋白含量的变化。当时关注的是一种叫"胆绿素还原酶"的酶，我们也搜索了很多文献，去思考这个变化到底是什么，有什么后续的操作。然而这个实验做得不是很成功，因为电泳技术性很强，任何一步操作差一点最后结果可能就会差比较多。做了半个寒假最后却只得到这样的结果，我不是特别满意。我本来还想进一步做其他的蛋白通路的变化，当时指导我的师姐说，你要是能把蛋白通路都做了就能发表文章了（意思是我寒假应该不能做出来）……虽然遗憾，但是收获非常大：我初步接触了真正的科研精神，提高了阅读、理解文献的能力。

我觉得没有必要特别强调实验的细节，但是有一种精神要强调，就是不管做活动还是做科研，一定要敢想敢做。你觉得对科研有兴趣就做下去，你觉得对活动有兴趣就一直做下去，你自己做下去总会有收获，无论成功还是失败（比如我有时候会和同学开玩笑说我做两次实验的最大收获就是我明白了我不适合做科研）。

在学习上我还有一个特点，就是，看别人比自己强的时候，我会想，他们为什么这么厉害，为什么我就不能像他一样？在国外的两年让我心态非常好，非常积极地正面地去学习别人，不会有任何负面的心态。比如我会研究

同学在发言的时候为什么会那么清楚、组织同学的时候为什么比其他人组织得好，会自己观察，自己去实践，也会买一些相关的书看（比如戴尔·卡耐基的书）。

我最近也在搜索人物传记，读名人传记。比如《摩根传》，对女企业家或者女政治家很好奇，想看看她们是怎样处理家庭和工作的关系，成长和发展起来的。

有关社会分析方面的书我也喜欢看。比如Blink，是一个非常前沿的经济学家用经济学眼光去分析一些社会现象，很好看，通俗易懂，趣味性又强，而且非常具有批判性思维和创造性。还有《怪诞心理学》这本书也挺好的。个人觉得中国现在很少有这个类型的书。像《中国不高兴》之类的，稍有偏僻，我觉得还是不如这种新颖、批判的分析来得好。

其实我现在做的事情和小时候一样，那就是，我喜欢做的事情我就去做，我想发言就发言，有好的东西我为什么不去学呢！人是需要不断吸取各种知识来获得成长的。

SAT心得分享

高一下学期决定出国后，就在暑假报名参加新东方SAT暑期强化班。强化班上老师的讲解要点明确，理论讲解和实际结合，帮助我实现了从一无所知到了如指掌的飞跃。上完SAT强化班，就没有什么时间挤在安排得满满当当的暑假中了，于是我除了OG之外没有怎么背单词或是做练习，个人认为不妥。高一末的暑假是看名著、背单词的好时机，毕竟硬功夫真本事才是拿高分的关键，也是我们以及学校最终希望达到的。

开学以后，忙碌的活动与学校业内学习使我不得不在周末暂时停止SAT的学习，但课间操、排队这样的零碎时间来背单词卡片还是颇有成效的；再者就是只要有闲暇时间就会看看英文名著，比如Lord Of the Flies，此书不仅是英国、澳大利亚同龄人的教材，更是积累词汇和句子的好材料，我非常推荐。要注意的是平时一定要保持和英语的亲近感，所谓亲近感无非就是多听多读，因为虽然SAT只有阅读和写作，但是语言作为一个整体需要全面发展，相互促进。其实要做到这点很简单，看电影、朗诵讲稿即可。电影在送给你地道语言的同时也潜移默化地帮助你理解欧美文化，这对自己的学识以及国外生活的适应都有好处，更可以在做了大量数理化题麻木后给大脑补充多元养分。朗读演讲稿益处也很多，在朗诵的过程中，我们不仅可以体会语言的奥妙，还可以感受到名人们的魄力，更可以纠正发音。一石多鸟，何乐不为？另外，有条件的同学可以与外国人聊天，也是不错的选择，而且最好能用英语思维，那样写作就会变得很流畅了。我在高二上学期没有非常认真准备，因为当时很多事情，手忙脚乱，晚上和周末根本没有精力做SAT套题，只能在英语课上做，算是一个缺憾。建议准备SAT的同学跟学校英语老师商量，在备考SAT过程中英语课上自己做题（当然要保证英语考试成绩稳定或进步），当然这也要看每个人自己的情况。

概括来讲高一上学期这个阶段我还是更看重学校的成绩，毕竟多少年了习惯于为分数努力；自己也很高兴在期末拿到了年级第一。寒假到来，我本应投入更多时间备考，却因为同时进行翱翔计划而分散精力，几乎三分之二的时间我都在北京大学医学院做实验、搞研究。终于，在假期的最后十天里，以每天大约500字的速度背Barron's单词表，心无旁骛；并且科学地沿着记忆曲线复习，每天复习前面背过的。建议大家开始背单词前做一个规划，不到十分钟即可搞定，并使自己的背单词效率大大提高。以下仅供参考：

1	2	3	4	5	6	7	8
L1	L2	L3	L4	L5	L6	L7	L8
	L1	L2,	L3,L1	L4,L2	L5,L3	L6,L1,L4	L7,L5,L2

9		10		11		12
L9; L8,L6,L3		L10; L9,L7,L4		L8,L5		全部

背完单词就开学了，过了两个星期就开始停止做作业，晚上回家做练

习题。我的原则是做得越多越好，因为自己在不断地做题中一步步提升。我把自己知道的并且中国市面上有的SAT练习题都买了，包括OG，On Line Course，Princeton Review，McGraw Hill，Cracking the Sat，Kaplan，Barron's。最后只有Kaplan挑着做了一些小说阅读，其他全部消灭。当然，我的方法适用于我自己，有些同学不用做太多题阅读写作水平一样很高（功底深厚）。而且，做题要科学，每做过几套非官方题要回归一套，这样才能一直感到College Board就在身边，不至于影响对出题思路的理解与判断。个人感觉Barron's的W不可做；McGraw Hill 不是很有名但是分类清晰，很系统；cracking the sat 整体偏难但不错；Princeton 应当全做；Kaplan应当最开始做。

此外就是真题了。我在这个阶段上了新东方的模考班，受益匪浅。因为这时与上个暑假相隔了8个月，很多方法都已模糊，但模考不仅模拟考场，提供真题，更有下午老师的讲解，对考前冲刺大有裨益。我就是在这个阶段分数提升了100分左右，当然这也有我自己在家中的努力。4月中下旬我请假在家研读SAT，结合模考自己在家做2008年的真题（模考班是2007和2006的题），并把之前的错题难题都过一遍。SAT要精细，从错误源头分析才能让自己每次都有进步。

考试前一星期，期中考试来了。一顿课内知识恶补与两天的考试增加了我SAT语法错误率，简单说就是不敏感了，所以考后我立即把以前的重点再次浏览一遍。

考前两天，与妈妈飞到香港。第一天保证吃饱喝足休息好（主要是妈妈的功劳，注意这次考试不是证明你自理能力的时候，除非自理能力很强，建议第一次父母陪同），第二天早起，严格按照考试的时间与安排模拟考2009年1月的真题。这是为了让大脑适应，熟悉新的环境，确保真正考试中正常发挥，这在心理学上是有依据的！

考试了，我的考场在李兆基书院，个人很喜欢，尤其是和沙田考点（SATII）比。以前以为考点没有区别，其实区别挺大的；李兆基书院安排学生先就座再检查证件，避免了沙田考场逐个检查的低效率，保证学生在

8：30开始考试；不方便的一点是李兆基书院检查严格，老师经常走动，可能会分散注意力。再叮嘱一下，考试当天早饭吃饱，但要清淡（别吃蒜葱之类的），带上糖或巧克力（有人说吃巧克力消化会影响脑供血……但看个人喜好了），还有最好带些果汁饮料（香港果汁种类很多，非常好喝），与纯水相比优点在于补充能量，提神。

以上就是我对SAT的一些新的体会，希望能对学弟学妹们有所帮助。最后想送给大家两句话：

It is darkest before down. 当你被SAT暂时击败时，微笑着继续战斗吧！

This is not the end，it is not even the beginning of the end，it is the end of the beginning. 攻克完SAT后，还有漫长的路要走，keep holding on!

在这里，我要告诫大家，申请美国大学所呈现的那些活动，不是考完SAT和TOEFL再准备，或者找个什么机会捐一次钱、做一次义工就可以的。就像你考SAT和TOEFL，是要去美国学习知识，完成人生的一个升华阶段，没有过硬的英语基础是不行的。美国大学不是进去就能出来的。

对我，Harvard 只说明过去的我曾经优秀，未来需要更加努力，加油！

父母问答

Q 请简单概括下您的教育方式?

A 我觉得教育是一个过程,而且是一个细雨润物细无声的缓慢的过程。只要在孩子成长过程中,尤其是小的时候,给予适当的引导,让他(她)朝着适合自己有兴趣的方向发展,这就足矣。每天进步一点点,定会积少成多的。

我们经常会听到这样的话:人家孩子就能考第一,你为什么不能?实际上,我们自己也这么经历过。第一只有一个。只要孩子进步了,朝着健康、正确的方向发展就可以了。再说,总是第一的可能性本来就小,关键是第一的压力会很大,我不要求孩子做第一。

Q 在孩子成长过程中,您最注重培养的几种品质是什么?

A 自信心。轶凡是一位性格外向、活泼可爱的小姑娘,在孩子尝试做一些事情的时候,我们总是鼓励孩子,当然也要保护孩子。

Q 在教育过程中，您觉得您做过的最骄傲的事情是什么？最有风险的事情是什么？

A 在她12岁的时候，带她去英国，去感受西方教育。风险感倒是始终没有。

Q 您是怎么处理两代人之间的沟通问题的？

A 我们母女到现在也没有沟通障碍，倒是有时候做妈妈的我会不讲理。

Q 根据您的经验，您对其他家长的意见和建议是？

A 只要孩子在进步，就要鼓励。这样能培养她的自信心。

Q 您的孩子马上要离开您，到大洋彼岸，现在您最想对他（她）说的是什么？

A 希望她一如既往，天天向上。

公泽

信念决定与众不同

他自信满满，浪漫多情

擅长萨克斯风，擅长表演，擅长演讲……

他口才出众，他敢想敢做，创建校音乐电台

初二时环游全球，心胸和眼界一起被打开

他运动能力超群，打篮球，赛龙舟

他独立思考，吐故纳新

他热衷于公益，他是奥运会志愿者

他叫公泽

他最崇拜乔布斯，他说"信念决定与众不同"

这个夏天，他将前往华盛顿

他的未来，谁能估量？

我坚信，我人生最精彩的经历绝不会发生在自己生命的前18年内，而现在写下这篇文章也不只是为了总结，而更要让自己明白把握现在是多么重要，因为我是那样渴望并且相信自己的未来必将与众不同。

You can't connect the dots looking forward; you can only connect the dots looking backwards. So you have to trust that the dots will somehow connect in your future. You have to trust in something — your gut, destiny, life, karma, whatever. This approach has never let me down, and it has made all the difference in my life.[①]

　　我的偶像，当今世界最伟大的人物之一，苹果公司CEO Steve Jobs，2005年在斯坦福大学毕业生典礼上发表了一次著名的演讲。他几乎首次向世人谈及自己的坎坷人生：退学，创业，被苹果解雇，东山再起，重症几近死亡……这次讲演我看过N遍，每次都有不一样的感受。在写这篇回忆性文字之前，我又看了一遍。当我把这十几年来自己的成长与他的讲演对照时，发现他说的那些话竟然在我身上也得到了体现，并且，因此我对自己的未来有了更多的期待，因为我现在正在经历的一切，哪怕看来很琐碎，很平淡无奇，但在未来的某一天我回头打量时，会发现，一切其实自有安排，自有深意。

　　所以，我坚信，我人生最精彩的经历绝不会发生在自己生命的前18年内，而现在写下这篇文章也不只是为了总结，而更要让自己明白把握现在是多么重要，因为我是那样渴望并且相信自己的未来必将与众不同。

多动症童年

　　回忆自然从童年开始。强烈的好奇心和自由自在的发挥空间是我对童年的两个最主要的印象。

　　我是一个特别调皮的孩子，好奇心极强。上小学前，我住在部队大院，

_____

① 编者注：该段落摘自苹果公司CEO乔布斯在斯坦福大学的演讲。意为：在向前展望的时候，你不太可能将那些细微的片断串联起来；只有在回顾过去的时候才可以。所以你必须相信，这些点点滴滴会在你未来的某一天串在一起，这才造就了完整的你。你必须要相信：你的勇气，你的使命，你的生命，你的因缘。这份信念从未让我失望，这也是让我与众不同的地方。

白天爸爸妈妈都去上班了，没人管我，我就和院里的一帮小伙伴们疯玩。记得院子后面有一座野山，非常荒凉，人迹罕至，家长都不让孩子去，怕出危险，小朋友们也都不敢去，唯独我除外。我也害怕，可是我总想知道山里面有什么，强烈的好奇心逐渐战胜了恐惧。我独自进山，平安归来，然后，在我的带动下，院里的小孩都开始到山里去玩儿，我们在那里捉迷藏，打仗，探险……每次回来后都是一身擦伤，却非常快乐。

面对我的调皮任性，爸爸妈妈从不骂我和约束我，只是叮嘱我注意安全，其他事都由我自己看着办。自由的空间让我的天性得到了完全释放，很快我就成了院里的孩子王，也是院里最快乐的那个家伙。

到了幼儿园，我的调皮升了级，变得特别爱跟老师作对，老师拿我一点儿办法都没有。记得幼儿园有一次组织了50几个孩子出去玩儿，路上我很快就集合了一个小团队，20多人（接近一半人了），我号召大家不要跟老师玩儿，跟我玩去，结果真的半个班的孩子就跟着我跑了，看来我的感染力和组织能力还是挺强的，哈哈。

这样调皮捣蛋的故事还有很多，现在回想起来，会心一笑的同时也觉得自己挺幸运，可以有这样自由而快乐的童年，很不容易。

只看结果的爸爸和事无巨细的妈妈

爸爸妈妈虽然很少管我，但在教育我方面其实并没有少花心思，而且他俩对我的教育方式迥异，各具特色。

我爸是国防大学的社会学老师，属于典型的工作狂，他的精力全放在书本和资料上，分给家里，分给妈妈和我的非常有限（老爸你可别生气哦）。他很少直接教导我，唯一在乎的就是结果，但这样对我来说更为苛刻。记得小时候，每次只要考试不理想，他保准会立即找我谈话，用部队里上下级谈话的那种简单严厉的风格，训导完毕还会提出新要求，让我只能说yes无法拒绝的要求。虽然我有时比较抵触，但不得不承认实际效果还挺好的，总之，

我爸就是负责解决问题的。

在我爸眼里，男人没有事业就等于什么也没有，这个观点深深影响了我，或许这就是我还算上进的主要原因吧。

我文字能力、阅读能力的超前培养，阅读习惯的养成，则都要归功于负责细致的老妈。记得在我一岁多刚开始说话的时候，我妈就准备了很多汉字卡片，每天晚上教我识字。迄今我还清楚记得灯光下我妈拿着一张张卡片考我的情景，所以，我上幼儿园的时候，汉语水平已经够给其他小朋友朗读报纸了，这让老师惊叹不已。

总之，我妈是我最感激的人，养育之恩自不用说，她对我教育的重视在我幼年、小学、初中、高中的教育经历中起到了决定性作用。没有她的培养，肯定就不会有现在的我。

兴趣广泛的小学时光

小学时光对我来说有点儿爱恨交加的意味。头3年我过得非常轻松快乐，没有一点儿学习压力，我也压根没把心思放在学习上，成天就是玩儿。当时班主任给我的评语十分精准：公泽每到学新课的时候就从来不走神，每到上复习课的时候就萎靡不振。

说到老师的评语，我过去的所有班主任甚至所有任课老师给我的评价都具有高度一致性：很聪明，好奇心强，很善于思考，有主见，自由散漫，不够踏实……这些词几乎成了我学生生涯的标签。

在无忧无虑了3年之后，生活终于开始"鞭策"我了，我有了人生第一段痛苦的经历。

因为觉得我学习太轻松了，我妈想方设法让我转了校。新的学校是以学风硬朗而著称的名校——中关村三小。在那里，我开始了最初的"悲惨岁月"。悲惨不只是因为我的学习压力开始直线加大，更为严重的是，我还成了寄宿生。要知道，我从小被妈带大，没有离开过家，根本适应不了寄宿制环境，每天像被关在笼子里一样。最初的一两个月，每天都特别想家，觉得世界一片灰暗。当时学校为了强迫我们尽早适应寄宿环境，不赞同我们经常和父母联系，明文禁止用IC电话卡给家里打电话。我想家想得受不了了，就偷偷买IC电话卡，每天早上6点半起床，然后一个人偷偷跑到楼道间的电话旁给妈妈打电话，聊一些琐事。和妈妈说会儿话，这种感觉对当时的我来说太重要了，打完就安心了，就可以去上课了。

虽然我打电话十分谨慎，最后还是被同学发现了，于是电话卡被没收，还挨了批评。

浅尝辄止从来不是我的风格，我很快又买新的卡，更加小心地用新方法打电话。

然后再被发现，再挨批，再买，再小心点儿……

打电话实在只是当时悲惨生活的一个小小案例，其他的烦恼和痛苦简直罄竹难书。

还好，性格外向的我并没有沉沦在无助中，我努力抗争着，同时也努力适应着，大概过了一个学期，我已经完全适应了新的环境，又恢复了玩闹的本性，和同学们玩成了一片，甚至开始享受起寄宿的生涯。

我性格独立的萌芽，正是始于"痛并快乐着"的寄宿生涯。

最初的人文思想

阅读是我成长中特别重要的一环。很大程度上，我的人文思想，包括独立思考的习惯，都是通过大量阅读打下的基础。

小时候，我最喜欢玩耍的地方是姥爷家的书房，那里有一个盖住整整一面墙的超大书柜。上小学前，我就经常在大书柜上"攀岩"，总是想知道在书架最上面的一层藏着什么宝贝。上了小学，这个书房对我的吸引力就越来越大了，我逐渐在书架中找到了《伊利亚特》、《奥德赛》、《悲惨世界》、《左传》、《世界谋略故事集》、《拿破仑传》、《水浒传》等各种

各类人文方面的书籍，然后疯狂阅读——尽管很多书当时我根本不懂，却也看得津津有味，不亦乐乎。小学的我对书的热衷几乎到了痴迷的程度，家人经常发现我在中午放学后匆匆回家，然后话也顾不上说，书包也顾不上放下，就径直走进书房，仿佛惦记着什么天大的事情，然后等做好午饭喊我吃饭的时候，才发现我正在椅子上专注地看书，头上还戴着学校的小黄帽，特可爱。

小学时的大量阅读充分满足了我的好奇心，虽然后来由于学业原因，看书的时间越来越少，但我依然保持着每天看报纸杂志的阅读习惯。看多了自然会想，想多了自然会说，从小到大，我经常和做理论研究的父亲、做编辑的姥爷讨论自己最近读到的历史、人物，或时事新闻，也许小时候的见解很幼稚可笑，但这种方式却极强地锻炼了我的逻辑思维，培养了多思考多讨论的习惯。

而童年埋头阅读的场景，已经成了我回忆中最美的画面。

萨克斯和团队力量

除了阅读外，音乐对我的影响也是巨大的。

我很小的时候就喜欢音乐，家里当时有各种各样的世界名曲磁带，其中有几盘磁带我反复听。曾经学过一段时间的电子琴，但最终不了了之，不过我和音乐没有绝缘，三年级时我参加了学校的金帆管乐团，负责吹萨克斯管。我学萨克斯没有考级，却一直跟着乐队比赛，拿过区里、市里音乐比赛的一等奖，还曾到人民大会堂演出过。

这段经历带给我的，一个是音乐上的熏陶，另一个就是团队意识。我现在还清晰记得，特别热的夏日，我们乐队五六十个人，在排练厅里不停反复练习着一首参赛曲。一开始很难从头到尾完整演奏完，因为这个过程中只要有一个人出了错，出现了一点点不协调，也必须从头再来。这个过程很艰难，但当全部人把整首曲子从头到尾吹完的时候，那种力量让你感觉跟所有人都融为一体，感觉是你一个人吹出了整个乐曲，那种感觉太棒了。理解别人，包容别人，相信别人，这些话看起来很空，但在那段时间这种感受特别真实。还有，就是正确认识到自己的位置，因为我只是一个配角，但也得把自己的那份事情做好，不影响大局，这就是团队。

我的兴趣爱好很广泛，而且属于自由发展的那种，下棋（围棋，象棋），打乒乓球，打篮球……都玩得不错，因此，虽然小学时光有一些阴霾，但整体还是很阳光很快乐的。

奥数摧毁我对数学的热爱

小学时我也学奥数，原因很简单，当时大家都学，我也和绝大多数学奥数的孩子一样，盲从跟风。本来我对奥数还算是有点兴趣，但那会儿的奥数真的很费脑细胞，特别厚的一本题，一道题比一道题离谱，我妈要求我每天起码做20道。我一道道地去啃，那个过程真的一点儿乐趣都没有，只会越来越厌烦。物极必反，到初中后，我最不喜欢的就是数学，我对数学的兴趣纯被奥数给磨掉。

奥数在我记忆中一点儿美好都没有留下来，这确实是个很大的遗憾。

孤独的初中3年

初中3年，我妈到国外去工作了，我爸越发变得工作狂，而且搬到了城外工作，于是初中3年我是在姥姥家度过的。

按说父母不在身边，以我的性格应该感到更快乐更自由才是，事实正好相反，因为初中跟小学大不一样，开始有竞争，开始有人际交往，开始有很多学习之外的事，包括遇到挫折怎么面对，感情问题如何处理，这些都是全新的体验。青春期的我太多时候无法适应，觉得难受，父母却不在身边，那种感觉很无助，有的时候实在忍不住，就打电话给爸，抱怨两句：你们都不

管我，我这么关键的时刻不管我，将来想管的时候就没时间了！

说着说着就哭了，我不爱落泪，但那会儿没少流泪，那个时期太特殊了。

那时候成绩起伏也特别奇怪，经常期中考试很差，然后我爸看到结果不如人意，就找我谈话，把我狠批一顿，这招仍然很管用，期末考试我的成绩就能上去几十名，甚至一百名，我爸就不理我了，然后期中考试又下来了，然后再谈，期末考试又上去了，如此循环，特别好玩。

总之，初中3年的一次次挑战，一次次考试，加上备战中考，使我渐渐能够在完全没有人监督的情况下，一个人面对学习考试，一个人面对生活中的失败等情绪。而这些独立能力，或者说自律力，我相信对我的将来十分重要。

初中生活，留下的更多是快乐！

虽然初中3年父母不在身边给我留下了一定的阴影，但学校生活却给我带来了更多的欢乐。说起我初中时的班级，那是全校如假包换最闹腾、最活跃的一个班，我们真是太欢乐了，全年级最会搞笑、最会玩恶作剧的人全在我们班。这么多神人在一起，自然会发生很多特搞笑的事情。

我记忆最深的是一个晚上，学校带着我们到生存岛过集体14岁的生日，那天晚上我们举行了热闹的篝火晚会。我们围着篝火，一起欢唱，跳舞，做游戏，抛弃了所有的烦恼，尽情享受在一起共处的欢乐。更开心的是篝火晚会之后，我们集体住进了岛上的宿舍。我们宿舍一共8个人，4张床，上下铺，结果那个晚上发生了特别多搞笑的事情。篝火晚会后我们虽然玩得尽心，但感觉还没吃饱，于是就回宿舍吃方便面。我吃好方便面后把碗放在桌子上，里面还剩半碗汤，然后好多人就把刚吃完的蛋糕奶油也搁进去了，然后一搅拌，就成了特别丰富的混合物。熄灯后我们班一个住在其他宿舍的同学进来了，这个同学平时就是特别能闹的，于是我一个哥们儿就上去逗他，和他打到一起——不是真的打架，就是男孩之间那种玩闹，其他同学就跟着起哄，说要现场看拳击，可是黑灯瞎火的哪里看得见呀。我刚要开灯，却被我们宿舍一挺胖的哥儿们制止了，只见他悄悄端起我搁在桌子上的半碗"丰富的"方便面汤，悄悄向刚进来的那哥儿们走去，然后吧唧一下扣了过去，接着就听到一声"惨绝人寰"的尖叫，显然得手了。我们笑得肚子都疼了，赶紧开灯，结果傻了，那胖哥儿们扣错了，混合着奶油的方便面汤全部扣在我们宿舍那哥儿们头上了，我们都快笑抽了。最搞笑的是，正在搏斗的这对哥儿们遭受突然袭击，也吓傻了，保持着格斗的动作愣在空中。本来他们就是格斗，互相伸着胳膊，撅着屁股，表情特别丰富，现在愣在原地，一个人头上还留着汤，别提多搞笑了。胖哥儿们发现扣错了也傻了，赶紧道歉，不管用啊，于是我们一帮人又赶紧围殴胖哥儿们，别提多热闹了。

初中的时候，这种近乎恶作剧的玩闹还有很多。记得有一次，我们看到隔壁班突然在放纸飞机，结果我们班也都来了兴致，几乎所有人都同时扔下手中的作业本，开始折纸飞机扔。结果到上课的时候，我们楼下整个草坪都是纸飞机，老师急了，把我们臭骂了一顿，然后课也没上，让大家都下去捡。

这些都还不是最过分的，我们最疯狂的是有一次做干冰炸弹，差点儿没闹出事来。那次是这样，我们班一哥儿们爱吃哈根达斯，因为怕化了，所以买回来时外包装里一般会有一些干冰。他经常研究，发现干冰遇到水后会有好多气体出来，他就把一个瓶子里面搁半瓶水，然后再搁好多干冰，瓶盖拧紧，这样大概过一分钟就炸了。有一次上体育课，我们班要下楼，他弄了这样一瓶干冰炸弹，然后悄悄跑到隔壁班的后门，放在人家班里，然后我们赶紧跑开，躲到一边儿。没多久，就听到那个班里发出一声爆炸声，然后是桌椅倒地的声音，然后是女生的尖叫声，接着就看到那个班的人疯狂跑了出来……

人生第一次重大打击

初中我获得前所未有的快乐，也承受了我的人生第一次重大打击。

初二那年，我有一个同学要竞选学生会干部，在最后的答辩演讲环节，每人都要在规定时间内进行演讲，演讲完大家投票，决定他是否当选。事不凑巧，演讲那天他突然要参加一个英语比赛，可又不想放弃竞选，就想找人代替去演讲。我因为以前从来没有在很多人面前演讲过，觉得是次练习的好机会，就主动请缨，然后好好准备了一份稿子。我还记得演讲词的第一句话是"我是谁，我很荣幸在这里，替某某同学来发表演讲"。现场人很多，气氛也很热烈，以前事不关己的时候我挺坦然的，可是当时看到现场的阵势就开始发蒙，眼睛看着台上正在演讲的同学，心里不停地叨唠着自己的演讲词。我清楚记得我前面的那个同学，上台后非常自信，演讲的时候竟然脱稿了，而且非常非常流利。我本来就紧张，这下更慌了，我心想怎么能这样，你这么强我还说什么啊？于是阵脚大乱，还没平息慌乱的思绪，就轮到我上场了……我都忘记自己是怎么上台的，感觉是飘上去的，反正腿好像没用力，人就到上面了，然后感觉现场突然安静了下来。我的惊恐已经到了峰值，脱稿是完全不可能了，而且还一个字都记不得了，于是就特尴尬地掏出稿子，打开。要命的是，我连朗读都没有力气，声音特别小，而且头都不敢抬。念着念着我又觉得不行，这是念稿，我得脱稿啊，我鼓足勇气抬起头，结果刚抬头，又完全不知道下面该说什么了。就那样愣在空中，感觉时间一下子静止，下面全部是不怀好意的眼神和笑脸，当时心情是五味俱全。以前看到别人说什么"恨不得找个地缝儿钻进去"，就觉得矫情，此时此刻觉得造出这个句子的哥儿们实在太形象了。总之是进退两难，无比尴尬，最后很痛苦地把稿子念完了，然后一脸汗地跑下台。结果可想而知了，我这个哥儿们只得了十几票，特别特别惨。

　　这是我人生第一次特别大的打击，导致我信心全无，在很长的一段时间内，再也不敢当很多人的面说话，好几年都没有走出阴影。直到高一时，我才绝地反击，重拾自信。

绝地反击

高中生涯很快呼啸而来，或许是妈妈回国了，又或许是自己已经适应了独立，总之我有了一种天高海阔的感觉。

入学没两个月，学生会的竞选又开始了，我突然很想参加，但竞选一定需要演讲，而我当时还是害怕演讲，其实就是害怕失败，可强烈的好奇心让我又不想放弃，于是我特别特别纠结，最后只能求助于我妈。我妈听后意见很明确，那就是我一定得参加竞选。她倒没有说我从哪里跌倒就从哪里爬起来这种大道理，她的理由其实很简单，也很实在，就是我得有这个经历。因为高中选学生干部就得看你初中有没有相关经历，到大学的时候自然得看高中有没有相关经历，人得向前看，如果我一直没有经验的话将来机会只能越来越少，所以一定不能放弃。

大人的眼光总是那么现实和长远，妈妈的话确实给我彷徨的心增添了动力。没错，人总要向前看，不管沉浸在过去的成功或失败里都是可悲的。我几乎是在最后一刻报名参加竞选，然后开始认真准备演讲稿。有了前车之鉴，知道自己几斤几两，这次我准备得非常认真，事实上就是作最坏的打算，也就是说，我得确保遇到像上次那种情况时我也有解决方案。总之到时候要说什么，相应的动作配合是什么，什么表情，什么语气，什么语速，我都开始精心设计，然后开始大量演练，一遍遍地说，一遍遍地卡时间，有不舒服的地方就修改，然后再练。吃饭的时候在心里说，睡觉的时候在梦里说，已经滚瓜烂熟了还不放心，继续练，直到练成潜意识了最后无意识了才稍微放点心。

就这样，终于等到了演讲那天。40多个候选人里面，我抽到的顺序是最后一个。这让我又喜又忧，喜是因为可以多点儿时间准备，或许还可以根据别人的演讲情况调整自己的内容；忧的是别人都讲得太好了只会让自己更加紧张。事实上，压根儿没喜多久，就只剩下忧了，因为时间太长了，到我演

讲的时候都快晚上7点了，现场听演讲的同学都待不住了，讲话声越来越大，还有不少同学在写作业，根本无心听，这些都让我更加慌张，害怕自己的精心准备会付之东流。

或许是紧张到了极点，我反而安静了，又或许是经过上次的打击后我已经形成了免疫力。总之，在我最为紧张之际，我突发奇想：我前面所有人都是上台后拿着固定话筒演讲，方式千篇一律，为什么我不能拿着移动话筒一边演讲一边从后台直接出来呢？这样更加独特，也更加有气势。

这个现在看来算不得奇思妙想的念头当时让我很兴奋，也更加紧张，因为那时我本来就没信心，还担心如果自己和别人不一样，会不会引起别人的反感，得不偿失。不过，我已经没有太多时间去权衡利弊了，横竖就这样了，我闭上眼睛，决定不带稿子上去，是的，我不想再给自己留退路。

无路可退，孤注一掷。这一次，我一定要赢。

终于轮到我上场了，按照设想的那样，我没有像其他竞选者那样慢吞吞上台然后开始讲演，而是拿着话筒直接从台侧的过道精神焕发地冲了上去。当时我的步速很快，语速更快，我高举着右拳，在空中挥舞，给别人信心，也给自己提气。虽然我承认，当时我脑子又是一片空白，但毕竟演练了太多次，无意识的熟悉终于发挥了，那内容，那语气，那表情，浑然天成，就连早早设计好的和台下听众的目光交流都显得那样自然和理所当然。我越说越流利，越说越high，虽然我完全不知道自己在说什么，总之，我突破了内心的屏障，我演讲成功了。

多年后，我看着现场的照片，看着照片上的人一副high翻天的表情，还忍不住感慨：这哥儿们是我吗？

那次，我获得了全校第二高票！

我终于又重拾在众人面前讲话的信心，这个意义比什么都重大。

环游世界，开阔了眼界

抛开学业不说，对我人生影响最大的经历是初一那年暑假，我和爸爸妈妈游玩了欧美十几个国家。到现在我都确信，如果没有那段经历的话，我根本不会是现在这个样子。

虽然在此之前我已经看了很多很多的书，并且比较有想法，但实际上还是井底之蛙。读万卷书重要，更重要的是行万里路，而最棒的就是两者结合，对开阔眼界、丰富见识，甚至志向的确定都有着决定性的意义。

因为我妈当时在哥伦比亚工作，我和爸先到了哥伦比亚，在那里待了一两周，然后去了美国，从东海岸一直走到西海岸。去的第一个地方是纽约，纽约给我的震撼自不必多说，期间发生的一件小事给我留下了永远难忘的记忆——到纽约后，我们很快安顿好，准备去中央公园玩。到中央公园要穿过很多公路，这个公园整个儿被公路给割裂了，确实非常好玩。里面很多地方有台阶和护栏，我就在台阶上跳上跳下，结果有一次跳的时候脚被护栏绊了一下，直接从公园摔到了公路上，摔得特别惨，把膝盖前的一整块皮都磨掉了，整个腿血淋淋的。我爸当时怕得不行，因为公路上有车，车速都非常快，幸好我掉下去的时候路上没车路过，如果正好有，我就直接给撞飞了。刚摔下来的时候我腿还不是特别疼，还能忍着爬起来，结果刚坐下，就疼得受不了，这才发现手也磨破了，手上、腿上全是血。我和爸爸正不知所措的时候，来了一个推着婴儿车的外国妇女，看着我伤成那样，非常惊讶，直接从婴儿车的后备箱里拿出凡士林还有湿纸巾帮我擦、包扎，弄得特别好，特别专业，很快就把血止住了，伤口也包扎好了，这才感觉也没那么严重。可还没等我说谢谢呢，人家就只是特自然地对我微笑了下，然后就推着车走了。这事儿给我震撼特别大，说实话，那一瞬间我真的冒出了诸如"大爱无疆，人性伟大，爱不分种族和性别"等特光辉特伟大的话。后来我还为这件事写了一篇作文，文章名叫"微笑是一句世界语"，结果又感动了很多同学。

路途中，不断发生着各种各样的事儿，我也越来越成熟，越来越能担当。我爸爸不会英语，所以交流的重任只能落到我身上，虽然我的英语也不好，但在那个时候就只能霸王硬上弓了。我记得很清楚，有一次在艾菲尔铁塔上，我们得买票向上，可买票得用信用卡，现金售票的窗口得等几小时才开呢。当时我们时间特别紧张，塔底下还有当地的朋友在等着呢。我爸很快就偃旗息鼓了，说上到二层就下去吧，好歹也来过了。我不干，这怎么能行呢，来就是得到塔顶的，可没信用卡怎么办呢？我不自主地上去看排队买卡的人，结果看到一个挺像中国人的女游客，也不顾上什么面子了，我上去就对那个女生说，姐，您看我跟我爸没有信用卡，我想上去，能不能帮我们买一下，我给您钱？那女孩是华裔，挺大方的，就说行，然后就给我们买了，我和我爸很顺利就上去了。到达塔顶的时候，凉风一吹，眼前就是整个巴黎，那感觉——真的，去法国之前一直都说法国浪漫，巴黎最浪漫，这些话都是空的，但你往艾菲尔铁塔塔顶上一站，你看到一个国家能把城市文化跟自然结合得这么艺术，这种感觉就是浪漫。法国这样的浪漫还有很多，走在香榭丽舍大街上，整个方块的鹅卵石一块一块铺在地上，觉得特别艺术。路两边的梧桐树，剪成方形，也非常艺术。

在法国我真是大开眼界，现在回忆起来，都能立即闻到法国那种浪漫的气息，真的是不一样的感觉。

法国给我留下的印象很美，德国的印象也很特别。当时我们去的是德国的一个远离市区的小村庄，特别特别美，有桥、有水、有城堡。我们去的时候还有雾，整个小城镇里弥漫着雾，远的地方都看不清。很清冷的石板砖，一摸特别凉。我不愿意和旅游团一块走，就一个人出来玩儿，在一个桥底下，拿青石打水漂，水特别冰冷，手一浸下去，整个人都静下来了，就像跟整个村庄融在一起，听见滴滴答答的水声真的跟自然完全合一。摸石头、打水漂，打了一个多小时，浑然自我，完全忘了时间，差点儿耽误了回程。

那段旅途还留下了很多美好的回忆：在比利时，吃巧克力，看小尿童；在意大利，游斗兽场；哥伦比亚的圣母山，拉斯维加斯的赌场，威尼斯，梵蒂冈……刚出去的时候，满眼都是外国人，满耳都是外国话，觉得很新鲜，后来就熟悉了，再接着，虽然知道身处异域，但感觉自己可以和异域融为一体，没有生疏感，只有自在，水乳交融的感觉特别好，最关键的是还开了眼界。

说到开眼界，又不得不提纽约了，我在纽约真的见识了很多事，获得了前所未有的体验。除了前面说的"微笑是一句世界语"外，我还去了时代广场、洛克菲勒中心、帝国大厦。在洛克菲勒中心，从滑冰场往上看，整个大楼金碧辉煌，当时心中就升腾起一个特别陌生却又特别兴奋的感觉，就是自己一定要努力，要成为和其他人不一样的人。真的，你想一个小孩，才13岁，原来只知道自己身边那点世界，突然见证了世界财富中心，那种冲击得有多大！包括我去华尔街，去看铜牛。当时整个华尔街都是西装革履的人，穿着皮鞋，打着领带，右手拎着公务包，左手拿着咖啡或者打着手机，皱着眉头，特认真投入的样子。我当时穿着短袖就去了，明显就不属于那地儿。然后红灯这边一堆人，一绿灯，人蜂拥而过，再一转头，就见一摩天大楼下一帮人从里面拥出来，再又一帮子人拥进去，真的很震撼。至少之前，也许你没什么理想，没什么太大的目标，但是你不知道，所以你也不觉得难受。但是你到那里了，你看到了，你就一定会去思考些什么，你会意识到原来我跟世界顶端差了这么多，原来世界是这样的，我真的得努力，我也要过上那样的生活。这种励志是书本无法带来的，无法回避又深入骨髓。

出国：起了个大早，赶了个晚集

最后，得说说出国读书了。关于出国，我算是起了个大早，赶个晚集。其实也不能说起特别早，因为高一之前我还没有想出国。初三刚考完中考，有一次同学聚会，有人拿出一本托福。我问托福是什么东西，人家

说托福是要去美国上学的考试。我拿过书来一看，太难了，就说你们看你们的吧，这事儿和我没关系，那时候我真的觉得出国读书和我一点儿关系都没有。

到了高一，有人组织英语培训班，推荐中考英语分数110分以上的去学，我中考英语考了117分，于是就去了。那会儿是初级班，学了一年，也没什么大收获。初级班实际上只是启蒙，自己从心理上到能力上都跟SAT相距甚远（当时连SAT有几个section我都不知道），到最后什么都没学到。后来决定考托福，就到新东方上强化班。第一次96分，也不算高，但从那会儿我就正式开始想出国读书了。

我的3次SAT考试经历和经验

下面重点儿谈谈我在新东方强化班的一些感受，这对后来者们应该有一些帮助。关于强化班，我主要收获这么几点：

1. 完整地了解了SAT考试的类型和所有题型。

2. 在一期的课程里通过作业比较系统地进行了SAT练习。

3. 在周围人以及不久就要到来的考试的刺激之下，备考心理逐渐成熟。

上完强化班之后，考试之前的课余时间我又参加了新东方模考班，在整个这段以个人学习为主的时间里我主要做了以下几件事：

1. 通过自己每天定量的练习，以及在模考班上的模拟，把OG，Princetonll，OC，以及10套真题全部做完。

2. 虽说效率确实不高，但也一直不间断地在背着红宝书，进行着单词积累。

3. 在上过课以后，自己经过不断的练习和例子积累，题库研究，发现并掌握了SAT的答题套路。

4. 通过不断的模拟练习，对自己的强弱项有了清晰明白的了解，便于临场心态的稳定。

第一次考完SAT后，我给自己的估计是最高可能2000＋，结果语法失常，只考了2000分。聊以安慰的同时，我还认真总结了如下几点心得：

1. SAT2000分以上靠逻辑，2200分以上靠单词。

2. 语法基础差只能用海量的练习来弥补，生记语法点和捷径是没有效果的。

3. 作文是有套路和捷径的，我自己总结的套路让我确保了提前3～4分钟写完，10分以上。

同时，我意识到自己的单词量实在是少得可怜，红宝书每面单词认识的不超过5个，单词上的欠缺已经对分数的提高形成了瓶颈。于是，为了备考下一次的SAT，我在复习策略上也进行了如下的改变：

1. 放弃红宝书，改背Barron3500，原因是红宝书收词很多，但排列单调，收词不精，针对性不强，总之就是不好背。

2. 把自己之前做的所有题再做一遍。

3. 针对自己语法失常的现象又参加了语法单项班，着重练习。

4. 按照自己整理的模板重新开始练习作文，努力提高速度。

当年，10月，我进行第二次SAT考试，结果是 CR640，WR700，ESSAY10，Math 770。面对这个分数，我很无奈，因为逼着自己背单词居然阅读分数下降。分数报告显示文章阅读题错误减少，但单词填空题错误量增加，导致总分反而下降。自己分析应该是阅读能力通过背单词和反复练习得到提高，而单词量没有质的提升，所以填空稍难分数就跳水。还好语法还算发挥正常，当时觉得700分对自己来说已经没有多大提升空间了。针对这次考试，我又有了如下这么几点心得：

1. SAT阅读要想突破650分，单词是硬道理。

2. 当语法题反复做，大量做以后，看到题直接就能反应出答案。

3. 按照模板写作文，不会低于10分，但要想更高也有难度，须在表达和例子上下工夫。

12月还有第三次SAT考试，我决定继续报考。其实当时我还是很有些压

力的，因为准备时间太短了，家人担心这样短时间密集考试会导致分数不升反降。但我自己总觉得努力这么长时间连2200分都没上实在不甘心，所以毅然报名考试。事实上，考试绝对是熟能生巧的事儿，前两次的经验让我对自己的弱项有着清晰的了解，准备工作自然也熟门熟路，继续总结如下：

1. 经过同学推荐买来新东方李永远老师出的《SAT真词一本通》。此书收词十分精准高效，且书后附录的词表整理更是直接从考题下手，极易达到事半功倍的效果。有了上次的经验，在背单词的方法上也有了自己的思考和改进。总结出了一筛选二速记三检查的三步背词法，每天用大量时间背单词。在考前用这种方法把该单词书过了两遍，基本达到记忆无遗漏的境界了。

2. 考前专心把OG过了一遍，一个是因为别的题基本上全部都有印象但做起来没效果，再一个是用贴近真题的材料检查一下自己的漏洞。

3. 义务给4位左右的同学做SAT老师，发现自己几乎已经拥有所有语法题看题后5秒之内反应出答案的能力。

总之，最后一次SAT考试一切都显得那么理所应当，所有的section提前5分钟做完并检查两遍，所有的答案自己都十分确定没有瞎蒙。考完后我自信满满，认为自己这次绝对可以对得起一直以来的努力。最后成绩果然不负我望：CR730，WR760，ESSAY11，Math780。

多年的媳妇终于熬成婆，回顾3次SAT考试历程，我整体总结如下：

1. 考SAT有捷径，有方法，但是该下的硬工夫必须下，如果想压根不背单词，生靠做题积累一次考到2200分以上，那可能性很小。

2. SAT的题海战术不同于高考，其中的规律性很强，当你反复把自己所有能找到的题全部做过几遍以后，你会发现SAT的语法题实在是很容易。

3. 作文有套路可循，但是要想拿满分需要深厚的语言功底和优美自如的表述。

4. 无论做什么事，精神力量很重要，自信很重要，信念很重要。我之所以能在很多人多次考试分数提高很少、没有提高甚至下降的情况下，后两次考试总分分别比上一次提高110分，140分，是因为我一直坚定地相信自己能够成功，并为之付出与自己信念等值的努力。

撰写申请文书让我明白我是谁

整个留学申请环节中最最重要的一步就是文书撰写。对于那些被名校录取的学生来说，抛开成绩、背景等硬件因素，一份好的申请文件其实是起到了决定性作用；而对于那些实力不错但未被最顶尖大学录取的同学来说，申请文件的草率与低质量也往往是致命的因素。

我是在考完第一次SAT考试后，通过李楠楠老师的介绍了解并加入了新东方workshop。第一次课的全体自我介绍让人印象十分深刻。全班50人，每个人都有很高的分数、独特而出众的背景。用当时的话讲就是"托福没上110不好意思跟人打招呼"。正是这种刺激，可以让每个人在第一时间安静踏实下来，清醒地面对自己将要参与的竞争以及自己目前的劣势，从而更加严肃地面对自己可以改变更多的"软性因素"申请文书。

如果让我总结出这一年申请历程中workshop班所带给我的最重要的东西，就是这个班级迫使我去思考自己到底欠缺什么，以及自己跟其他强人比到底有什么特质无法被忽视，到底什么样的文书可以脱颖而出，到底什么样的文章可以展现真实的自我。相信所有workshop的成员都会有这样一个明显的感受，就是自己essay的主题换了又换改了又改，长度由累赘的1000多字，精简到800多字，再缩减到最终的500多字。而在我个人的文书写作中，自己对文书的初步理解也是在反复读过了*The elements of style，How to write a college essay*两本书以后才渐渐开始，而接下来才是最漫长而煎熬的修改文书的过程了。

文书的修改由自己第一篇自认为准备非常不错的文书被周容老师直接否决重写的郁闷和沮丧开始，在整个过程中无数个苦思冥想的夜晚，无数个盯着电脑发呆写了删删了写的日子里，我一共给自己的essay换了5个中心，每个都至少改了10稿。而在这无数次冥思苦想中我也惊异地发现，原来在申请之前，我从来没有想过"我是谁"这个问题，在面对真正的竞争之前，我从没有想过在众人堆里究竟什么可以把自己区分出来。高分可以是一个人的标签，学生会主席可以是一个人的标签，各种学生俱乐部创始人、各种活动的领导可以是一个人的标签，但它们都不能代表一个人，而只有真正静下心来，仔细思考自己最本质的特点，才可以说服自己，然后再说服大学录取官。

诚然，一个人的自我完善和社会角色的确立，需要很长乃至一生的时间，但我很高兴在18岁的时候，打开了自己的眼界，见识到了很多优秀的人，也看到了自己和他们实实在在的差距，从而激起自己强烈的努力赶超的欲望；我开始了我的思考，开始了对自我本质的追寻，对自己究竟想要得到什么以及自己要付出怎样的代价才能达到目标的探索。这些收获，其实是大大超越了录取结果本身的。

争强好胜的我

回首这18年，我最大的优点就是好强，用句不太好听的话，我看不得别人比我强。看到别人比我强的时候，我一定要努力赶超。高一时为什么我想去竞选？就是因为我看到那些学生领袖在人前发表演讲，那么自如，能够进入学生会，我很羡慕。我有一种推力，推着我自己往上想，哪怕我浑身发抖也要把这个事干成。

记得小学有一天，老师在黑板上写一个字，说公泽你认识这个字吗，我说不太认识。然后老师问另外一个同学认识吗，人家说出来了。当时我还特别小，回家一边拉着我妈的手一边说，妈你得给我买一本字典，居然有一个字我不认识，别人认识了。然后有字典后，我就拼命地看，看那些不认识的字，我一定要比别人认识的字更多才罢休。

打篮球也是，比如定点投篮，相当枯燥，我就给自己任务，必须连续投进10个三分球才允许回家。这挺难的，有的时候手感好，很快能够解决任务，有的时候怎么也做不到。眼看天色已晚，篮球场上只有我还在那里像傻瓜一样投篮，一口气连续投进9个了，结果第10个没进，那还得重来，一点儿不给自己通融。就这样强迫自己练，练技术，也练内心。

除了争强好胜外，我还有个特点，一旦我决定了要做什么，就不喜欢给自己留后路。比如高一那次竞选演讲，虽然我极度紧张，但我还是在上台前决定不带稿子上去，我付出了那么多，如果还是不行，也就认了。再比如前阵子我很喜欢上人人网，每天花费很多时间，玩着玩着也觉得说不过去，想不上，可又控制不住。而那时候又是我考试和申请最为较劲的时候，我必须放弃，所以我干脆把自己的账号删除了，不只是账号，包括里面所有的内容，从日志到照片到好友，全部删除，这样就算我账号复活也没有办法。我必须完全从中抽离，用全部的精力来迎接考试。

做最好的自己

以上就是18年来我走过的路。我渴望我未来的生活不那么平淡，因为只有在变化中生命的价值才能得到体现。人生最好玩的是我们不知道将来会发生什么。珍惜每一次机会，力争做到最好的自己，照着自己的目标去努力最为重要。正如乔布斯说的那样，尽管现在不知道未来到底会怎样，但我得有信念，懂得珍惜，只有这样才可能做到与众不同。

父母问答

Q 请简单概括下您的教育方式？

A 尽早开发孩子的智力，努力培养孩子的学习热情，最大限度调动孩子的主动性，逐步提升其创造性思维，塑造孩子良好的人文精神。

说实话我们并没有什么好的教育方式，和大多数父母一样只是简单的管教。如果说有什么特殊的话，那就是对孩子的早期教育比较重视。在孩子一岁多的时候就开始"教"识字，当然是做游戏式的，大人是有意教，孩子是无意中学的。比如说坐车时看外面的字牌、商标等。他上小学前能简单地阅读，记得每次领到新课本，就很快把语文、社会、自然等文字多的内容自己看完。从小学到中学直到现在，一直比较重视阅读。小学时读童话故事、世界名著较多，中学时读科普知识、科技文章较多，现在高中阅读范围就更广泛了，历史、经济、哲学等。阅读使孩子很受益，不仅扩大了知识面，提高了理解能力，培养了爱思考的习惯，同时对理科学习也很有帮助。

在培养孩子学习热情上，每发现其学习上的亮点，就及时给予表扬。他写个打油诗，爸爸都在电脑上排出漂亮的版式予以鼓励。当某一次考试考出了好成绩，也会大力赞美，就是出现学习成绩的滑坡，也耐心和他分析缘由。特别是他还在幼儿园的时候，每当说出某一个不知从哪里学来的词汇，我们都会大加赞美。有一次他讲刚进家门的妈妈"风尘仆仆地回家"，每当听到这样超出年龄段的知识的形容，我们都及时抓住进行赞美和表扬。一次次表扬和强化，他的学习兴趣会越来越高。

在塑造孩子的良好人文精神和人文品格上，从小就注意让他给予那些贫困者以帮助，比如走在大街上，看到残疾人，也给点钱让他自己交给别人，甚至在他小时候，因为乱丢垃圾而让他走好远去捡回来，扔到垃圾桶里。总之是从方方面面培养，在许多方面不断丰富他的精神世界。

Q 在孩子成长过程中，您最注重培养的几种品质是什么？

A 爱心、责任心、奋斗精神、远大的目标和不惧挫折、超越自我的勇气。

Q 在教育过程中，您觉得您做过的最骄傲的事情是什么？最有风险的事情是什么？

A 因为做得都一般，所以也谈不上最骄傲。比较而言，从孩子一出生就进行的早期智力开发还有点欣慰，但是由于这样那样的原因没有坚持下来，多少有些遗憾。最有风险的事是他上初中时父母不在身边，他住在姥姥家，姥爷、姥姥太惯着。

Q 您是怎么处理两代人之间的沟通问题的?

A 跟孩子做朋友，聊天，尊重孩子的意见，平等讨论，不强加，重说服。多沟通，了解他的想法、朋友等，把该说的都说出来，即使当时听不进去，慢慢也会理解。

Q 根据您的经验，您对其他家长的意见和建议是?

A 不要让孩子在任何情况下都服从父母的意志，尤其不要把孩子管死，不要限制孩子的创造性活动，即使有一点冒险性，甚至付出了一些代价，也应当认识到，这才是人生，才有利于孩子成长。一句话，让其得到较大程度的自由成长。

Q 您的孩子马上要离开您，到大洋彼岸，现在您最想对他（她）说的是什么?

A 爸爸：放飞理想，到更广阔的天地成就美好人生！
妈妈：珍爱生命，珍惜时间；把握现在，放眼未来！

柴婉盈
在路上

她弹得一手好钢琴，能跳最美丽的民族舞

她说得一口好英语，最爱冰激凌

她有着超出同龄人的运动天赋，巨爱轮滑和游泳

她还钟情摄影和文字

她有一个欢乐的家庭，爸爸妈妈如朋友

她性格热烈奔放，自己办舞会，自己设计校刊

她从小就关注社会的方方面面，习惯多角度思考问题！

她立体、丰富、不拘小节

她想对未来的自己说句：Gotta be better

她是狮子座的柴婉盈

下一站，西北大学。

现在，我人生的某个阶段结束了，说不上完满，因为有着各种各样的小缺陷在时时刻刻提醒着我可以做得更好。我从来不是一个念旧的人，总觉得人生应该朝前看；但提笔写这样一篇文章，却第一次觉得在大步向前的路上偶尔回头看看，整理一路走来的脚步，也是一件兴致盎然的事情。

现在，我人生的某个阶段结束了，说不上完满，因为有着各种各样的小缺陷在时时刻刻提醒着我可以做得更好。我从来不是一个念旧的人，总觉得人生应该朝前看；但提笔写这样一篇文章，却第一次觉得在大步向前的路上偶尔回头看看，整理一路走来的脚步，也是一件兴致盎然的事情。

亲情·一路有你

如果说我的成长算是一个成功的例子，那么我想说，一个幸福的家庭，永远包容我的家人实在给了我太多太多。

要让我给其他同龄人和学弟学妹们提点建议的话，我最重要的成长经验就是：与你的父母坦诚相对，永远相信你的父母。很多同学总是会对家长隐瞒一些事，和家长"斗智斗勇"，如果长期这样的话，家人之间的信任就渐渐淡薄了，而这对心智还没成熟的青少年来说是很不好的，限制了很多方面的发展。很多自己没法抉择的事、觉得棘手的事，多跟家长聊聊，父母总是多点经验的，总能给我们有利的建议。即使你的父母并不像我的父母那么开明，也是可以多沟通多商量互相理解的，他们的人生经验会让我们少走许多弯路。

我有一对非常开明的父母，他们是医科大的大学同学，从大一开始在一起，直到现在我爸还是会送给妈妈999朵玫瑰作生日礼物，或是两人撇下我去某处旅行过二人世界。我还有个比我还能疯的时尚派姥姥，热衷打麻将、跳舞、交朋友，敦促我减肥，还时常抢我的衣服。身边同学的八卦，我总会先告诉妈妈，再告诉姥姥，3个人一起热烈讨论一下。爸爸爱好广泛并且多变，摄影、爬山、自行车，还喜欢高尔夫，就连咖啡这种文艺小青年的专属爱好也不放过。喜欢摄影的时候，他买了一堆相机镜头，在家里对着我和妈妈狂拍；喜欢自行车的时候就说买3辆自行车，说咱仨每人一辆；而我一直没能成功减肥的原因也得归咎于他，谁让我有个厨艺这么好的老爸呢？而他的高超厨艺追根溯源又得说到我姥爷了——老爸老妈谈恋爱的时候，姥爷总是把老

爸拉过去切磋厨艺……

我受父母影响很大，我从小的兴趣一直是当医生，申请学校的时候也一直考虑想念医学，但是在美国学医学要学8年，而且学费越来越贵。8年对于女孩来说似乎太久了，耽误我成家立业的大计。也许是因为妈妈就是我心目中完美女人的形象，我希望自己能像她一样有自己幸福的家庭，这对我来说比学业和事业更重要，我希望大学毕业后既能有不错的工作，也能找到归宿。妈妈在这方面也很支持我。

姥姥和妈妈都是在自己成长的过程中保持了一种比较纯真的心态，我觉得这是一种相当难得的状态。我姥姥原来当兵，考过护校，在部队里面当护士，后来就一直在部队里。妈妈和小姨也是在部队里长大，家里并不是很富裕，偶尔能吃一根冰棍就觉得很满足。

这些都仿佛是生活里最最平常的景象了，然而细细想起来却又觉得美好得不可思议。我想我之所以能一步一步走到现在，走得更远，有很大一部分原因就是拥有一个这样既普通又如此特别的家庭吧。

我小的时候是个闹腾的孩子，家人吃饭的时候在桌子下钻来钻去、在沙发上来回跑都是家常便饭。那时候我似乎和"好好学习"之类的词扯不上关系，家里人似乎也对我能有什么出息没抱希望。妈妈并没有在乎别人的质疑，而是以极大的耐心对待我，而我也渐渐变成了乖孩子。现在回想我的成长经历，我非常感谢小时候妈妈对我的培养，从小和我保持朋友关系，一直在各种阶段给我建议——虽然有些建议也不一定靠谱，但总能让我觉得有主心骨。

当然，摩擦是不可避免的。和每个家庭一样，我们家也会有充满火药味的时刻。尤其是在申请学校或是考试期间，大家的心态都比较浮躁，比较着急，难免会发生摩擦。在我做申请的时候，有一次出现了比较大的差错。申请圣母那所学校时，我写的文书是用西北大学那篇文书修改的，结果发的时候不小心发到别的申请信箱去了。发现之后我很着急也很自责，跟我爸爸说这件事的时候，本来是想得到安慰，结果他却生气地说："你从来都这么不注意，每次都是！"当时我就有种很不被理解的感觉，但是后来也释然了，在当时那种紧张的气氛中每个人的火气都比较大。

刚从美国交流了一年回来的时候，还没有把重心完全放在SAT上面，而是高考和SAT都在准备，所以我的学习压力很大，并且两头很难兼顾，学习效果不算好。这时候我很想果断抉择不参加高考，而是专心准备SAT，而我父母却还是希望我在申请出国的同时也参加高考。那时我也觉得他们给我的压力太大，太不理解我的感受了。我认真地和他们沟通，说出我自己的想法，他们也表示理解了，尊重我自己的选择。

从小和父母就建立了朋友一样的关系，不论我做什么、选择什么——哪怕听起来再不可思议，他们也从来不会用粗暴的方式一口回绝，或是填鸭式的说教，他们总是耐心地倾听我真实的想法，再告诉我他们的人生经验让我参考，并且永远把选择权和决定权交给我。他们给了我一个无比完整的人生，从不试图按他们的意志操纵它，你永远不知道我有多感激这一点。

彼时·年少轻狂

我整个童年都过得很幸福，应该算是完美——如果不算上特长班的话。不知道是不是每个孩子小时候都有上特长班的苦恼，回想起来，小时候林林总总的特长班，似乎都上过。画画、书法、跳舞、滑冰、钢琴、体育，年幼的假期总是被这些特长班折磨得精疲力竭。而它们最大的成果就是检测了我：没有绘画天赋、没有书法天赋，更没有花样滑冰的天赋。

从4岁开始学弹钢琴，现在想起来全是和父母斗智斗勇的乐趣，拧计时器、调表，或是隔5分钟就上厕所，还曾为弹钢琴把一向淡定无比的妈妈气得和我大吵。而最后弹钢琴却莫名其妙地坚持了下来，最初的动力其实只是能在同学面前显摆一番。除了钢琴，跳舞也是坚持了许多年，每个礼拜两三次，还有整个暑假，一次一次地考级；当时一定是被父母逼着去，而回忆里却是美好占了大多数。我从中学到的也不仅仅是钢琴或是舞蹈的技

巧，更不只是在同学面前的卖弄显摆，而是某种坚持，不放弃、不服输的内在力量。

小学5年级的时候，奥数这种诡异的东西进入了我的生活，动力和大多数同学一样，因为据说奥数对升学有好处。其实我是幸运的，因为很多同学都是在二年级就开始了奥数征程。整个班里只有我不是从二年级就开始上，班里有很多后来上人大天才班那样的牛人。我不是天才，一开始什么也听不懂。每天认认真真抄题，回家问爸妈，结果爸妈也不会，只能自己勉强做，能做多少做多少。最后竟然渐渐熟悉套路，也做得顺手起来，最后以得了个小奖结束了我的奥数生涯。

印象里，小学时最疯狂的事情，我父母是始作俑者。他们在6年级期末考试之前的礼拜带我去泰国玩，最后一天乘半夜的飞机回来，早上直接到学校开始考语文期末考。我至今感谢我的父母，他们一直在让我知道这个世界上考试并不是一切。我还记得在泰国玩的情景，美丽的热带景观，走在大街上的大象，漂亮的海滨浴场——而这些，永远是任何一次期末考试所不能给我的。而那次从机场直奔考场的考试也并没有很糟糕，考了99.25分。

因为搬家的原因，我初中没有和大多数同学一样去小学对面的师大二附的初中部，而是去了朝阳区的陈经纶，从此和我的小学时代告别，正式进入中学时代。

我的初中是一所竞争激烈、管理严格的学校，在这样的环境下我开始认真学习，开始觉得成绩好是一件重要的事。有段时间成绩不好，自己很着急，父母就帮我分析，爸爸还用EXCEL做了一堆表格、曲线贴在墙上，每次的成绩、排名，哪次进步了，哪科差一点、低于平均分都会用各种颜色标出来。我妈妈则负责鼓励我，给我信心，总是告诉我我能做得更好。我也渐渐放平心态，度过那段低潮期。

现在回想，初中应该是一段最纯粹的学习时间，在当时的环境里，大家都在努力学习，而且并不觉得特别辛苦，也不觉得无聊。同学们讨论学习也能讨论得劲头十足。

那时唯一的刺激活动就是初二的轮滑队，一个礼拜几次活动总是十分期盼，还时常参加学校的演出或是联欢。有一次老师不在，我们偷偷去滑U池，结果几乎把腿摔断，从此轮滑生涯结束。

初一的时候学校组织去英国交流，去了三四十个人，主要目的是学习英语，感受一下英语环境下的气氛，当时也顺便旅行。但逛了一圈后觉得英国似乎并不适合我，伦敦的感觉相对阴沉，比较循规蹈矩，相比之下我还是更喜欢美国那种开放、接纳式的环境。

不知道是不是每个人在快要中考的时候都会经历一段很痛苦的时光。其实父母并没有给我很大压力，没要求我非上某个学校不可或是非上实验班不可，而我自己却给了自己极大的压力，一心想要通过考试来证明自己。最后的结果是，初中3年的努力没有白费，加上钢琴的5分，以高出录取线一分的成绩考上了许多人梦寐以求的四中。

事实上，我在四中的生活十分惬意，四中并不是想象中的"如狼似虎"。也许是在初中压抑太久，进高中一下子放松了。那时候学校3点多放学，6点半晚自习，那段时间我们总是在操场上瞎晃，看班里男生打球。

触电·体验美国

在我的整个成长过程中，最特别的经历是在美国交流的一年。那一年是我的平淡无奇的故事里最为不同的一笔，也让我的少年时期变得有那么些许与众不同。然而这些所谓的与众不同并不是重点，我之所以珍视并且怀念，只是因为这段经历给了我完全不同的生命体验，我如此幸运能够投入于另一种文化、另一种环境，幸运地被包容，同时清醒地吸纳。

回头来看这一切，不知道是机缘巧合还是命中注定。

在那次正式的交流之前我就有过一次为期3个星期的参观旅游，那次活动在L.A.的城市，主要内容是参观和英语口语交流。时间很短，了解并不是很深入，却给我留下了深刻的印象，也让我对这个国家有了一些模模糊糊的概

念。我第一次看到了美国的高中，还第一次参加了他们的舞会，一切都那么不一样，这一切都有巨大的吸引力，给我后来去美国交流以及真正出国打下了基础。

不久，因为各种机缘巧合，我被选为去美国的交流生，去了密歇根的一个"农村"，和当地的孩子一样在当地普通学校上学。我住在一个非常适合我的、和我家差不多"疯"的家里，4个孩子，其中一个哥哥比我大一岁，3个姐妹和我年龄差不多。我和3个姐妹在同一所学校上学，我一去就非常顺利地进入了她们共同的朋友圈。他们非常接纳我，对我很友好。我也在家里给他们做中国菜，他们从没见过，觉得很新奇。

对我来说，一切都是不一样的，和我十几年来所接触的、所见到的完全不同，不论是生活习惯还是文化娱乐。我一边带着新奇的目光打量着这个全新的环境，一边努力地改造自己，使自己以最快的速度融入。对于每一个出国的孩子来说，"迅速适应"的能力毫无疑问是最重要的，在国内再依赖父母的孩子到了国外完全陌生的环境中都会迅速地独立起来，更何况我本来就是个独立的孩子。

虽说我在国内已经被告知我所去的家庭是离异家庭，但真正去了之后还是吃了一惊——那个家庭是在爸爸家里住一个星期，妈妈家里住一个星期，每周日去完教堂之后交换。这对他们来说都是很习惯的事情，因为自从父母离婚后十几年内一直都这样，所以每次交换都不用作什么准备，两边的东西都很齐全。但是对我来说却有些麻烦，因为我带过去的东西不多，而且在美国没有校服，每天都得穿不一样，天天得想穿什么。每次快搬家，我就得为下周这7天作准备，得多拿点衣服，或者想想那边没有什么。在美国，似乎有很多家长是离婚的，所有离婚的家庭都是两边住，我们学校很多孩子都是这样。我们两家住得算比较近，只隔三四公里，还比较方便；有的孩子两家离得很远，比如开车一两个小时之类，也是每周换。一开始的不习惯一段时间后也就适应了，毕竟是我去适应别人的习惯，而且在美国所有的离异家庭都是这样做的。

这样的状况在中国是不能想象的，好像从来没听说过，而且美国的离婚率也是大大地高于中国。我有时也在想为什么美国的离婚率比中国高这么多，也许是美国人在恋爱、婚姻方面比较开放。

在国内上学的时候，我并不喜欢参加学校的活动，至于学生会什么的更是没想过，总觉得自己干好自己的事就行了。而且国内的高中初中总是只在强调学习，活动很有限，即使有活动学生也不可能是主导，只是在被动地参与罢了。所以不只是我，许多中学生在组织协调能力和动手能力方面都非常欠缺。然而——不论你怎么讨厌参加活动，在美国的学校你都逃脱不了，因为那是日常学习中重要的一部分，并且也会计入成绩。

所以我在美国的一年，一直都在马不停蹄地参加、组织各种活动，也彻底改变了原来觉得参加活动并不重要的想法。表达、组织、协调、动手，各方面的能力都大大提高了，而且更为重要的是，我明白了在一个人的成长中，学习成绩永远不是唯一的评判指标。

说到这里还得感谢我们家的几位姐妹，她们都是学校学生会的成员，我过去之后经过她们介绍也进入了学生会。学生会会举办各种舞会，因为我们几个都是学生会的，再加上那个家庭的爸爸也是我们学校家长联合会的主席，什么布置舞会场景之类的活时常都是在我们家做，用盒子做，自己画场景。有时候有足球比赛，我们就做很大的标语，给自己的球队加油。每逢有什么大型活动，我们家的车库总是爆满。有一次的主题是马戏团，我们自己做了小丑的弹簧盒子，还拿爆米花做装饰，最后爆米花大多被我们自己吃了。毕业舞会的时候我们设计了黑白主题，入口的门做成黑色领带的样子。还拿棉花做过大棉花糖、彩色的大魔方，总之一切都相当有趣。

学生会只是开始，很快我又加入了合唱团，经常有演出活动，到了圣诞期间更是非常忙碌，整个圣诞季都要演出。每个季度有固定的演出，偶尔还去敬老院给老人们表演。最开心的是参加州里的合唱比赛，去了两次，还得奖了。

过程总是辛苦的，时常还有些小困难，但结果毫无疑问总是有成就感

的，不论是获奖也好、一团糟也好。在所有的成果中，最令我欣慰而自豪的是制作学校年鉴，当我最后捧着那本全彩页硬皮的大厚册子时，简直迫不及待地想对所有人说：瞧，这就是我们制作的书！这里面所有的照片都是我拍的！我们学校有一项特殊的传统，每年由学生自己制作学校年鉴，内容包括所有学生本学年的照片、本学年所有的大事件、每个舞会都有专门的主题、各种特别的事件的总结、本学期每个队的赛况，此外还有一些学生中的特别的故事。制作学校年鉴是有严格要求的，本来我并没有资格参加，后来经过对老师软磨硬泡，老师觉得交流学生挺不容易，就让我参加了。我负责摄影，全校各种活动、各种比赛都得参加，得保证照片数量。其实一开始我对摄影并不熟悉，技术绝对谈不上专业，但因为特别有热情，自己摸索着拍着拍着也就渐渐有样子了。除了摄影，我还主动跟老师要求体验一下别的，学校年鉴中写交流学生的专题整个排版都是我设计的。

在去美国之前，我在体育方面简直是一片空白，即便是减肥也总是宁愿选择节食而对运动敬而远之。然而这在那边是绝对行不通的，美国的学校对体育运动的重视程度超乎我的想象，不仅运动量很大，而且也非常严格。无奈之中我选择了田径和游泳这两项技术性不是特别强的运动，结果一开始就傻了眼。游泳每天连着3小时不停地游，我刚去时连热身的20分钟都撑不过。但是游泳队给了我一个特别难得的体验：极强的团队意识。每个礼拜两次比赛，结果并不重要，重要的是大家在一起能够互相帮助、鼓励，锻炼的目的也达到了。

每到比赛的季节，我们便开始忙了。赛季对饮食控制很严，不能喝可乐，不能吃很多东西，因为会影响到身体素质。每年有3个赛季，秋天一个，冬天一个，春天一个，大概每个有3个月的时间。这种规定大家都自觉遵守，即使平时非常喜欢喝可乐，这时候也不用别人约束，自己就能自觉控制，这一点说起来容易，做起来可是没那么简单的。

比赛的时候特别有意思，我们会互相加油，喊口号，还有各种传统活动。比赛之前我们会聚在一起吃一顿据说特别有能量的饭。一般每到赛季结束的时候就会有各个学校一起参加的大型比赛，比如到周末，会有某项比赛的复赛。如果成绩特别好，能够达到某个标准线的话，就能参加州里的比赛，如果州里的比赛也能取得不错的成绩就有机会进国家队，也就是相当于奥运选手了。我觉得这种选拔和训练制度很好，都比较自由，也不会影响其他方面的发展，而在中国如果选择体育项目的话就得全部投入，封闭训练，文化课之类的就几乎荒废了，这样其实是不太利于成长的。

除了在学校运动队的项目外，我还和我们家的那几个姑娘一起上跳舞班，有体操、hip-hop，等等。虽然学得并不太专业，但是我非常享受那边舞蹈课的气氛，非常动感、活跃，相比之下我小时候上的舞蹈课实在是太死气沉沉了。我们一起表演过一个足球啦啦队的舞，球队的成员都很重视啦啦队。其实我的舞跳得并不好，但是这不是重点，没有人要求你一定要跳得多好，或者一定要参加哪个社团，一切都只是凭自己的兴趣爱好。这种时候我就很感谢小时候最厌烦的那些特长班，至少很多项目我都有所涉猎，不至于完全不会。

我也会想，为什么他们会对体育锻炼这么重视。在国内，一般初中、高中都不太重视体育课，即便是上也是因为高考的要求。而美国就是自发地去做，可以凝结一种精神，很努力、很团队的那种，每一个参与的人都会对这件事很在意，付出最大的努力。整个队在一起，大家一起努力的那种感觉非常好，而且很神奇的是在这个过程中大家也会在学习方面互相帮助、互相鼓励，成绩也会提高。

除了这些活动，我觉得最有意义、对我影响最大的是参加了一些社会公益活动和志愿者活动，比如帮助癌症病人的组织、帮助吸毒自杀者的组织等等。义卖、募捐都做过，对我触动最大的一次是看到头发很长的女生捐献头发给癌症病人。其实我本来并非一个特别热心公益事业的人，但亲身参与其中让我感到关爱的力量，让社会的弱者感到他们是被关注的、被平等对待的是一件非常有意义的事。对我们每一个参与者来说，每一次参与都是对心灵的净化。

改变·风中有音

我曾认为自己非常开朗，没想到和我的美国姐妹们接触后才明白自己原来是属于保守型的。但就像前面无数次地提起过的那样，在成长过程中养成的独立性，让我很容易去适应任何一个新环境。我很快和新朋友打成一片，新奇的美式活动也只是a piece of cake。很快，我经历了许多在国内想都不敢想的疯狂的活动。

有一次，是个特别冷的冬天深夜，外面是很厚的雪。夜里两三点钟，我和我的妹妹，还有她的一群朋友，在家里穿上滑雪服，戴上面罩，在公路上来回跑。偶尔有车经过就趴到雪地里。我哥哥开车买了好几十卷纸，往树上扔，挂得满树都是。因为结冰，第二天纸都冻在树上下不来了，特别有趣。说到美国家里的那个哥哥，总是伴随着许多奇奇怪怪的事情，冬天下雪的时候，他让我们一起在他车顶上堆了一个雪球，开着车满镇子跑，直到有人给我们家里打电话，我们才把雪球放在路边。

其实现在我并不记得具体的细节了，但是当时那种深深的、不带任何杂质的快乐感觉一直在记忆深处，发呆的时候不经意想起就会会心一笑。

对每个出国的孩子来说，宗教方面都是一个很大的考验，对我来说每周去教堂总是一种不大不小的折磨。本来我并不是一定要去的，但我觉得这是对别人信仰的一种尊重，并且入乡随俗，也能够让我完全地融入他们的生活，我自己也能多一种体验。我每周都和他们一起去教堂，一般都要听一个半到两小时，我一般都安安静静坐着，对于具体在讲什么也几乎不懂。他们也并不一定在全神贯注地虔诚地听着，但他们每周都会去。

我一边尽量融入他们的生活，一边又保持着一种置身事外的清醒在思考着。在某段时间里，像这样的生活的确非常吸引我，不用太奋斗、太追求什么，并没有什么人在拼命学习、拼命竞争，却一辈子都过得很舒服，一样过得挺好。但后来我也渐渐觉得乏味，也明白我们处在不同的环境，在我的环境中不可能甘于平庸地过一辈子，甘于封闭在一个小小的镇子里。我只能靠奋斗才能出来，不然就只能掉下去了。

除了和美国孩子一起疯，和学生会的各种活动以外，更重要的是很快就融入了新的学习环境。大概很多人都会想，美国的教育究竟是怎样的？和中国的教育有什么不同？优势在哪里？劣势又在哪里？

而这也是我在美国的一年中努力想弄明白的一个问题，因此在学习的过程中，不仅仅是学习课程，同时也在关注他们整个的教学结构，并和我所经历过的国内教育作着比较。

课程并不难，与各种课外活动相比，课程占的时间并不多。我去的高中是当地很普通的一所，能上美国名校的并不多，他们对名校也不太关心。所以当时我对名校也并不是特别追求，并不觉得一定要上名校；但是爸爸这时候一直鼓励我一定要上名校。

我的成绩一直不错，GPA都是4点多，但也不觉得有什么好骄傲的，在美国学生的眼中中国学生就应该这样。这边的课程设置和国内完全不同，像大学一样分为选修和必修；必修包括美国历史、美国文学、美国政治。我选了一个AP的数学，还有一学期的物理。其实这些数学和物理的课程我在国内都已经学过了，所以觉得很轻松。在物理课上我深刻地体会到了美国完全不同的教学方式，把物理这么枯燥的课程都上得特别有意思，每次学新的知识都会让我们自己做东西。有一次各个小组比赛，每个小组拿纸折成各种样子的纸船，漂在水里，再把曲别针放在上面，看哪个组的船能放最多的曲别针；还有用胶带和木棍，看哪个组搭得最高。最难忘的一次是最后组织去了一次游乐园，是美国特别有名的游乐园，全是过山车，在那里老师教我们过山车是什么原理。那天过得特别开心，也体验了物理的奇妙。

所有的课程设置都很有趣，老师也都很风趣幽默。即使是美国历史、美国文学、美国政治这样自己并不了解的课程也上得很投入。也许是中国学生对应试得心应手，即使觉得自己学得并不好，考试起来也能考到96分、98分

之类的高分，所有的考试都能得A。其实那边的考试都挺人性的，老师考前会透露一些；美国文学的老师也总给成绩不好的学生提高成绩的机会，比如写额外的作业表现出态度端正，老师也会给你加分。在那样的环境中，自己稍微努力一点就能得到很大的收获。

整个一年最大的感觉就是很充实，每天都过得充实而快乐。最大的收获是英语口语突飞猛进，得到了飞跃式的进步，这是我在后来的学习和申请大学的时候受益匪浅的；参加学生会、合唱团等活动也让我改变了在国内时不愿参加集体活动的状态，也学会了很多团队合作的精神。在国内我们上学是以班为单位，每天都接触固定的人，而在那边是不停地交换，没有一个固定的圈子，也不会有人能固定地成为朋友。如果要交朋友的话，必须自己主动去认识，主动去打招呼，约他吃饭。其实让我们去对陌生人主动开口邀请，对于从小被教育"含蓄"的中国孩子来说并不是一件容易的事，但是在那种环境中没有办法，必须学会"高调"。

回到前面提出的那个问题，似乎并不能简单地说哪种教育模式更成功，两种教育模式各有特色，各有优势，也都有不足。对国内教育来说，只是在一味地重视应试能力，虽然近年来已经作出了很大改进，在素质教育方面也有了很大提高，但在高考的重压之下仍然是相当不够的，大多数学生还是仅仅满足于课本上的知识，除了高分之外对社会一无所知，我觉得这是非常危险的；而对于美国教育来说，文化方面相对欠缺，许多高中生几乎不学习，只是在考前临时突击，有很多简单的常识都不知道，这也是美国教育模式的一个弊端。

奋斗·彼岸花开

回来后有种全新的感觉，别人似乎觉得我刚从美国回来，是见过世面的；而其实我回到北京的时候感觉自己像是从一个封闭的小镇子来到了大城市的感觉。回来的时候刚好赶上国内的高中新课改，对我来说也是个挑战，他们学过的我都没学过，我学过的内容也得跟着他们再学一遍，顺序打乱了。一边学SAT一边跟着学，考试倒也能考到年级一二百名。

与此同时，身边很多人申请到很好的学校，尤其是原来在一起玩的朋友都陆续申请到美国的顶尖大学，这一方面刺激着我，另一方面也告诉我去名校也并不是不可能的事。所以高二的时候我就着手开始学SAT了。一开始觉得很难，也有些后悔在美国的时候没有听爸爸的，早些开始准备SAT，也错过了让老师给我写推荐信的机会。

第一次开始学SAT，并不是十分用心，那时主要精力都放在背单词上，12月份考试只考了1870分，觉得很受打击，消沉了一段时间就开始认真准备了。从2月份开始学得特别认真，5月份再考试就考了个不错的成绩，中间还抽空考了个托福。

学SAT虽然很累，但也是个相当好玩的事情。当时觉得单词书密密麻麻，中文英文混在一起，背起来效率很低，我妈妈就想出了做单词卡片的办法，抄写SAT的单词，用厚纸做成卡片，最后做出来的3000多单词卡片有两大桶那么多。于是我整整两个月狂背单词，效果还不错。

后来我同学看到我这个办法，都觉得很好，直接导致了我们班同学集体做单词卡，高考词汇、四级词汇、SAT词汇，掀起了一阵做单词卡片的狂潮。那段时间，几乎所有的爸爸妈妈都在帮着抄单词，还有人弄得很好看，用蝴蝶结的小盒子装着，五颜六色的，看着就很有背单词的欲望，效率也就自然提高了。

考完SAT后开始申请学校，我总共申请了三四所，最想去西北大学。西北大学有很多吸引我的地方，它有一个数学和社会学科结合的项目特别适合我。是在数学和社会科学里面选择一个，再结合起来，并且是双学位，而我正好是那种文科和理科都比较均衡的学生。这个项目的社会认可度也很高，找工作、实习也非常有利。西北大学在芝加哥的郊区，交通便利，环境也好。所以在知道了这个之后就一直对西北大学十分向往，每天都在琢磨，最后就申请到了。

同时申请的其他几所学校，像北卡、圣母都拿到了offer。北卡的商学院、圣母的会计，都是当时特别想去的，在全美排名前几的，但是最终还是选择了西北大学的数学和社会科学结合的专业。

　　在选择学校的时候，我父母并没有给我明确的要求要申请什么样的学校，只是给我提供资料，和我一起研究讨论，非常尊重和相信我的意见。当他们对某个学校看好，也只是当做一个参考推荐给我。

　　同样出国的四五十个同学，很多都是被名校录取了。哈佛、普林斯顿、哥伦比亚，都有录取。我觉得国外大学在录取的时候并不是特别强调成绩，而是更重视活动。申请做得好的话那么你的活动方面一定有过人之处、特别之处。比如说我自己，最有利、最特别的应该是去美国交流的这个经历，并且交流的过程中参加的活动很多，成绩也比较突出。同时很重要的一点是最好不要有太弱的地方，即使各方面不能做到最好，但至少要均衡发展，这样的话申请学校才能做到比较有底气。

　　申请是一个不能略过的话题，说起来很有意思，我申请并不是写的什么了不起的事情，只是我的切身经历，就是和我的一个同学一起减肥的故事，基本上是我的亲身经历。我和我们班的一个同学都挺胖的，难免有点自卑心理。我带着她说一起减肥，两个人一起作了各种各样的努力，但最终成效都不显著。虽然我们两个还是很胖，但从中领悟到外表其实并没有想象中的那么重要，整个人不会再自卑了，变得开朗活泼，也会去主动参加一些活动。

　　说起来好像很轻松，但是对每一个经历过准备出国的人来说，申请都是一段煎熬的经历。整个人都变得浮躁，易怒，急功近利。在这种时候，首先是自己要尽量调整，其次是要有支持你、帮助你的家人和朋友。说到这里，我不得不提到几位在那个艰难的时候给我许多帮助的朋友。

　　友情对我来说是生活中非常重要的一部分，交朋友其实是一个不断自我反省、不断提高的过程。对于朋友我并没有特别的要求，能玩到一起就行。从小到大我一直人缘不错，我觉得要归功于我一直以来对人的态度，很和善，很尊重，即使对方有一些我不太喜欢的缺点，也会尽量去看到他不错的一面，毕竟缺点只是他性格里的一部分。另一方面就是自己经常做自我反省，当和朋友相处不好或是发生什么不愉快的时候尽量多从自己身上找问题，反省自己哪里做得不对或是性格上有什么弱点。这样不仅能使朋友之间维持不错的关系，自己也能在不断的反省中得到提高，变得越来越好。

有一个不得不提的好朋友，也是给了我很大的影响。他是在芝加哥大学念书，一直是属于学习非常努力，成绩又特别好的那种学生。而且不只是这样，我最佩服他的地方是他有着非常强烈的社会责任感。他曾经带我去北京郊区的打工子弟小学教新概念英语，当时我被深深地震撼了，那些孩子就在北京周边，然而接受到的教育却是和北京城区的孩子完全不能比的。他们几乎不会英语，但是有着很强的求知欲，学得非常认真。当我教会他们几个句子、几个单词的时候，我突然有很强的成就感，也感受到强烈的社会责任感，觉得我应该多做这些事，应该有更多的人来做这些事。还有一次，他带着我们班同学去很远的农村，有一群非常贫困的尿毒症病人，他们没钱换肾，只能共用一个机器。他带着我们去了解他们的情况，回去后帮他们宣传、募捐。汶川大地震的时候我们都在美国，他在美国组织了很多募捐活动，演讲的时候声泪俱下。我当时也很受感动，很多人都被他打动了。他18岁的时候就自己献血了，等我过完生日也带着我去找献血中心献血。他希望能感染我，让我经历这些事。

回想起学SAT的日日夜夜，考试时紧张的心情，申请学校时的煎熬焦躁，得知申请成功时抑制不住的狂喜……所有这些，都铭刻在我的记忆里，是我最为珍贵、也将令我受益终生的财富。

旅程·永远在路上

申请学校成功后，觉得一直在努力的一件事终于有了完满的结果，整个

人都轻松下来。那段时间过得特别放松，整天在外面玩，或是宅在家里上网，逛校内，看美剧。这样的日子过了一段时间后就觉得没意思，太荒废了。一段难得的空闲也不想这样浪费，于是就去报了西班牙语的学习班，决定利用这段时间再充实一下。

1月到5月初，我每天都在学西班牙语。西班牙语的很多词汇都和英语很像，所以入门起来并不是很困难，但是语法和英语的差别很大，要学好还是需要付出很大的努力。经过这段时间的学习后，非常有兴趣，以后要系统地学也有了基础。

课程到5月份就结束了，我又马上开始了我在西门子的实习生活，工作主要是帮助世博会的主题馆做一些联络工作。活虽然不多，但是每天都过得很充实，还能遇到各种形形色色的牛人，接触到各种各样的事情，觉得很有趣，也是一笔生活的积累。

在经过一年的交换生活、纠结的SAT考试和烦琐的出国申请以后，在享受了所有快乐、顶住了所有压力后，我总觉得有种变化悄悄发生在我身上——具体是什么，我也不知道，但能明明白白感觉到，这是一种好的变化，让我对将要来临的在美国的求学生涯并不感到任何恐惧和不安，取而代之的是面对挑战的跃跃欲试和满满信心。

回忆是快乐的，有伤感也有欣慰；但回忆总是暂时的，我将只会暂停片刻，又将继续我的征程，永远在路上。

父母问答

Q 请简单概括下您的教育方式?

A 教育方式主要概括为以下几种:
快乐教育、鼓励为主、亦师亦友。

Q 在孩子成长过程中,您最注重培养的几种品质是什么?

A 责任心;自立和自理能力;坚持不懈;今天事今天办;相信自己,一切皆有可能。

Q 在教育过程中,您觉得您做过的最骄傲的事情是什么?最有风险的事情是什么?

A 建议孩子放弃高考,选择出国留学,去尝试一种新的教育体制所带来的无限的可能。

Q 您是怎么处理两代人之间的沟通问题的？

A 换位思考，尽量站在孩子的角度考虑问题；不把自己的观点强加给孩子。

Q 根据您的经验，您对其他家长的意见和建议是？

A 人生的路很长，孩子的未来充满了各种不确定和各种可能性。通过高考考取国内的名牌大学不一定是让孩子接受良好的大学教育并奠定未来成功基础的唯一路径；在全球化进程日益加速的今天，选择参加国外名牌大学的本科入学竞争，也为孩子未来的成功提供了更多的可能性。

Q 您的孩子马上要离开您，到大洋彼岸，现在您最想对他（她）说的是什么？

A 放飞梦想，拼搏进取，明天是属于你的。既然选择了远方便只顾风雨兼程。

第四篇

　　　　自然有神奇

顺其自然，听从内心，成为最好的自己

顺其自然，为所当为。

他想寻找未知的自己，一直努力知行合一，她对动漫有无限热爱，是位手办达人，他觉得自己至为平常，只是在做自己……

你自己就是一个完整的宝藏。18岁前，要知道挖掘最真实最原始的自己，发觉内心的力量，成为那个你想成为的人。

韩希泽文

遇见未知的自己

他追求完美，不能容忍自己落后他人

钢琴弹到最好，篮球打到最好，实验做到最好……

他感性，也理性，数学是他的拿手好戏

他热爱名人传记，曾子墨、李开复……他从中汲取力量和灵感

他喜欢真实，拒绝虚伪，痴迷于殊途同归的过程

他说"顺其自然，为所当为"

没有什么比把握当下更重要

而坚持是最大的美德

喜爱海苔的他将奔赴纽约大学

他叫韩希泽文，白羊座男生！

申请这条路走得异常艰难和令人心慌，如果有哪位读者在阅读我们的文字时发现自己在经历与之相似的过程，并且能从中受到启发而走得更从容或勇敢些，这正是我希望看到的。仔细想想，我自己便是传记文学的受益者。这也是我现在分享我的故事的目的。

写 在 前 面

申请结束已经有好一段时间了。前一阵子在人人网上看到一篇转载的文章，题目叫《每天学习八小时以下是不道德的》，写这篇文章的人是一个在Harvard学语言的中国女留学生，通篇都在谈读过的书、上过的课、收集的资源和信息、见过的牛人、自己如何如何奋斗、学术有多么多么美好，说白了就是一篇经验教训杂谈。读完之后觉得蛮受鼓舞，很多话很有道理，有些细节也会感同身受，但自己是绝对不会像她那样成天除了学术什么也不敢有，毕竟自己的情况和她不一样，现实并没有逼迫着我非怎样不可。那我看她的文章又有何意义呢？就像她自己在开头说的："经验教训谈这种东西最不靠谱，别人的事情，也就是看个热闹，该自己奋斗的还是自己奋斗。"每个人的状态不同，还都处于不同的人生阶段，各自需要和想要的东西也不同，所以当周容老师发信息给我让我写所谓的"自传"的时候，我最初把它理解为"经验教训谈"，所以很担心它们会成为只能在当下给人以思考但实际上不会对现实有任何改变的鸡肋文字，更甚之成为一种误导（比如网络中普遍存在的集体潜意识），因为这样的文字无一例外地充满了说教色彩，很容易让人迷惑、看不清自己真正要的。

但后来老师说，希望我写自己成长的故事，仅此而已。我这才明白写这些文字的意义并不是告诉读者我们是"如何成功的"，而是我们是"怎样成长的"。定义一个成功者太难，看成长本身却相对简单得多，因为最终总是殊途同归的。只要在生活中是位有心人，就能像乔布斯在斯坦福毕业典礼上说的那样，在回顾的时候把人生中的点点滴滴串联起来，并惊喜地发现当时看似平常的决定对自己的日后产生了多么大的影响，同时觉得豁然开朗。这正是我们这几位workshop学员现在在做的，也是之前无数的传记写手们已经经历过的。申请这条路走得异常艰难和令人心慌，如果有哪位读者在阅读我们的文字时发现自己在经历与之相似的过程，并且能从中受到启发而走得更

从容或勇敢些，这正是我希望看到的。仔细想想，我自己便是传记文学的受益者，在上了高中之后曾先后读过很多人的自传或传记，曾子墨、李彦宏、邓中翰、李开复……我都能从中收获到激励与灵感，可以从某种程度上说是它们支撑着我不断坚持和努力，也塑造了现在的我。这也是我现在分享我的故事的目的。

琴 童 生 涯

我从4岁开始学琴直到上初二，一下就坚持了十年。这是我迄今为止做得最无悔的事，也是从现在看来令我收获最多的事之一。

4岁是一个什么概念？我听父母说，在我第一次汇报表演时，我屁股冲着观众，对着钢琴深深鞠了一躬……这直到今天仍被我们家津津乐道的故事便是一个4岁的孩子做的。所以其实当初学钢琴根本不是我自己的决定。但现在的我不止十次地感谢父母当初为我作出的这个决定。也就是1996年的事情，当时家里并不宽裕，好几千块的钢琴说买就买了。我问母亲为什么当初狠得下心，她说她早就看出我是如此热爱音乐。我曾是个很闹的孩子，但我能在录音机前很安静地待上好几小时。那么多玩具，我唯独钟爱玩具钢琴。或许这就是缘分吧。李开复在自传中写道："兴趣就是天赋，天赋就是兴趣。（You are good at what you love；you love what you are good at.）"母亲早就认识到了这一点。

之后便是日复一日的练琴、每周一次的回课以及乐理课，这样的日子持续了十年。身边总有朋友说我因此少了很多童年时应有的快乐，我却不这么想，认为只是快乐的载体不同而已。我极早开始接触古典音乐，维也纳新年音乐会我直到现在依然坚持在看，十几年从未间断。当时在宁波，演出并不常有，但大大小小的独奏音乐会、交响乐团演出父母几乎都带我去过，我自己也曾在市音乐厅、天一广场等不少地方表演过，所以我对舞台有着天生的敏感和好感。很早开始学琴除了带给我扎实的基本功之外，也让我欣赏了很多不同种类的音乐，从此对于音乐和表演的热爱只增不减。爱我所学，学我所爱，我认为这是很幸福的事情。

更重要的是，学琴潜移默化地塑造了我的品质。在学琴的过程中我并没有过多地觉察，但如今回顾的时候发现，它让我那么早就养成了做好一件事情的习惯，并因此而感到幸运。在这里我想分享我在申请过程中写的其中一篇essay，《钢琴与我》。

Piano & Me

12 years ago when I, a 4-year-old kid, saw my parents move a piano into home, I couldn't imagine I would learn to play it in the following 10 years. But nowadays when I, a 17-year-old high-school student, look back the whole thing, I see the piano not only an instrument I love and play well, but also what helps me realize three ultimate elements of reaching success.

After I started learning piano at the age of 4, an unexpected problem soon appeared: Every Saturday, I went to meet my teacher for a 2-hour lesson; every Sunday, I went to have a music theory class accompanied by mom; every night from Monday to Friday, I had to practice for about 2 hours-I had little time left for playing with other young kids in the community.

"You're so different." my friends once told me. That was true. I didn't own a Gameboy; I didn't watch any cartoons such as *Dragon Ball or Transformers*; I often was the last person to know about a new fad popular with kid my age.

I sometimes did feel lonely, but it was my choice to be different. Because I loved music; I enjoyed hearing those beautiful and famous melodies flowing out of my fingers. I resolutely executed my routine for practicing and firmly stayed away from those "charming" things. Time passed, and I felt less and less interested in those diversions.

It was one thing that made me carry on FROM THE START-**courage**.

When a person starts to face a new challenge, just be courageous-It would make one carry on working steadily.

One day when I was 11 years old, I told mom I wanted to give up learning the piano, for it occupied so much time and might affect me not doing well in the secondary-school entrance exam. Mom only said, "Once you've started doing something, try your best to finish it. Or else it's worse than not doing it at all."

I thought about her words and about how incomplete my piano career was:I hadn't done a show or taken part in any competition; I only had learnt some pieces and that was all. If I gave up at that moment, all I did before was a waste of time, and I would be filled with remorse for all those costs. I decided to carry on, for fulfilling my work, for not letting my devotion lead to nothing.

As time went by, I played better and better. I was even recommended as a student to the Chief of Piano Department of Shanghai Conservatory of Music, who was one of the best piano educators in China, for more advanced technique and more complicated pieces.

It was one thing that made me keep moving and never give up DURING THE LEARNING PROCESS-**perseverance**.

During the course of doing one thing, a person should be perseverant, to finish it, to make the effort made before worthwhile.

When I was 14, I participated in the examination of Grade 10, which represented the best level of amateur players. When I watched other examinees practicing, I found many of them played awkwardly, without either emotion or technique. My teacher whispered, "These people just want to get that certificate. They learnt piano for 2 years or 3 and played only the pieces for examination. Their motivation isn't music itself."

The result turned out expectedly: I passed and got a "GOOD" score, which was only did by 4 examinees; meanwhile, more than a half failed. It reminded me the words about "motivation". To me, the motivation of learning to play the piano was the love of music not the certificate. It was obvious that some examinees' motivation made them rush: if one only thinks about utilitarian things, one wouldn't be able to calm down—to focus, on the thing itself. I could do better because I could focus on the thing I was doing.

It was one thing that made me do the thing well IN THE END-**concentration**.

If a person wants to do things well, he or she should be absorbed—it's essential to get close to the essence.

I learnt all these after seeing the panorama of my piano career, and slowly changed to a guy who found a way to do things right. **Every time, these three characters escort me from the beginning to the end, like a guard protects me from failure and a guide leads me to success-courage, perseverance and concentration.** They've worked every time-my study, my science essay, my volunteer work, my basketball playing-and I believe they'll keep working. I have faith that, with these three character traits, I can do anything.

我特别想感谢一位老师。老师姓宋，是我第三位钢琴老师。我特别感谢他，因为是他让我意识到了自己的特别，没有他，我的钢琴之路绝对走不了那么远。在我遇到宋老师之后，他夸我是他最好的学生，并且把我推荐给了当时上海音乐学院钢琴系的副主任巢老师。巢老师每个月给我上一次课，由她来布置我的练琴计划，宋老师在接下来的一个月引导我跟着计划走。巢老师很和蔼，上课极生动，她不仅教技巧，还上历史课，她让音乐活了起来。我那时常想，原来钢琴还可以那样弹，音乐还可以那样听。在那段时间里，我的进步是最大的，练到最后时常能感受到从心所欲的感觉。但就在我越弹越好时，我遇上了人生中最大的抉择之一：巢老师希望我能转学到上海音乐学院附中，从此走上音乐的道路。我想分享的第二篇文章《上不上音乐学

院》便是关于这次选择的。

Conservatory or Not?

The choices about individual's future are among the toughest ones to make. Friends around me usually said that whether going abroad for college was the hardest decision they ever made. Someone even struggled for more than two years before making up the final mind. But to me, it came three years ago, and it was to decide whether dropping middle school to learn piano in conservatory or not. During the process of measuring and thinking before making decision, I figured out what music really is and what I really want.

When I was in Grade 4, my piano tutor, thinking that I was qualified for more advanced technique and more complicated pieces, recommended me to his teacher Mrs. Chao, the Chief of Piano Department of Shanghai Conservatory of Music (SHCM), who was one of the best educators of piano in China. After several lessons, Mrs. Chao invited me to transfer into the secondary school attached to SHCM and to prepare to become a professional. My family thought it was too hard to stand out in the music industry. But her words were so persuasive that she nearly convinced me. She made me realize that I was different from other kids. She said that not only I had laid a solid foundation because I started learning piano at the age of 4, but also I was very talented. "You've got hands made for piano-your fingers are long, strong and flexible. So you can handle from high-speed etudes to striking chords. But what I cherish most is your feeling about music. Your pieces are not only fluent, but also emotional and colorful. Trust me Han, very few students can do that at this age."

During the next several days after talking to her, I had a strong feeling that I had already step into the gate of future. I could see myself playing piano on stage, dressed in a tuxedo. I could hear the crowd applauding. I truly loved music, and to commit myself into what I love must be the best thing ever. I believed I could make it, because I had got talent...I got talent and...what else?

At that moment I realized that talent was the only stake I could offer in the bet with future. And that stake was much too unstable and unreliable. My feelings about music weren't like something reasonable that my brain could figure out, nor something stemmed from my experience in the real world. They came only from improvisation, and just made the audience feel right by luck. But true art is the expression of inner feelings. Composers write music because they feel something and want to say it out. Only the musicians with similar experience and reflection could perfectly perform the piece, and finally cause the strongest resonance inside the audiences who also have that kind of experience and reflection. But me? I was just a kid who had so much To experience, To see and To hear of. If I chose to study music in conservatory at such a young age, I would stuck in one piano room practicing for 10 hours every day and keep missing wonderful scenery along the journey of my life. I don't want that.

So finally, I decided to stay in my middle school. As time goes by, I become more and more confident that I made the right decision. I got into a normal high school, met people of different types, felt exhausting about demanding homework and tough exams, began fascinated by theories proved by math teacher and anecdotes told on history class. I've felt my life more and more colorful day by day, and been extraordinarily amazed by what life can teach me. That's the way it supposed to be.

I hope there is one day, that the music I play could deeply move me myself. I know that day will come, because I've already felt myself blooming from my choice.

提到琴童，很多人会联想到"考级"这个词。我在初二考出全国十级，并且成绩是良好，当年全市只有4个，超过一半的人不及格。但我自己并不认

为这是我考出的最难的一个级。我在初一考出的B级才是我心目中最让我自豪的。它不同于全国考级，准备4首曲子再参加一次乐理考试那么简单。在考级当天上午有一项极其严格的笔试，会刷掉百分之六七十的人，进入下午考试的人除了弹奏早就准备好的4首曲子之外，还要考即兴伴奏等，是一次不折不扣对综合实力的考评。在考级前那几个月是我过得最苦的，我还记得乐理课和伴奏课常常重课，那时母亲会替我去上乐理课，帮我记笔记和录音；每天上学前在车上不断听母亲帮录下的两百多首中外名曲的片段；每一次放学之后去赶伴奏课，看着窗外的天慢慢暗下来，心想又是一天12小时的课程；校运会当天为了赶得上从上海专门请来的教授的钢琴课而不得不放弃练了一个月的项目……我想可能很少有人的初一会这样度过。最终结果也是异常惨烈，全市连上周边的区县只有11个人通过，我是其中之一。我听过很多学乐器的孩子说自己痛恨考级，觉得考级没有意义。我想说的是这得看自己如何处理考级这件事。如果像其中一些琴童那样，整整一年就练那么三四首曲子，学了两三年就敢考十级，那还真是没有任何意义。我越学到最后越能感觉到，如果不参加考级，那我学到的东西只能是皮毛。别的不说，正是B级教会了我如何用一双音乐家的耳朵去欣赏音乐，听得懂他们世界里的语言。而且我现在认为，在整个备考过程中学到的知识本身并不那么重要，我真正在乎的是那一段奋斗的经历。那是一段为追求自己想得到的而真正拼尽了全力的日子。在申请过程中我从未想过放弃，因为我知道自己想要什么。后来有很多次累得不想继续干活的时候，我会想起考B级的日子，那时候的坚持给了我激励与力量，我会想，考出了B级，没有什么是扛不过去的。而最后的成功也给了我莫大的信心，它也让我日后有勇气去不断尝试新的事物，并且最终把它们做好。傅雷曾经说过："不经过战斗的舍弃是虚伪的，不经劫难磨炼的超脱是轻佻的，逃避现实的明哲是卑怯的。"现在看来，考B级的过程，像极了出国申请与高考。一个人一生如果从来没有为了理想去拼尽全力过，那将是很可悲的，因为他从来没有超越过自我。

从 心 所 欲

　　我在2006年从宁波转学到了北京，那一年我14岁。这个转折有一部分是因为父亲工作的原因，但更多的是父母对于我未来发展的考虑。在宁波可以生活得很舒适，但始终是缺乏活力的，至少对于基础教育来说。我们太想当然地接受发生在自己身上的一切，不会去质疑，刻板模式下的我们只知道"在……时候，我们该……了"。在当时我的世界很小，但我以为那已经是全部了。我在上初中时几乎一直是班里的前两名，但这样的"稳定"却让父母感到不踏实，他们的观点是我绝对有能力做得更多，我应该得到更好的教育环境，并且有充足的信心我可以很好地融入那样的环境中。第一次听到他们的安排时我不愿意接受，因为感到很恐惧。对于当时的我来说我生活中的一切都似乎是"完美"的，我害怕改变。父母当时的说法如果单从字面上看我也并不理解，他们的意思是"你会得到更好的"，而我认为我所得到的已经"足够好"了。但我从他们的语气和神态中感受到，他们说的是对的。当时就是这样的一种感觉让我能坚持着往前走，理性的成分并不多。在我初到北京的那一段时间里遇到过很多困难，但我的忐忑从来没有战胜过那份坚定。

　　也就是在那段时间里，我真真切切感受到了"改变"的含义。不管从语言、学校里的，还是生活中的，很多事物都开始显得不同了。也就是从那个时候我开始学会了质疑，不再以理所当然来看身边的一切。我渐渐懂得，之前的自己根本是活在别人的规则或信条之中。我的思维方式完全属于他人，所以其实从来没有所谓的"自我"。当开始质疑，或者说思考时，自我才会开始慢慢发展。所谓思考其实就是"批判性思维"，它的成果才真正属于自己。也就在那个时候，一个人会开始"成长"。

　　从现在看来，那一次的改变教会我的远不止生活中的理智。这样的理智最终教会了我去感性。很多事情在做的过程中根本看不到它的价值，或者说意义，但是如果最初在作决定时心里感觉这么作是对的，就应该相信自己的

感受，并且在当下义无反顾地去坚持。记得在电影《美丽心灵》里有这样的台词，"答案不在脑子里，在心里"。就像乔布斯所说的，事情往往是在回顾时才会看清它们的价值。就像我当初刚来北京时，天天面对的是听不懂的课、完全不同的集体，很多以前的习惯变得毫无必要、很多从未尝试过的事需要去做，会很困惑也很失落，但如今我从中受益无穷，不管是从改变本身还是从之后发生的一切之中。从心而来的改变需要勇气，而改变之后的坚持更需要勇气。所以在那段坚持的日子里虽然总会不断地被琐事所烦扰，但不要因为看不到意义和希望而放弃，一直不停奋斗就是了，同时一定要秉承着一个信念：总有一天我会看清它的意义，而且我将从中有很大的获益。

感 谢 实 验

转学到北京除了很多纷繁复杂的"程序"之外，最后一道坎便是选校。最终选择北师大实验中学除了因为是北京市最好的学校之一，还因为它的校训，"会做人，会求知，会办事，会生活"。如今看来，实验正是按照这样的培养目标去做的。

虽说心仪这所中学，可最终考入还是颇费了一番周折。一开始去找，学校说是这样的转学根本不可能。后来在软磨硬泡下依然说不让转但给了我一次参加学校期末考试的机会。因为教材不同，那份期末试题我做得相当不舒服。再后来就是漫长的等待，整个寒假结束了还是没有信，问学校学校也只是说让再等等。直到新学期第三天才通知我，可以去上学了，把我录到了理科实验班里。我在实验4年半的中学生涯由此开始。

刚到实验时颇不适应。感受到的除了困难就是困惑：北京普通话怎么和宁波普通话差别那么大？上英语和数学课头一次开始听不懂了，大家上课时都在笑什么？上语文课怎么可以不用教科书？写周记怎么都不命题？这里的人讲话真直……那段时间里感到很难过也很孤独，甚至有些神经质。但也就在那一段学会了去反思，去审视自己脑中曾经以为一成不变理所当然的想法，这才发现自己大脑的疏懒和大意，开始意识到根本没有什么是针对个人，也学会了宽容与理解。也就在那一段时间，我和新朋友们做了很多学习之外的事，我开始发现自己越来越融入了这个集体，也开始明白哪怕作为学生，学习也只是生活中很小一部分而已，尽管它相对重要。而且任何一种经历都是一种学习，它总能教会我成长，把我变得更完整。

进入实验的高中后我选择了英语实验班，一部分是因为它年年优异的高考成绩，同时也因为当时出国留学的想法已经在脑海中成型。常常会听人提到说美国的高等教育非常出众，留学很磨砺人，等等。自己也开始在新东方报名上标准化考试的课。然而最终让我坚定地选择出国留学的，是源于高一暑假学校组织的一次支教活动。我和另外9名实验高一的学生，以及来自达特茅斯、牛津、剑桥3所大学的10名学生组团到安徽宿州支教。在那10天里，给我留下深刻印象的不仅仅是安徽的那些学生，还有那10名大学生。与他们相处的日子里我充分感受到，他们会学更会玩。不论上课、演讲还是表演，他们都是落落大方、具有感染力；而私下里在一起时我们永远都不会无聊，永远有做不完的事、说不完的话，他们似乎什么都知道；每个人都充满了个性，而在一起时又是那样团结。快乐成为了主题，正是它打动了我。我真心希望成为他们之中的一员。我特别同意一句话："如果我们将学过的知识忘得一干二净，最后剩下的东西就是教育的本质了。"换句话说，应试教育能给人留下的东西并不多。教育的本质在于塑造一个人的能力和品质，培养的不是专业机器而是一个个"完整的"人，我在那10名大学生身上看到了这一点。支教结束后，我下定决心要出国留学。

实验近年来特别强调的培养目标是"国际化视野"，这绝不是一句空话。作为选择出国的人，我成为了最直接的受益者。在高二时，实验给我了两次机会，而每一次除了让我得到意想不到的收获之外，都更坚定了我出国的决心和信心。第一次是选择我以一名志愿者的身份参与由实验中学承办的第三届"全球对话"活动(Mondialogo)。第二次是选择我作为两名学生代表之一陪同袁校长出席在美国举行的"蓝带"学校会议。我想在此分享我的两篇

essay，分别讲述了这两次课外活动和我的体会。

Mondialogo: Intercultural Dialogue & Exchange-The Audacity of Hope

I once believed for a long time that worldwide peace is ideal and only existed in Utopia. Because I found the hatred between ethnic groups had been further deepened as time went by. I saw the news that the conflict between South & North Korea kept escalating, maybe one day into a major war. I always heard from time to time that confrontations between Arabs and Jews in Palestinian territories caused a certain number of people's death. I learnt from my History teacher that the big powers intervened in ethnic conflicts as mediators, but the purpose was for their own good-sometimes they even intentionally aggravated those conflicts. To me, peace seemed insulated from the world. But after taking part in **the 3rd Mondialogo School Contest** in Beijing hosted by our high school as a volunteer and a participant, my view has changed since.

Daimler and UNESCO initiated Mondialogo to create long-distance bonds, each to form a team between two high schools from different countries. Each group spent more than one year to carry out a project with a theme of peace, sustainable future or cultural diversity. From 25-28 September 2008, 25 of almost three thousand partner teams met in Beijing as finalists. A month before the final, after chosen as one of 25 volunteers by interview, I prepared myself by getting familiar with the full contest schedule for guiding two representatives of one team during the final.

At first I thought I participated in Mondialogo just to see what high school students could do and what the largest global contest for school students was like. But as the contest proceeded, I started to understand that the point for us volunteers was not the school mission that "to communicate". It was about each conversation adding another layer to what we felt about "communication". I remembered passing Pipe Street with Merve, a girl from Turkey, and told her the anecdotes about this old Peking hutong and citizens lived here a hundred years ago. I remembered struggling to come up with nearly 20 Chinese names for friends of Jer, a boy from Philippines. I remembered receiving from the Indian girl Shivani a painting as a present, with the smell of Curry sauce. I remembered during the Gala evening ceremony the Azerbaijan girl Ulviyya giving me a brochure about traveling in her country, and we talked about things happened in our schools, people we met during the contest, and college we wanted to apply in the future. I began to realize the significance of what we, students from 47 countries, met in Beijing to achieve. It gave everyone a second chance at different culture, and it gave each of us the opportunity to help give this gift.

But the most amazing part is, I've been changed and started to believe that world peace is not that remote and unachievable. We all know that communication creates opportunity and development. So the world's prospects rely on inter-ethnic harmony to a great extent. In the past, I was negative about the future because I always saw prejudice, exclusion and discrimination between nations. But after being with these young people for 4 days, I felt an unprecedentedly strong hope I ever had about world peace. We all can see that, although we are from different countries and belong to different races, we're not that far away. We can speak the same language. We listen to the same music and watch the same film. We can get together not only because each can share something unique, but also that we all can be touched by something beautiful-that's the thing we share in our blood, our human nature. I was deeply moved by a team formed by schools from Syria and U.S.A., which asked refugee children of Iraq War in Syria to paint their memories and hopes and created a book. When their representatives were doing presentation to the Jury, I saw their courage to face their common tragedy, their understanding

and magnanimousness to the past sin, and their sympathy respect to the weak and their respect to each other. The future belongs to us, and since now we've already had this level of commitment to people and things around us, I believe that the power of peace will transcend anything to dominate the future.

Yes, we can.

Ice-breaking in U.S.A.

Elected as one of 2 student representatives, I attended *Blue Ribbon Schools Blueprint for Excellence Conference* hosted in December, 2008, in South Carolina, U.S.A. with Principal Yuan. This was my first visit to U.S.A., and it left me great impression not that what a perfect ending I would have as a high school student because I had represented my school to attend such an important conference, but a fresh beginning of my understanding about the word "LEADERSHIP".

During the conference, one of my missions was to give a lecture about international exchange activities our school participated in to those American principals and educators. When I was writing the article *Intercultural Education-A vital and enriching learning experience* and struggling for the wording at home in Beijing, or doing the presentation at the front of the auditorium as a student representative of the only school from China, or answering questions from the audiences, I could feel great responsibility as the image of our school and Chinese students. I started to realize how different between playing a role as a top student and as a student representative. Possessing cleverness and ability to handle one's own business is far from being qualified as a leader who represents the image of a group and speaks out common voices. It's not something a normal school life can give.

I also joined the student forum proposed by the conference president Bart

Teal, which was to establish a website with the theme of world peace and to decide what to put into in the following year. When communicating with the other 8 American high school students for the name of the website, and using what I learnt from school to add some Chinese elements into the site's content, I began to think about what my knowledge could lead me to. A top student or maybe an erudite person in the future only? Is that the value of my life? People call life a battle, but what are we fighting for? Working with those students, I felt that if I don't put my ideas into practice, all what I've got, my knowledge, my talent, and my innovation, are meaningless, so is my life. With the changes I can make materializes the value of life. That was what we were doing as leaders of different people, to make a change. And that's what leadership is about.

In the past I was afraid of being a leader. I was scared when thinking about making mistakes and getting criticism and satire from people. But what I never realized is, the more I give, the more I'd receive. Those experiences, fruits and inspirations aren't something could be touched by everyone. They're for those willing to try and dare to bear more. Like what was said in the movie *Transformers*, "The Matrix of Leadership is not found. It is earned." I cherish my first visiting to U.S.A., because when I was seeing and experiencing, I was changing and growing.

我想说，实验是一个不仅让人的梦想发芽，还会帮助它开花的地方。I felt myself bloom in this environment. 如果让我用一句话来形容实验，我会说："实验可以让你成为你想成为的任何人。"这里除了Stereotype之外什么都有。我在这里体会到了什么是Diversity。我想哪怕什么都不做，光是看着身边的各种人以及他们做出的各种靠谱与不靠谱的事，我也能像现在这样热爱这个地方。很难定义实验人是什么样的，因为任何类型的人都有可能是实验人，前提是只要他们够优秀。各种各样的人让实验充满了多姿多彩的故事，

也带给了我无数的感受。它们给了我灵感与鼓励，教会了我成长与爱。我从未找到第二个地方比实验更鲜活、更丰富，还有，更真实。会有一些同龄人对我如此热爱我的学校感到诧异，可能很多人在抱怨自己学校哪儿哪儿不好，平常和同学聊天时会就着学校的某个决定某个人某件事说个没完没了。这样的事哪里都会发生，但作为一个刚从高中毕业10天的人，我感受到的是对实验的感谢和热爱。正如《美国丽人》所言，Take it easy，and you will find the beauty.

学 术 与 我

留学申请的第一道坎便是标准化考试。和当初很多同路人一样，SAT对我来说不好考，很伤脑筋。报的是6月份的考试，但在4月份上过模考班后感觉依然不好，脾气也开始变得暴躁。那是段真正孤独的日子，希望和梦想被残酷的现实吞噬着。真正意识到问题本质的所在是在一堂语文课上。当时我的语文老师尚建军提到了他大学军训练习射击时的一个细节，说教官交代射击的要诀是8个字："有心瞄准，无心扳机。"我很快体会到原来自己标准化考试在很长一段时间进步缓慢的原因是自己的心态。过于急功近利是无法让自己冷静下来的，这个时候根本没有可能安静下来真正干活做学问。我想到自己高一时4次大考从未出过年级前50，细想自己保持这么好的状态的原因也在于心态上。上了高中之后开始体会到了学术之美，觉得课内学习是一件极有意思的事情，虽然课外活动依旧丰富，但对于学术却专注到了偏执的状态。至于成绩，却反而从未过多担心过。因为脑中功利化的东西少了，所以能够冷静，由此便专注了，认真地活在当下，留意每一个细节，偷懒就几乎不存在了。我如果换种思路去看，标准化考试其实是充实自己的一个机会，像SAT的OG上写的那样，"connect to college success"，在进入国外大学后能尽快适应，能听得懂课，读得完教授布置的阅读任务，能自如地和同学交流。说出国难，其中有一点便是你会接触各种各样的信息，而你却无法分辨哪些是真的，毕竟这还是条少有人走的路。你在其中会变得越来越心慌和茫然，感到意志力逐渐地被消磨。这个时候，踏踏实实地活在当下比什么都重要，想清楚了，然后专注于学术本身，不要过多地在身边的琐事中投入精力。因为人活得简单一点才能抓住一些东西。

几 位 恩 师

在漫长的申请之路中，光保持一个良好的心态还远远不够，我幸运地遇到了几位老师。他们给我的启示和鼓励不仅帮助我克服了申请中的一个个难关，还给了我未来做好任何一件事的信心。

在我准备SAT进入5月后，我的成绩仍然没什么起色，主要问题出在CR上。按照我惯常的"做题是王道"的思路，我在第一个星期扫完了OG所有的题目，又在之后的几天之内做完了Princeton Review的阅读题，可是仍没有显著提高，经常还会在规定时间内做不完。我很纳闷，自己做了那么多题，又在很忠实地背着老师的讲义和笔记，照例说方法应该已经熟练掌握了，可就是没有进步。在快要绝望的时候，我尝试着上了新东方岳建辉老师的两次VIP课。在刚开始总结问题的时候，她对我百分之百效法他人方法的做法表示很不屑。我解释说我自己做不好，而别人用这种方法能把CR做到错十个以内，我就得学习别人，这很顺理成章。这时候她说了一句话："不适合自己的方法就不是好方法。"这句话现在看来太重要了。也许听上去很容易理解，但其实它适用在人生任何一次选择上。我不再在不适合自己的路子上继续钻牛角尖，而是颠覆了自己之前的做题套路。幸运的是，用了新方法的我，在考试前8天里最后给自己掐时间做了4套真题模考，分数一次比一次高，而且是明显提高。6月6日第一次去香港考的SAT，成绩是2130分，CR也上了600分。我不仅为自己终于找到了适于自己的方法而高兴，还很感激老师教给了我那么重要的一种思路。不要去理会他人的信条和准则，要学会倾听自己内在的心声。选择的路，适合自己的才是最好的。

然而做好一件事，仅仅有正确的方法还不够，搭好了骨架，最关键的便

是往上面填内容了。我的托福口语VIP老师朱雅然和我说，那些所谓的高考状元们，成功的原因不是因为他们把课内学得多么扎实、记得多么牢，而是因为他们在上高中时早就把大学课本都学完了。她这样总结，在某一框架之内，做得最好的往往是能够跳到框架之外的人。我想到了在实验中学，有次期中考试总结会上的年级第一的发言，他说自己的课内作业只做百分之十左右，一直在弄竞赛。我又想到了在workshop班里一位CR得到800分的同学，她痴迷于西方文学，甚至准备在大学主修文学专业，她的成功来源于那大量的原著泛读。我开始明白，把一件事做到最好的状态并不是面面俱到，而是游刃有余。

在后SAT时代，我把主要精力放在了文书写作上。我有幸加入了名气已然很大的新东方workshop班。我特别喜欢工作坊这样一种形式，完全区别于普通的一言堂，每个人都有机会畅所欲言，在每一次课上认真地参与之后，回家的路上我就能感觉一下子有了很多灵感。我觉得这其中最精彩的部分莫过于周容老师把北京乃至全国最优秀的一批申请者汇集在一起，让大家能有互相认识和交流的机会，我们相互鼓励、获取重要的信息，也逐渐成为了非常好的朋友。我和workshop班的几名同学在今年2月份时合作组建了ATP能力训练营，目的是想通过讲座的形式帮助在我们之后的申请者训练他们的综合能力，周容老师特别用心地帮助我们张罗这次活动，让我们把理想变成了现实，在过年之前我们第一次走上新东方的讲台分享我们认为有价值的资源和经验。我最想感谢周容老师的一点是她不断地给我们提供机会，因为对于我们来说，拥有一个舞台太重要了。

还有两位老师我不能不提。说到大学我想主修的专业——数学，我想这有很大一部分原因要归功于我高中的数学老师黄辉。在上了高中后第一次作业点评她就表扬了我，说我的论证过程简洁清晰，希望同学能来看看我的作业。就因为她的这些话，我在高一的数学作业从来都是全班做得最好的，成绩也是。她越是鼓励，我学得就越认真，也因此发现了数学的乐趣。我很多的好习惯都是在那个时候养成的。说到我最惊险的一次考试我认为是高二寒假参加的

SAT2。那时因为不合理的时间安排，到最后只剩下6天时间，我除了听王燚老师的几堂VIP课之外，模拟题压根没动过。在只剩3天的时候他还发了烧，那个时候真是差一点就要放弃了。王燚老师在看到我的短信后主动约了一次答疑时间，那天在肯德基为我和另外一名同学答完疑后已经过了夜里12点。回来之后我想如果连老师都没有放弃我，我就根本没理由放弃我自己。接下来的那两天我就拼命抠时间做他给我留的几套题，到去香港时我已是成竹在胸了。最后的成绩也验证了我的感觉。如果说每个人都有一对梦想的翅膀，那么两位老师给我的信心和关怀便是那充满魔力的羽毛，让我能展翅飞翔。

资 源 共 享

在我看来一本好书应该具备三个特质：informative，inspiring，soothing。《遇见未知的自己》就是这样的一本书。它是一本关于身心灵修行的小说，我读完后感觉化解了自己很多的困惑，非常舒服。我因此开始思考自己真正所想要的是什么，并根据书里的启示开始学着快乐地去生活。Life is hard，就是因为我们总有些东西放不下。这本书教会我如何看待自己的过去和身边发生的一切，读完后感觉很释然。我认为每一个选择出国留学的人都值得去读。

我还想分享一个网站，TED.com。它是一个分享视频的网站，内容是TED会议上的各个演讲。这个会议每年会在美国加州举办一次，它的演讲者每一名都非比寻常，他们可能是总统、音乐家、导演、摄影师、作家、建筑师、设计工作者、企业CEO、探险家、教育家、品牌创始人、学者，甚至有可能是所谓的"神童"，而听众也都是和他们一样优秀的人。TED的演讲主题可能是任何一个领域，你不仅能目睹当今令人咂舌的前沿技术，还会听到充满智慧的发言，你能感受到所谓的Critical Thinking的真正含义。这是一个不得不看的网站，不管以哪一种初衷，哪怕仅仅是练习托福听力寻找SAT写作素材，它都将让人受益无穷。

父母问答

Q 请简单概括下您的教育方式？

A 从小培养孩子良好的学习习惯，重视综合素质的培养。

幼儿园起培养孩子回家的第一件事情就是完成当天的作业，然后再做其他的事情。孩子从幼儿园起，各个时期的学习成绩都是名列前茅，同时，在幼儿园时期开始学习弹奏钢琴；小学时期学习游泳、书法。大约4岁起，培养孩子收看维也纳新年音乐会的习惯，延续至今从未间断。

Q 在孩子成长过程中，您最注重培养的几种品质是什么？

A 注重培养孩子健康积极的性格、善良感恩的心态、坚持不懈的精神。

Q 在教育过程中，您觉得您做过的最骄傲的事情是什么？最有风险的事情是什么？

A 最骄傲的事——把他培养成富有爱心的孩子。

小学二年级时，在家长的帮助下，以孩子的名字捐助一位失学女童。小学高年级时，发现孩子总是比其他孩子晚很多时间走出校门，直到学期快结束时一位同学的母亲很激动地来感谢我们家长时，才知道孩子晚出校门是为了帮助这位性格非常内向、学习很困难的同学补习功课。在孩子的帮助下，这位同学得以继续完成小学学业升入初中。直到现在，他们仍有联系。

最有风险的事——转学北京。

初二时，孩子在浙江宁波的学习成绩始终名列年级前5名，已经拿到了中考最高的加分，但我们为了孩子得到更好的教育，决定移居北京。孩子要承受完全不同的生活环境、不同的教材、不同的教学方式、陌生的老师和同学。孩子凭借自己的努力进入了北京市的重点中学，并很快融入了新的集体。

Q 您是怎么处理两代人之间的沟通问题的？

A 和孩子平等交谈，多听孩子的心声，尽量多地了解他感兴趣的人和事物。

Q 根据您的经验，您对其他家长的意见和建议是？

A　1. 想让孩子做某一件事情之前，一定要告诉孩子做这件事情的目的，让孩子自觉去执行。

　　2. 让孩子去经受一些挫折未必不是一件好事。

　　3. 如果想帮孩子出国留学，一定要早作准备。孩子出国留学对家长是一件工程浩大的大事。

Q 您的孩子马上要离开您，到大洋彼岸，现在您最想对他（她）说的是什么？

A　快乐地学习，健康地学习，专心地学习。

耿然
我的青春，一直在路上

她聪明，奥数对她来说一点都不难，北京数学竞赛她是第一名

她优秀，作为北京市代表，参加第一届中国青年营活动

她生活丰富，擅长舞蹈；热爱cosplay和收集动漫手办，五年如一日

她曾感受过最真实的日本，去美国参加全球青少年的领袖论坛听各国口音

她不怕困难，执行力超强，成功组织22校联合校园歌手大赛

她喜欢自嘲，她喜欢换发型，喜欢自己和别人不一样

她有最民主最认真最有爱的父母，有最给她启发和感动、让她珍惜的好友

她专注，从不会半途而弃

她叫耿然，最想去的地方是海边

地球对面的太平洋，就在她眼前！

我生活上好的习惯，是妈妈"养"出来的；我与人交往中的沟通，是我爸爸"听"出来的。这种"听"和"养"就是他们十几年来给我的最大的帮助，是我一生的财富。

我 们 仨

——"我就是有这么有爱的父母"

　　直到离开家后，才发现我本身的很多东西是走遍天涯也寻找不到的，而这些属于我个人的特质都是家庭给予的，它的影响并不是突然的，不是让我一下感触到，但是我觉得会有潜移默化的影响。家，对我而言，更像是阳光、土壤，虽然平常，却必不可少；虽然不炽烈，却在点滴滋润，润物无声。

　　我爸是工作以后考的研究生，在备考的那段时间里他每天趴在床头柜上学日语，书里面是满满的标记，每天晚上他学我也学，经常到很晚。以至于最后，别人的父母都逼着孩子学，我的父母却每天晚上催着我睡觉，担心我的身体。他们的影响力都是从生活的一言一行中传递给我的，很多时候，不用多说，只需一个动作、一个习惯，对我的影响可能就是终生的。

　　我爸在教育上比较重视方法，一直以来我和爸爸关系比较平等。他经常跟同事说，在家庭教育中既要当教练，又要当学生，还要做朋友。

　　当教练就是必须要了解我，所以他经常会站在我的立场上考虑问题，不会在不懂我的情况下就胡说一气。他当时教我奥数，但他总觉得那些题过分强调人的思维能力，可能跟我不是特别符合。我不是那种特别有"巧劲儿"的人，本身做什么事都需要投入很大的精力，并且脚踏实地才能做好。他认为聪明并不是引导可以造就的。在奥数上本来没有这个细胞，就不要白费力气，与其如此，不如踏踏实实去做喜欢的、擅长的事。

　　除了做教练还得做学生，这一点让我懂得欣赏自己的优秀之处。在我爸写作文的时代里，大家都写学雷锋、给老人让座。我的作文平淡无奇，像流水账一般。他就教育我说，你可以往里面加一些"料"，增加可读性。我却批评他不实事求是，不抒真情实感。后来，爸爸总对我说他特别有感触，因

耿然——我的青春，一直在路上　　·235

为我能够这么执著地坚持真实。这也让我更加认可自己的优点。

爸爸除了讲究方法之外，还比较平和和宽容，不会因为你是小孩就认为你什么都不懂、非要给你把关、替你控制。他是站在一个平等的地位上，帮助孩子去看。他会想去了解我的近况，并且以一个友人的身份为我提出建议。我在写personal statement之前，觉得交流活动只是一个经历罢了，并没有什么好写的，但是他不这么认为。聊天中，他开始回忆起我"理解鄙视中国人的人"的论调，回忆起我去交流活动之前废寝忘食上网了解各种文化的情景。他说他能从这些思想和习惯中看到一个不一样的我。这正是文章需要的！他从一个旁观者的角度告诉我他是怎么想的，让我发掘出很多自己注意不到的性格特点。

罗曼·罗兰曾经说过，生活是双方共同经营的葡萄园；两人一同培植葡萄，一起收获。而爸爸这种"教练兼学生"的教育方式，也正是使我们共同收获的基础。而且，一起奋斗、一起收获的过程中蕴涵的相互间的理解、包容、心心相印，使家这个概念更像一座城堡，里面的甜蜜能时刻作为我最坚强的后盾。

老妈和老爸是相反的存在。她很严格，如果我做得不好的话，会好好教训我一顿。但她在原则上却特别开明。我记得小时候，我们学校门口有一个银行提款机，当时进去以后觉得好玩儿，上面有插卡的槽，边上有一个废纸篓用来装废收据。仅仅是好奇心驱使，我拿起收据就往卡槽里塞。第二天回家时，工作人员通过监视录像认出了我，把我叫去批评了一通。回家后，我怯怯地向她承认错误，她却没再过问。听人说，孩子不闹腾的话就不是孩子了。我想妈妈只不过没这么说过，但从她的做法中着实能看出这种理念。

所以我生活上好的习惯，是妈妈"养"出来的；我与人交往中的沟通，是我爸爸"听"出来的。这种"听"和"养"就是他们十几年来给我的最大的帮助，是我一生的财富。

那 片 风 景

——"我就喜欢那种不一样的感觉"

开始萌生出国的想法纯粹是意外。有一次我听朋友说，在哈佛和别的学校踢足球赛的时候，对街的MIT的同学给每个观众发了一个带颜色的牌子，最后举起来竟然是MIT三个大字。当天的报纸上就有了"哈佛和某校比赛，胜者是MIT"的新闻。这不是我第一次听说MIT。很早以前，我就对MIT学生对科学的疯狂有所耳闻。传言说，进入MIT，在学习、睡觉、朋友这三者中只能选择一个。在这些"恐怖"印象的衬托下，那些有趣的恶作剧更让我感觉到MIT学生的灵气和智慧。同时，我也被他们的极端、怪诞所吸引，因为这些性格让他们与众不同。感觉美国大学竟然还有如此有趣的事情和有趣的人。这种生活氛围是我以前从未经历过的，这种新奇对我有着巨大的吸引力。

当时我的第一感觉是要去MIT，那也是我的第一个目标。一来是因为我喜欢那种不一样的感觉，这种"不一样"的感觉，就像我从没呼吸过的空气，一种强大的好奇心驱使我想看看那种别样的生活状态；二来是因为那里的环境，它比我听说过的任何一所院校都要包容，即使是那样古怪的学生也能在那里活得很快乐。

这个想法在家里一提出来，立刻遇上一盆冷水。父母不支持，我也就没有过问。但中考完之后，我万万没有想到，老妈开始提起出国的事了。她提醒我如果要出去，现在应该开始准备了。原来她从我初三开始就对出国的事特别上心，参加了很多有关的讲座。这对我出国起到了非常重要的作用。原来，我很不喜欢没有保障、大起大落的生活，尤其是在上大学这种大事上，我一定会和身边大部分同学一样高考。所以，如果妈妈没有这么做的话，出国的想法也只能是昙花一现。

妈妈给我找了很多资料，并且列了时间表，比如什么时候该学托福，什么时候该学SAT。开始上课并且接触到其他出国的同学之后，慢慢地就有了一些时间规划的概念了。原来我对自己的道路是没有规划的，小学、初中都是根据别人的安排去做事，没有自己的计划。但是在准备留学时间，我从很笼统的时间表开始，把事情一点点地细化、分类、安排，效率就提高了好多，而且面对很多事情时，自己也不会手忙脚乱。

我一直想学医，但是自从我和父母提起这个志向，就一直遭到反对。最初想要学医，仅仅是因为小时候总去妈妈的医院玩，对医院的那种味道情有独钟，喜欢看妈妈给小老鼠做实验。听到父母有理有据的反对声音，自己也很心虚。仅凭这种最初对生命的好奇心是无法坚定学医的信念的。于是我开始自己去了解医学，了解这门工作。在探索过程中我发现了在美国学医的艰辛，以及国际学生在道路上可能遇到的各种困难。曾经一度，我的想法开始动摇，开始怀疑自己是不是热爱学医，是不是有能力进入优秀的医学院，是不是真的能够忍受在学医路途中的种种艰辛。但在这同时，我也对为人所畏惧的美国学医之路更加了解。当人脱离未知的恐惧时，即使摆在眼前的是困难，也觉得这只不过是人生中必要的挑战罢了。现在，我已然摆脱了那种单凭一腔热血产生的热情，开始现实地看待儿时的梦想了。

申请的时候，我报了十几所大学。十几所中我最钟爱宾大，觉得宾大气氛更加适合我。对于宾大的喜爱，源于她有种大城市的包容感和多元化，氛围很开放。宾大毕业典礼上，可以看出宾大培养出的各种各样的优秀的人。毕业典礼的一个内容是各学院的院长公布学生获奖名单，本科院、美术学院、政治等学院的学生，还没等院长说几句话，就开始尖叫起来。相反地，医学院、法学院的学生都认真地听完实际上很无聊的院长讲话，似乎思考着什么，院长下台后也只是简单地鼓掌。但不论是这些院长还是学生，都未流露出任何尴尬的表情，其他学院的学生也没有对这种和自己不同的反应感到大惊小怪。那里的包容就在于同一片土地上会有不同的环境，而不同的环境下会产生不同的人，不管什么样的人都会得到平等的待遇和足够的尊敬。这种丰富性吸引着我，让我迫不及待地想投入她的怀抱。

人生道路上不时散发出芳香的花朵，都是从偶然落下的种子自然生长起来的。出国、学医等，很多都起源于不起眼的小事。也许最明亮的欢乐火焰都是由最意外的火花点燃的，但即使是一个意外，也需要细心地培养，最终让这火苗不断壮大。一路走下去，不同火花营造出的不同的风景就会在生命中徐徐展开……

细碎的积累

—— "我就喜欢那种在路上的感觉"

人生的白纸全凭自己的笔去描绘，每个人都用自己的经历填写人生价值的档案。回头看看我的高中，才发现我们的生活原本有很多选择，人生的大幕会随时拉开，关键在于你要选择站出来还是逃避。

我不愿意放弃摆在自己面前的机会，所以在看到我的简历时，别人常用"丰富"来形容我的高中生活。既要准备那么多的考试，又尽可能地参加了各种活动，虽然累，却感觉非常充实。我从中获得的阅历积累，也是最宝贵的财富，也是申请过程中最关键的内容。我的班主任说，我很神奇的一点是，即使揽了很多事，看起来手忙脚乱，最终总是完美地把每件事做好。

高一时，我是学生会外联部部长。对于学生会工作，我花精力最多的是22校联合校园歌手大赛。最初组织的时候并不是很轻松。首先，学校数目比较多；其次，我们的赛区比较混乱，学校推荐的歌手迟迟选不出来，有些学校校方也并不支持我们的活动，甚至导致很多学校联合退出的状况。最后我们不得不运用了签署协议的强制手段。对于这项活动，现在回想起来，这些困难根本不算什么，更耗费时间、更让我们无从下手的，是无数琐碎的细节：卖票、节目安排等。很多大的困难分析下去，就是一些小的疏忽造成的。九层之台，始于垒土，对细节的把握不仅在活动中，在生活的各方面都是极其重要的。

高二时学校有个去日本的学生交流活动。当时叫福田计划，主要是去当地的学校参观，参观民俗馆、科技馆，听讲座，还有进行一些民俗交流。住在日本的同学家里面，体验一下生活。

当时我寄宿家庭的孩子是一个比较内向的女生，在他们家住的时候，首先就感觉到之前的培训内容还是很有作用的。比如培训的时候说到晚上日本人习惯泡澡，一家人用一盆水。客人必须要把身体洗干净了再去泡，而且千万不能放水，或者在浴缸里搓澡。很多生活细节经过这样的培训后，就无须不断犯错误再了解。充分的前期工作让我更好地利用短暂的交流机会，用他们日本人的方式体会他们的生活。

和日本同龄学生的接触中，发现他们和中国中学生很不一样，和西方国家的非独生子女也不同。同样是我寄宿家庭的那个女生，她有一个哥哥。我本以为因为是老小，所以会任性一些，因为哥哥总是会向着妹妹。但她不同，常常为父母去分担一些家务，减轻父母的负担。因为她是女生，所以比哥哥更有义务，这大概也是日本家庭中对女性不公平的一面。

对另一种生活方式的印象，如果间接获得，总是会有误区。原先我看日本的动漫比较多，大家议论的时候也会说到，日本人吃饭之前双手扣在胸前说"我要开吃了"，饭后同样的动作说"我吃饱了"。所以我总认为日本人的生活很麻烦，各种各样的礼节会降低他们的生活效率。但真正进入家庭，才明白那种古代发展来的礼节在当今的社会早已经很大程度地退化，只不过在动漫中，以及我们的闲谈中，把它夸大了。我从未听我的日本朋友说一句"开吃了"，而饭后也只是关门前小声地带一句"我饱了"，甚至没有人能听得到。这种礼节，不再表现在外，而是已经成为遗留在人们心中的痕迹了。这样不同的感受，只有亲身经历才会更加真实。

当时福田首相提出这个计划的时候，如果只是想互相交流文化技术，或许就根本不用如此兴师动众，也不用进行民俗交流。我想他可能是想从中学生开始交流感情。就像东北人，因为家乡历史上曾被日本占领，思想上对日本更加保守甚至抵触。从生活的角度出发，让大家在平凡的柴米油盐中寻找一种生活通感，这个才是最实实在在的沟通方式。

GYLC（全球青少年的领袖论坛）是我高二暑假的时候赴美参加的。原本我预料当中可能会有很多欧洲人，但令我意想不到的是，其实中东和非洲人是最多的。作为一个土生土长的中国人，我对那部分文化的了解几乎是零，这为我的美国之行增添了很多神秘性，同时也增加了我的担忧。美国人、欧洲人、非洲人、中东人，很多国家的人母语都是英语，即使不是，也有词语和运用的共通之处。这还不要紧，最要紧的是，除了我常听的美音、英音以外，其他的口音都让我的大脑根本无法处理。而对于大部分的英语母语的同伴，那就简单得像我们听东北话一样了。我们组有一个中东的男生，人长得逗，说话也逗，而且几乎每句话都有爆料，当然这是我猜的，因为别人都在笑，但是我确实听不懂他的口音，更不懂他怎么能一个字一个字往外蹦还能说得那么快。

即便如此，最开始我仍是避免和中国人扎堆，尽量抓住机会和各个国家的人交流，但几天之后就会有很强烈的说汉语的欲望。这是我第一次感到没有归属感。因为有文化上的隔阂，我们可以谈得顺利，但很难谈得投机，经常只是一问一答，像座谈会一般，很无聊。这样持续了有三四天。但偶然有一次机会，和几个中国朋友一起吃饭，那种心灵相通的温馨，失去后又回来的归属感，让我更加明白了文化认同的意义。交流、锻炼固然重要，但是，心终究会停留在自己生长的那片土地。

不论是在美国、日本，还是在去过5次的香港，身处一座陌生的城市，我最爱的就是一种在路上的感觉。尤其是在香港，最开始坐地铁，后来开始坐更加复杂的大巴，然后步行，认路，似乎在用自己的身心去慢慢熟悉这座城市。在不断的探索中，能够感觉到适应能力在提高。其实那是一个用身心去品味一座城市的过程，慢慢地发现她的点滴，并且品味她的每一丝动感。熟悉的地方没有风景，不熟悉的地方，各有各的生活特质，这种特质流露出的那种不同城市对生活不同的热情，也会让自己感到激情无限。

灿烂的青春，他们陪我走过

不论什么样的朋友，都是我成长历程中最宝贵的财富。我的朋友们都很优秀，也都有自己的想法，所以很容易和我碰撞出火花。我喜欢善于赞美别人的朋友，因为我也是善于看到别人优点的人。我所经历过的最美好的友情是初中时同班女生间的友情。初中3年，甚至有到了高中仍然是同学的，互相之间从来没有过感情的分裂。大家都是佼佼者，各有各的长处。大家总是对他人的优秀表现出赞美和羡慕，而不是酸酸地抱怨"凭什么你比我强"。对我来说，真心的赞美比暗暗不爽更能给自己学习的动力。

小鲁，我的初中同学，是我最好的朋友。初中时，她在文学方面显示出了突出的才华，甚至语文老师都把看她的文章当做一种享受。她经常以班里同学为人物原型写小说，我们全班分看。在大家眼里，她就是一个文学家。她比较有男孩子的气质。因为读书很多，也经常和高中的同学接触，所以她在同龄人当中显得特别成熟。正是因为这种成熟，所以和她在一起会有种从未有过的安全感。她身处的困境和散发出的坚强，常常使我感同身受，就是这种"间接经验"，也让我成熟很多。

小鲁在我的生活中扮演着任何人无法替代的角色，她是一个很好的倾听者、分析者。初二，有一次我面临着懵懂幼稚的感情问题，又不好当面谈心，我们就写信来沟通。每天来到学校，把写好的信放在一个打开的信封里亲手交给对方。信中，她总是非常了解我的所想，然后大姐姐一般和我一起分析，鼓励我自己拿定主意。她不经常像我这样吐露心声，但在她遇到人生中最痛苦的事时，总是非常信任地借用我的肩膀。从她的抽泣声中，我感受到了作为最好的朋友的义务。人生得一知己足矣，我想，像她这样纯粹的朋友，越是步入社会，越是难以寻觅。这种纯粹感，很多时候成为我对过往的一种迷恋。也许之后，那种纯粹的日子再也回不来了。但在那段纯粹的时光中，我真的很庆幸遇到了纯粹的她。

前学生会主席，是我见过的第一个能被称做charismatic的学生。最开始，总觉得他做任何事、和任何人说话，都胸有成竹。我作为"下级干部"听领导说话，感觉这家伙下结论完全不用经过一般人的思考过程，思路敏捷得像羚羊，而且说起理由总是头头是道，分析问题全面深刻，有理有据，让你完全没有插嘴挑毛病的余地。所有交给他看的计划，如果不是经过一整晚思前想后、把所有可能发生的情况都考虑个遍从而做出的比较完善的版本，一定会得到一篇满是红色问号的反馈。

可是当我与他交谈、看到他背后的努力时，却发现他过人的领导才能其实更多归功于他投入的大量时间和心血。我只是在工作时想学生会的事，而他却一有闲心就思考，下课时、回家路上，一碰到相关的问题就立刻展开讨论……因此你才会感觉他的思维走在别人前边，因为那些都是他以前考虑过的问题。他是主动领导学生会，而不是被动地履行职责。我对学生会的热情、思考、创新，也正是在那时被激发出来的。学生会工作曾经只是一种责任，现在却成了一种爱好；它曾经是举办活动时劳神的工作，现在却成了每日的精神食粮。

另外一个对我影响很大的同学是和我共事3年的班长，他不是我见过的第一个"有灵气"、"有想法"的人，却是第一个让我去追求这些气质的人，而且这个人就如同我的对立面，看到他就等于看到一种不同的生活方式。曾经，我是乖乖女，而他是老师的瘟神；我接受的教育是"弄坏别人的东西是坏孩子"，他接受的则是"既然你对那玩意儿感兴趣，那就亲自拆拆看吧"；我喜欢爽快地做自己习惯的事，做会做的题，而他从来都只对新东西感兴趣，不需要动脑子的题他碰都懒得碰；我是个标准的宅女，常常闷头做自己的事，而他总是去交新的朋友，讨论国家大事。

他曾评价说，我做事时精力极其集中。我埋头学习时，外界的一切几乎都无法把我的精神吸引开。考试的时候，完全沉在自己对习题的分析里，对

于旁边的一切都一概不知道。我做动漫模型时也是这样，即使手机就在旁边响，即使我听到了，也没有意识去看信息。但他却截然相反。考试的时候，他周围8个人的状态、神情等，他全知道。

他是前模联主席，他下一届的主席打趣说，每次都听你说，听得我一愣一愣的，怎么觉得你当时就没干出这么多事来呢。他经常安排师弟的工作，安排得有条不紊，没有疏漏之处。他在想法上很先进，很明智，但在具体的事情上，自身的执行力却并不是很高，因此班主任说他是董事长的料子，适合作长远的打算。按照班主任的思路，我则是项目组长的感觉，适合分工细化具体的事务。我方法没有他灵活，想法没有他新颖，但什么事总会安排得非常细致，越花时间的事我就做得越好。

所以我们常以"互补"形容两人的性格。在矛盾的碰撞中，我们都对自己原本的行事方式有了非常鲜明的认识，不但能够互相学习，还慢慢体会到如何更好地利用自己的性格特点。在与他的接触中，我还懂得了用清晰的思路考虑问题。他知道自己想干什么，应该如何去做。有时我会追随他人的脚步，因为很多那样走下去的人都能够获得成功和认可。而他却着实有着企业家和创业者的风范，在做事前分析哪些是必要的、哪些是不必要的。我开始发掘自己的另一种思维，尝试一种全新的思考方式。"我们这么做目的是什么"、"当我必须作出抉择的时候，怎样做才能使损失最小化"，这些成为了我思维的必经之路。我想如果没有这种变化，我的12年学生生涯也只是一个模子，做着自己不知道是否正确的事，深陷其中，看不清现在的自己应该做什么。

还有很多人，如果没有他们，我只会看到自己的一面，而不知道世界还有另一面。而且人生也不是自发的自我发展，而是一长串机缘。这人和我们在一起的一切就是一种机缘，他们让我一遍遍地确认生活的价值，而非对生活的怀疑。而且生命终究是单程路，不论你怎样转弯抹角，都不会走回头，所以那些曾经陪我走过的，还有现在陪我走着的人，都是我生命中最珍爱的一部分。

父母问答

Q 请简单概括下您的教育方式？

A 确切地讲，我对耿然并没有进行多少刻意的教育，整天教她这、教她那，或让她这样做、那样做，主要是跟着她成长的节拍，在她想探讨一些问题时，尽力给予帮助。比如，在她谈论学校经历的各种事情、处理各种问题的态度时，我感到对的就及时肯定，感到不妥当的就做一些讨论，谈一谈我的看法。举个例子，在耿然上小学时，她曾经提出一个问题："很多小店打那么大折扣卖东西，不赔本吗？"我解释道："可能赔本。但遇到拆迁等情况，赔本也要卖。他们不一定非要赚回本钱，而是及时拿到流动资金，再做别的事情。资金周转率快了，比压货没有流动资金要好。"耿然马上追问："什么是流动资金？什么是资金周转率？"我不得不讲一些经济学的概念，然后又引出耿然新的问题，我不得不拿出学到的一点儿经济学原理。从白天到晚上，一个接一个问题的穷追下去，耿然对各种问题的解答仍不满意，不断追问。我虽然被问得没有招架之功，但仍不回避问题和打断她的兴趣。记得最后都讲到黎诣远《微观经济学》和曼昆《微观经济学》的区别了。

Q 在孩子成长过程中，您最注重培养的几种品质是什么？

A 自信、自尊、自立。

Q 在教育过程中，您觉得您做过的最骄傲的事情是什么？最有风险的事情是什么？

A 最骄傲的事情是培养耿然对待难题的态度。她上小学五年级时，参加了华罗庚数学的学习。她当时学得并不好，经常有一些题不会做。我问她："你怎么不问老师呢？"答曰："老师讲一遍就不讲了。"我明白了，人家学校的理念是培养"超常儿童"，你不会就是"不超常"，少一个超常对人家也没关系。但我对耿然说："所谓超常儿童，就是开始基础比较好，后来学习一直跟得上，加上大量做题。其实，没有什么超常儿童。"我对耿然讲了我的方法："你自己规定一小时做多少道题，会的就做，要有效率，不会的就挑出来，专门安排时间去抠。对不会的题就想象在一个黑屋子里，不知门和窗在哪里，体会出不去着急的感觉。找出条件想出思路，就是找门找出路，要用这种急迫的心情去思考问题，找到解决问题的思路。当解开难题时，体会并说出兴奋的感受。"耿然每当自己做出一道难题时，总是高兴地喊："爸爸，我做出来了！"自此，耿然对难题不再畏惧，而是充满浓厚兴趣。

Q 您是怎么处理两代人之间的沟通问题的？

A 我可以概括为9个字："交朋友、当教练、当学生。"

交朋友，是我从一些示例中总结出来的。一些家长和孩子沟通不好，孩子有什么事不愿意对家长讲。我认为，这样做家长就完蛋了，会常常处于灯下黑的境地。我和孩子相处，不摆家长的架子，不把自己的观点强加给孩子，尽量用孩子当时年龄段的思维方式去看待她，和她进行平等交流、对话，倾听她的想法，和她平和讨论。不是想跟孩子交朋友就一定能交上的。我有一个检验的标准，就是她做什么事情，不论对的、错的，都能跟家长讲；不讲，就是没有交上朋友。

当教练，是从球迷那里得到的启示。一些家长对孩子，一有不对就大喊大叫、大吵大闹，不分场合、不留情面。家长自以为有话语权，对孩子有管教权。这与球迷没有什么两样。殊不知，时间一长，必然伤害孩子的自尊心。我觉得，对孩子要像教练一样，应该知道球员的强项和弱项。教练不会天天因为球员有弱项就大喊大叫，而是有针对性地找出解决问题的办法，提高上去。这才是教练的职责。会的就讲，不会的也不要勉强，搞懂了再讲，实在不懂，就如实告诉孩子："你自己再想想办法，这个我也不懂。"

当学生，是从耿然那里看到我在她那个年龄段不曾有的学习、生活、社会环境。她有更好的条件发展健全的人格，比如，她写作文可以不受约束地写出真情实感、上小学就可以上网查资料。我为她能有这样的好环境、好氛围而高兴。与他们相比，我们应当把坐标的原点置于他们所在的时间和空间，去看我们的差距；切忌把坐标原点置于我们当年的时间和空间，老去挑她们的毛病。

Q 根据您的经验，您对其他家长的意见和建议是？

A 家长教育孩子过程中，如果觉得有事与愿违之处，要多去从自身找原因，少去埋怨孩子。儒家之言"子不教，父之过"，还是要常记心间的。

Q 您的孩子马上要离开您，到大洋彼岸，现在您最想对他（她）说的是什么？

A 刚高中毕业，就要独立远行，要说的话真的很多，有很多事想嘱咐。最想说的首先是学会保护、爱护自己；其次是珍惜自己经过不懈努力争取到的难得的学习机会，学到真本领；第三是根植华夏文化，广纳西方文化，不断丰富、完善自己，提高自己的修养。

庞笑然

谋事在人，顺其自然

他不是交换生，没出过国，英语自认一般般

他没参加学生会，更是远离模联，那些和他没关系

他说自己就是一普通人

可他又有很多不普通的地方

做事认真，粗中有细。

他毅力非凡：半年减肥40斤

他珍惜当下，告诫自己不是每个人都如自己一般幸运

他说学习没方法，只要投入和坚持

他还说谋事在人，顺其自然，别太为难自己！

他即将前往弗吉尼亚大学

庞笑然，他想对过去的自己说一句：再见！

　　我爸妈对我比较宽容，比较支持我的想法，不搞什么家长专制，不会轻易否定我的想法，规定我必须怎样做，一定不能怎样做，他们总是会先听我的想法，然后再帮我分析，最后给我建议，让我自己拿主意，从小到大都是这样。

其实，我一开始是比较抵制写这篇文章的。

我知道和我一起写这本书的都有谁，和他们相比，我太普通了：对于曾经，记忆少得可怜。从小到大，我就生活在北京，没到什么地方旅行过，更别说国外了，我也没有参加过模联、当过学生会干部、做过什么实验获过N个大奖……我就是北京一名特普通的学生，参与写这书不应该是我做的事儿。

我向鼓励我写这篇文章的周容老师表达了我的想法，周容老师对我说，我好就好在普通，基本上，正常的同学都能复制我的一些"成功"经验，所以我还是具有参考价值的。好吧，连普通都成了优势了，既然人家看得起我，我还总是扭扭捏捏的就有点儿矫情了。

不过，在讲述我这个普通人的故事前，我先说两个或许不算太普通的小故事：

第一个故事：背单词

3年前，第一次看到托福单词书，3000单词我认识300个不到，我很不高兴，决定好好背背，然后第一次托福我考了103分。

第二个故事：减肥

去年年底的时候，我的体重是180斤。

现在，我的体重是140斤。

好了，下面我就先从小时候开始写起，想起多少就多少，没逻辑，也不需要逻辑。

模糊的童年

我出生在一个很普通的家庭，爸妈工作都挺忙。说起我的童年，那实在是没有太多印象，记忆最深的是一次意外受伤——不知道怎么搞的，有一次刚把那种老式的罐头盖启开来，蹦了一下，然后我的下巴就磕上去了，鲜血直流，当然是后来我妈告诉我的，总之把他们吓坏了，然后赶紧送我去医院。

真的，除了这个意外事件，其他童年的事情我都记不得了。

说起我爸爸妈妈，他们对我的教育倒是有特点，那就是比较宽容，比较支持我的想法，不搞什么家长专制，不会轻易否定我的想法，不会规定我必须怎样做一定不能怎样做。他们总是会先听我的想法，然后再帮我分析，最后给我建议，让我自己拿主意，从小到大都是这样。比如说，前几年，中考填志愿，相信很多人都是自己家长来拿主意的，我就特别简单，因为学校给了我直升的机会，我觉得我们学校相当优秀，就决定还是在我们学校继续读高中。虽然以我那时候的成绩来说，考外区一些高考成绩更好的学校不是没可能，但是因为一直在八十中学习，对学校也有一些感情，所以就留了下来，我爸爸妈妈见我决定了，也没管我，他们就对我说：第一，八十中肯定是个好学校；第二，无论在什么学校，都还是得靠自己努力，只要你足够努力，那么就不会比任何学校的学生差。

我爸妈这样教育我的结果就是让我在很小的时候就养成了自己管自己的性格。这话有点儿绕，总之就是，我比较清楚自己要干些什么，并且能控制住自己的行为，该玩游戏的时候我绝对不学习，该学习的时候我肯定不玩游戏。作为学生，我得首先确保学习成绩，而不是游戏技术，就是这个意思。

说到这里，我想对某些家长说几句，如果您的孩子比较自律的话你管不管无所谓，但您的孩子不自律你就必须要管了。还有就是，如果您觉得您的孩子有什么不好的习惯时您还是先想想自己有什么不好的地方，因为孩子的成长状态肯定和家长的教育有关。比如说一个小孩子不爱学习，那您就应该想一想您自己是不是做出了"好"的榜样。

不算特别的学校时光

小时候，我一直属于学东西比较快的人，回家后基本上就是玩儿，不是说不学习，只是作业已经做完了，应该给自己足够的娱乐时间。

总之，我这个人对自己在乎的事情就很有激情，比如说踢球。小学时我很爱踢球，那时候就整天在水泥地上踢，经常摔倒，磕得两腿都是疤。还有玩游戏，那时候最爱玩的一款游戏是Fifa系列，我整整玩了12年。我觉得游戏能够让人放松，平时玩玩很正常，大人们不要管太多，当然了，考试前或者其他重要活动前就别玩了，确实会分神。

小学的时候比较喜欢钓鱼，就是一堆小朋友和爸爸妈妈拿着一个小水桶坐在一个小水池边上钓金鱼，可以说是促进家庭感情的运动，因此对这个的印象还是比较深刻。

总的来说，小学过得十分简单，也相当普遍，别人爱玩什么我就玩什么，比较跟风，比如说为了集小浣熊卡吃了好多好多干脆面啊。

我小时候也学过一些特长，书法啊，音乐啊，但都是学了一半就发现没有天赋，没学出个什么名堂来。后来大家都在学奥数，我也不能免俗，不过和很多人抱怨奥数太无聊不一样，我觉得奥数还挺好玩的。我觉得是这样，如果你能听明白老师在讲什么，能够自己投入地去想，去解决那些问题，你肯定觉得好玩，如果听不明白，又没有兴趣去弄明白，肯定觉得特别无聊，所以，对奥数不能一棍子打死。学什么专长，还得看个人的兴趣和专注点，不管是钢琴、奥数，还是英语，都是这样。

我现在还记得小时候学奥数时学的一道题，和光学原理有关的，是一个台球，让你算多少角能进袋。我之所以对这道题印象深，是因为那题整个年级就一个人做下来了，我觉得那人挺厉害的，小学六年级就会了这些东西，那应该是初二初三学的。

因为有兴趣，也学得很认真，所以学起来并不难，也拿了奖，虽然不是大奖，但也因此考进八十中，开始了我的初中生涯。

初中生活：学习，以及其他

我初中上的是数学实验班，那个班实力很强，考试考得好的话年级前50名我们班可能有20人。在那个班里我就是很平常一人，因为聪明人实在太多了。好处是，和聪明人在一起，自己也会变得聪明，虽然压力肯定会有。

和小学不一样，初中时男女可能比较分拨，男生聚一块儿总聊足球啊、NBA啊、游戏啊，反正肯定没人聊学习。上课40分钟已经学完了，下课就10分钟，还找人聊学习？我们平常就是聊各种与学习无关的话题。

我经常和同学们去唱歌，不过他们都比较怕跟我唱，因为我唱得很烂，但有大无畏精神，是个麦霸。

其实初中主要的时间还是花费在了学习上，我挺爱学习的，也不觉得麻烦，也不旷课。可能我比较自律，该干什么的时候就能干什么，不会因为想玩啊影响功课，所以学习还算不错。

说到学习，我还得讲讲我学英语的一些事。我小学其实也学过剑桥少儿英语。初中时英文普遍读物看不懂但课文上的How do you do还是看得懂的，后来考过公共英语二级，66分，不怎么样。刚入初中时我的英语水平确实挺一般的，后来我就遇到了一位很好的英语老师，厉害到什么程度？就是她的课不管你想不想听，你都不敢不听，全班就算什么课都不听的那种学生在她的课上也不敢不听。是不是很强大？反正气场那么强的老师我再也没遇到过，而且老师还不是那种靠发狠骂人制胜，她完全就是靠个人魅力，不怒而威，以德服人。后来我的英语就慢慢好了，中考考了116分，满分120，比公共英语好多了。

初中时交的朋友友谊是一直都维持的，可能那时候感情比较单纯吧。到了高中，因为想出国，朋友大多也是要玩得挺热闹的，但比起初中时的那种纯粹，还是不太一样。但是我的生活态度是，在哪个山头唱哪首歌，不去想太多、计较太多，你总会遇到新的，新的环境，发生新的事，正是这些事，让你成为现在的你。

改变自己的高中

高中对我的影响比较大。首先是生活方面，我是从高中开始住校的，一开始特别不习惯，头一周我差点儿想退学。倒不是说我有多么不习惯群居，而是因为管宿舍的老师太严格了，过分严厉，比如早上起来得叠床单，这是卫生习惯，我在家里也叠，可到了那里不行，光叠起来没用，那老师要求每个人叠出来的都是一模一样的，这真是没把我们给折磨死。为什么非要我叠成和别人一样的呢？这也太教条了吧？不光是我，我同学也都特别反感，可能是第一次参加集体生活的不适应吧！

现在回头想想，住宿对我影响挺大的，这种生活让你不得不独立，不得不自己处理各种事情，面对和解决你想到没想过的事。比如这会强迫你和别人打交道，学会怎么和别人相处，因为每天早上起来我们都要打扫房间，于是4个室友约定好如何分工，每个人都要把自己的工作做好，否则就会被扣分，这个过程得沟通。还有每天晚上大家作息时间都不一样，有的人在熄灯之前就已经困得不行（比如刚开始的我），而有的人可能十一二点才能感觉困意，这也得沟通，不是很容易解决的。得考虑别人的感受，处理不好就给自己找麻烦，而且没人帮助你，因为大家都一样。所以，学会和别人相处是最有价值的事情。还有每天都不用回家了，原来我上学放学得挤300路，如果你在北京长大一定知道三环没有地铁时这辆车的恐怖情况，现在不用回家了时间也多了起来。那时候精力旺盛，放学后我们就开始各种运动，八十中的运动场很好，能踢足球、打羽毛球、跑步。每天运动完就去食堂吃饭，吃完饭就上晚自习，每天如此，生活非常规律。

高中时，除了学习和玩，我没参加过学生会和模联。首先那不是我兴趣所在，虽然我知道参加那些活动对将来出国有好处，不过我不习惯勉强和为难自己，我一向顺其自然，该怎么样就怎么样，没必要刻意去得到什么，太刻意了也得不到。

虽然我不是很爱参加学校的集体活动和社会公益活动，但我确实参加过社会实践，就是一些社区义务劳动。这个对于自己还是有一定帮助的，虽然夏天扫马路很热，但是可以培养环保意识，而且也可以对社会有更多的了解。

关于学习的一些想法

高中整体来说，我比较忙，成绩也不错，最高考过年级前十。有人问我高中的学习方法，我说学习没方法，学习方法听起来挺滑稽的。学习就得投入，用功加用心，你比别人花在学习上的时间多，你就能比别人学得更好，还是那句话，努力了肯定有回报——你要是特别努力了，可学习还是上不去，那或许就是自己的问题了。不过那种情况很少，大部分人谁也不比谁聪明多少，谁也不比谁傻，可能还是工夫没到吧。

也有人说，我喜欢的科目我就用心学，我不喜欢的科目就偏科。我觉得这种想法也挺傻的，你可以不喜欢，但你别不学啊，这样的后果伤害不到别人，你以为你不学老师会心疼吗？学习是为了自己，你学好学坏和老师都没太大关系，所以说，别较劲，喜欢不喜欢，都得认真学，毕竟是为了自己，这一点一定要想明白。

我个人认可课前预习，课后复习我不太认同。我觉得上课一定得认真听，上课写作业是件挺傻的事儿，别抱怨老师讲课不精彩，老师不是明星，不是在唱歌给人听，别用精彩来要求他们。再说了，就算那个老师再次，他讲的课也不会差到哪儿去，因为他毕竟讲了有几年了，你再怎么着也是第一次学，你肯定不知道在哪里容易出错，但他肯定知道，而且他肯定会在那地儿强调，所以你得听。21世纪信息最重要，多听一耳朵可能胜过你吭哧吭哧学一小时。你上课听明白了，下课作业可以不做，当然了，如果你是好学生，你不做心里难受，你就做。做肯定比不做要好，但如果你觉得你都明白了，看到那些题你觉得很无聊，觉得做太浪费时间你就甭做了。我说这么多，无非是想强调，课前最好预习，自己心里对要学的东西有个概念，听的时候会有针对性。上课一定认真听讲，把问题弄明白，弄明白了你可能就能得七八十分了，考大学问题不是很大了。当然如果追求完美，想要90分，那你得靠自己努力了。大量做练习，没准能有好成绩，一切都和你想达到什么程度、你想要什么结果有关。

出 国 前 奏

我初中的时候英语提高得挺快，高中时英语更好了，不过第一次接触到托福的时候还是受了点儿打击。一本托福单词书，3000个单词，我就认识不到300个。我想我中考英语还考116分呢，还觉得挺厉害呢，现在看来自己想得太可笑。我挺不甘心的，就想试试，开始学托福，然后等考完了，我就想出国了。

为什么决定要出国呢？其实我就是想出去看看。说实话，中国没有我特别想去的学校，当时对美国的大学了解也不多，不知道选什么学校合适。对于大学，就觉得只要是自己想要的那个档次的学校能录取就行了，具体是哪所大学其实不是很重要。当然了，一定是要自己希望的那个档次的，太烂的肯定不行。

对于专业的选择，我没有选择文科，原因是比较功利的——在美国学文科，你学完了干吗去呢？那些最简单的赚钱的事肯定不会让中国人干吧，那主要是让白人干的——我想报考工程或者数学，这两个方向比较符合我的兴趣，而且比较有用，我总爱说有用或没用，听起来比较功利主义，但确实得这样去分析。你说要是花那么多钱学习一些诡异的科目，学完后出来干吗呢？而且美国大学还可以转专业，所以我现在的方向就是工程或者数学，没准之后我有了别的兴趣还可以转专业，比较自由。

我把想法和爸爸妈妈交流过，他们还是一贯的客观和宽容态度，和我简单分析了下，然后就让我自己决定。

我个人的打算是，等我专业学完，先做份技术性强点儿的工作，做得好的话再学做管理。人总是会不断发展，不断找到自己的兴趣和潜力的，所以我想以后再读个经济类学科，学经济其实就是为了赚钱。说实话，我现在压根就没觉得我将来一定就干哪行，或者一辈子就干哪行，这都是不确定的

事。一辈子很长，可能性很多，还是那句话，现在不想那么多。

我和新东方的故事

在我准备出国的两年内，新东方确实给予了很大的帮助，因为我几乎上遍了所有新东方的本科出国班：高一暑假上了托福强化班和SAT基础班，高二寒假上了SAT强化班，高二暑假上了出国workshop班……

前面说过，我在准备出国前并没有什么无比出众的英语水平。在开始准备出国的时候，我的词汇量绝对不到2000，背托福单词的时候，一页最多认识两个词，面对各种TOEFL文章，甚至是听力材料，我基本只能认识am，is，are。这时候不要说什么以考代练的先进方法，就是让我拿着字典进考场，估计都查不完生词。所以，对我来说备考的第一件事就是背单词，单词的重要肯定每个人都知道，但有什么学习窍门吗？我只能说，我不知道。基本上背单词是一个努力就有收获的过程，所以没有什么技巧可言，只要工夫下到了，自然有好结果。

过了单词关，这时候再看TOEFL文章就有了一种畅快的感觉，其他的听说写3项也就有了着手之处。在这里特别说一下口语，这个一定要重视，不单单是TOEFL口语考试的问题，在后面面试的时候口语不好也要吃大亏，和背单词一样，多练习就是唯一的诀窍，任何技巧都得反复练习才能掌握。

SAT II 在留学考试中比较另类，因为考的主要是科学知识，可以说翻译成中文就是高考选择题前面一半的难度，所以这门考试的备考也很常规，按照学习了9到12年的中文解题技巧，只要能看懂题目，基本上理科800分不难。我很佩服那些文科拿800分的人，而且确实文科的800分对中国申请人绝对意义重大。

最后说SAT，这个考试是本科申请中最重要的考试，一点都不夸张（注意说的是考试，不是全部）。单词量的要求很夸张，所以要比背托福时更加努力（我是每天4点起来背单词），对阅读速度的要求也很高。解决这个问题就是多读书，我之前大量阅读的收获之一就是读书速度很快，于是在考试时候占了很大便宜。最后说一句SAT多次考试的问题。改革考试政策之后，多次考试确实没有什么大的影响了，但是一定一定要做好准备再去考！我有两个SAT分，一个2290分，一个2150分，第一次考试成绩是高的那个，所以说一定要有准备再去考，切记切记。

workshop给我的收获

虽然我不是很愿意承认我和别人一样，但写到这块儿的时候，我的感受确实和其他人大同小异。总结整个申请过程，最大的收获不仅仅是写出一篇文章的成就感，还有在思考文章素材的时候对自己人生前18年的一种回顾。我时常想，如果当时没有想出国，现在会是怎样？可能就是像其他同学一样为了高考而努力，最后考上一所名牌大学。回首当时备考的艰难，报名时候的惊险（我是因为临时加了考位才报上名去考的托福），我也深深觉得，能走到今天，我已经很满意。虽然这一路有艰苦，有挫折，但是我至少坚持了下来。

毫无疑问，workshop班是申请中给予我最大帮助的地方。在这里我不仅仅学到了如何在申请文书中用短短几百字概括自己人生中最出彩的一面来吸引AO的眼球，更重要是它给了我们一个与同龄人交流的平台。还记得第一节课的自我介绍是迄今为止给我震撼最大的5小时。从SAT1600满分到无数的TOEFL116，117，从各种竞赛的金牌得主到学生公司的CEO，workshop班上的同学的各种经历和成就一下子让我从考了个不错SAT分数的沾沾自喜中清醒了过来。记得当天下午回家的时候我很是郁结，甚至妈妈都问我是不是生病了。

"申请美国大学考察的绝不仅仅是一个分数，更重要的是你的综合素质。"这是周容老师对我们一再强调的话，那么我的那些综合素质又在哪里呢？我需要通过workshop课来挖掘并最终把它们转换为文字。随后从课堂上

的交流，到同学之间的相互点评，从我第一次课后为了完成简历的作业，绞尽脑汁花了一周时间才凑出一页，到后来经常每天都能想出更好的主题，最终写了十个不同的essay，我获得的不只是知识和眼界的开阔，更是信心。正是这种"别人能做到，为什么我做不到"的信心，帮我坚持了下来，完成了这些以前会让我觉得不可能完成的任务。很快两个月就过去了，在最后一堂课中，周容老师对我们说道："你们不仅学到了知识，更交到了一生的朋友。"现在看来，这才是我在workshop最大的收获。

所有的努力，都是值得的

时间过得很快，每天写写文书，查查学校的资料，9月很快就过去了。10月我去香港考了次SAT2，回北京之后就准备提交Early阶段的申请。10月16日，我寄出了Ed Dartmouth的申请包裹。之后的两个月，我差不多天天查申请结果的页面，希望能早早被录取，获得解放。终于，2009年的12月6日，我收到了Dartmouth的邮件，通知我8号下午出结果。那天睡觉之前我信心满满，连第二天怎么庆祝都有了计划。第二天早上依旧是很亢奋的状态，没有闹钟，4点47分就醒来，冲到电脑前，打开查询系统，输入账号、密码，一封结果通知书弹了出来。我看了一遍，又看了一遍，没有看明白。但是我没有看到"congratulations"，这时候我就明白这封信的意义了。我没有被录取。那时候的心情无法形容，没有经历过的人是没法想象的。

之后的十几天成了我最忙的日子，基本每天要写出一套文章，从Yale的许多小题目，到Williams的looking out from your window，每个题目都能杀死许多脑细胞。每天坐等电脑前就在思考怎么把文章写得漂亮一点，所以时间也过得很快。

本来以为过来deadline之后的生活会轻松不少，结果各个学校的面试又让我重新拾起了以前申请时候的学校资料，一个一个翻看，了解学校特点，准备面试。

申请结果也纷纷出来，3月27日早上，我查到自己被University of Virginia录取并且进入了5%学生才有资格参加的Rodman Scholar Program的时候，我明白自己这3年的努力都是值得的。

那些我爱看的书

　　前面的内容似乎有点无趣了，所以我再说点儿其他方面的东西。

　　我个人兴趣爱好不是特别多，但很喜欢看书。我比较爱看历史和小说，但不爱看历史小说，因为我总觉得历史小说都不够真实。我爱看繁体的《中华上下五千年》。还有大学历史教材，一些特定时期的历史书我也爱看，比如二战时期的《丘吉尔回忆录》、德国的《第三帝国情报》也很不错。欧州再早一些的历史书就基本是教会和皇权斗争，也很有意思。这些历史书对我性格的影响就是让我不爱做梦了，所谓的"天道"真的是不可逆转的。

　　小说我比较注重情节。我挺爱看鲁迅先生的小说，觉得很讽刺，挺得劲儿。外国小说里我最喜欢《百年孤独》，觉得一些特奇妙的事儿发生在真实的场景里头，非常有意思。情绪复杂的，或语言艰深的小说，看起来很累，不过我挺喜欢看Lolita的，这本书的内容很有争议，但语言实在太好了，而且作者作为一个俄罗斯人，能用英语写出来这样的文字，绝对值得佩服。Humbert在我心中的形象比任何角色都要丰满许多，还有开场白的：Lolita, light of my life, fire of my loins. My sin, my soul, 感觉非常经典。虽然读的时候很费力气（因为有些地方文字有些缥缈），但是读完确实很享受作者的文字功底。

　　很多人喜欢看玄幻小说，比如《指环王》。很多人痴迷，并坚持看原版。《指环王》我也看了两本，觉得很晕眩——可能是我文学水平不高。中国的四大名著，《红楼梦》我看了80页，看不下去。最喜欢《三国演义》和《水浒传》，不喜欢《西游记》，主要是觉得唐僧有点傻（小时候的想法），人越长大，对书的种类和内容的看法越不一样，但小时候吸收的这些养分还是相当必需的。

　　除了小说，我也看一些社科图书，比如《世界是平的》。这一类的经济书，一般都会对一些社会热点问题提出新的看法，作者会分析事件的背景、原因以及你应该怎么面对。看了之后有种豁然开朗的感觉。

　　除了以上几本，在我心里留下了印象的书还有 *Great Expectations*，狄更斯的经典作品，这本小说的结尾把我给看哭了，貌似这是唯一一部做到这点的书。Pip和Joe的种种故事，让我感动于Joe对友情的执著，而Pip和Estella，更是让我感叹世事难料，可能有的时候命运真的不是自己能掌控的吧。那个原来的ruined garden结尾，世道的苍凉和主人公的觉醒让我感触颇深，毕竟不是每个人经历那么大的打击之后还有勇气面对生活吧。

　　Gone With the Wind，这本书对我的影响就是让我讨厌起了美国南北战争时的北方军，因为这本书讲的是南方的事儿，能靠一个故事让我爱上美国南方，可见这本书的魅力。Scarlett O'Hara和Rhett Butler的爱情故事在我脑海里留下了深刻印象，而Tara和Atlanta在战争前后的变化，也让人感受到了战争对那些平民生活的影响。After all，tomorrow is another day.结尾的这句话，也常常能激励我面对挫折。

　　还有*The Invisible Man*，中文翻译为《隐形人》，讲一个科学家变成透明之后所干的事情。格里芬是个很矛盾的人物，为了自己的目的把自己变成了隐形人却没有发觉这样的后果，等到变成隐形之后才发觉了种种不便，而偶尔发现他秘密的人对他的反应也让他的心态更加失衡，最后在追杀坎普医生的时候被人群包围。感觉书中最有意义的一句话是 Dr.Kemp is a hero.可能也正是人群的这种态度，导致了格里芬的结局吧。

　　还有《愤怒的葡萄》，讲的故事十分悲苦，一开场有人在酒吧里骂男主角，然后那哥儿们就把人给杀了，然后关了几年回去后发现家快被银行没收了，然后去加利福尼亚找工作，一路坚持下来特不容易，受了很多的难，却还是坚定信心活下去。这个故事读下来后，感觉生活给我们的，无论幸福还是痛苦，谁也逃避不了，但我们最起码还能够坚持下去，哪怕是被动的坚持。

我的减肥经

最后我再说下减肥的事情吧。

前面说了，2009年12月的时候，我180斤，2010年5月份，我140斤，小半年我减了40斤，整个人瘦了一大圈。一些好几个月没见的朋友看到了，吓了一跳，我得赶紧解释。于是不管男的女的，都来讨教经验，问我减得这么快，是不是得不吃东西，我说不吃东西那得死人，让你们失望了。我确实少吃了，但压根没像网上说的那样把自己饿到不行、跟绝食没啥区别的那种。我减肥其实特别自然，首先我明白这个道理，减肥就得少吃东西，光明白还没用，得做，一天两天不行，持之以恒，这道理人人都明白，关键还是执行，这就不是每个人能做到的了。说到具体的，因为当时有很长时间一直是自己在家也没有人给做饭，所以基本食谱是能多简单就多简单，曾经早餐连续吃了一个月蒜蓉面包，之后又连续吃了一个月蛋奶星星，中午饭天天吃黄瓜，没能锻炼出做饭的本领，但是食欲确实低了不少。

这些是吃的方面，还有人说我肯定每天超负荷运动，消耗卡路里，对不起，又要让你失望了，这半年我基本从来不运动，我天天在图书馆待着，一点运动没有，而且也没必要为了减肥特地去运动。当然了，说到这里，我得补充一句，减肥除了和饮食以及运动有关系外，和生活习惯也有关系，因为你吃得少，晚上肯定得饿啊，饿了肯定想吃东西，一吃下去就瞎了。多少人就毁在这点上，我就没问题，因为我10点就睡觉了，那时候晚上吃的饭也消化得差不多了，也还没饿，我就睡了，夜里也没什么负担。如果十一二点才睡觉，你肯定就饿了，结果就不好说了。所以说减肥是个系统的工程，没那么复杂，就和人的心态习惯有关系，减肥前我也十点睡觉，我从没有特地改变什么，刻意从不是我的风格。

我就是顺其自然，不管减肥还是学习，人生中的其他事情，我都是这样。顺天时，尽人力，这就是我的生活态度了。

父母问答

Q 在孩子成长过程中，您最注重培养的几种品质是什么？

A 自尊、自爱、自信；积极进取、坚忍不拔；维护权利、履行职责。

Q 您是怎么处理两代人之间的沟通问题的？

A 遇事商量、长话短说；多提建议、自主决定。

Q 根据您的经验，您对其他家长的意见和建议是？

A 给予孩子无保留的爱心、耐心，永远对孩子充满信心。

Q 您的孩子马上要离开您，到大洋彼岸，现在您最想对他（她）说的是什么？

A 努力奋斗、学有所成。

图书在版编目（CIP）数据

最好18岁前就做过这些事/俞敏洪，张洪伟，周容编著.
—长沙：湖南文艺出版社，2010.9
ISBN 978-7-5404-4626-0

Ⅰ.①最…　Ⅱ.①俞…②张…③周…　Ⅲ.①成功心理学–
青少年读物　Ⅳ.① B848.4–49

中国版本图书馆 CIP 数据核字 (2010) 第 172279 号

上架建议：励志·大众读物

最好18岁前就做过这些事

编　　著：俞敏洪　张洪伟　周　容
责任编辑：管筱明
特约编辑：罗　岚
封面设计：张丽娜
选题策划：博集天卷·一草
出版发行：湖南文艺出版社
印　　刷：北京京都六环印刷厂
经　　销：新华书店
开　　本：787×1092　1/16
字　　数：180 千字
印　　张：18
版　　次：2010 年 9 月第 1 版
印　　次：2014 年 1 月第 7 次印刷
书　　号：ISBN 978-7-5404-4626-0
定　　价：28.00 元

（若有质量问题，请致电质量监督电话：010-84409925）